Colección
Literatura

Editorial Debate

Primera edición: enero 1981
Segunda edición: febrero 1981
Tercera edición: marzo 1981
Cuarta edición: abril 1981
Quinta edición: junio 1982
Sexta edición: febrero 1983
Séptima edición: enero 1985

ISBN: 84-7444-158-7
Depósito legal: M. 645-1985

Impreso en Closas-Orcoyen, S. L. Polígono Igarsa
Paracuellos del Jarama (Madrid)

Printed in Spain

A Nicolás y Nines, que me mimaron en Londres.
Y, por supuesto, a Javier.

LUNES

Creo recordar que aquél fue el día en que, por vez primera, doña Maruja venció sus pudores vecinales y se atrevió a proponerme claramente que la ayudara a bien morir. «Sólo necesito que alguien me dé un empujoncito para entrar al río, sólo eso», decía suave y mansa, atisbándome de reojo. Yo era por entonces tan alocadamente joven que me desagradaban los viejos, o, por mejor decir, me entristecían y angustiaban, me recordaban un futuro que prefería ignorar.

Aquel fue, en todo, un lunes aciago. Debí haberlo sospechado cuando al encender el primer cigarrillo del día, tras el desayuno, sentí un desmayo peculiar, un repentino bochorno, una desazón incontenible que comenzaba en los pulmones al compás del humo recién aspirado, para extenderse después sienes arriba imprimiendo un molesto vaivén a la habitación. Debí haberlo sospechado, porque yo solía entonces atiborrarme de tabaco —fumar aún no estaba tan mal visto— y ese mareo de principiante nicotínico era una experiencia para mí ajena. Debí comprender entonces que el lunes se presentaba con mal pie y con mal humo; de hecho, y desde que me había levantado de la cama, sufría una especie de pellizco intestinal que al principio achaqué a los picantes caracoles cenados en la víspera y que después, poco a poco, fui atribuyendo a un estado de ánimo, hasta verme obligada a reconocer que el pellizco no era sino una manifestación más de las pesadumbres metafísicas.

La noche anterior, sin embargo, me había dormido ahíta de optimismo, encandilada por mil planes y proyectos. Yo solía sufrir por entonces esporádicos y enardecidos arrebatos de planificación, mayormente en cada marzo, en la vecindad de mi cumpleaños. Hacía pocos días que había alcanzado la treintena, y, tras unos primeros instantes de vértigo al despedirme de los veinte, había conseguido embriagarme de novedad y de futuro. Así es que me sentía de estreno, tan de estreno como mi primera película, que iba a proyectarse al fin en siete días, el domingo de resurrección, con gran despliegue de focos en el cine como toda sesión de gala que se precie. Ilusionada con mi próximo triunfo, tranquilizada por mi trabajo, la noche anterior me había acostado sintiéndome independiente, segura y fuerte, y fue una sorpresa para mí el despertarme ese lunes con la ansiedad atravesada en el estómago a modo de caracol mal digerido.

Me había propuesto pasar una semana santa serena y sosegada. Me excitaba la posibilidad de reencontrarme a mí misma tras los últimos meses de dispersión y agotadora dedicación profesional; era una de esas raras ocasiones en las que me encontraba autosuficiente, y la autosuficiencia es por definición el vicio solitario. Por eso, por ese repentino deseo de aislamiento, casi me molestaba la cita con Hipólito, esa comida de lunes de pascua que podía romper mi retiro sin haberlo apenas empezado. Porque Hipólito se había quedado de «rodríguez», y era de prever que le entrasen repentinos furores cariñosos, que, liberado de sus deberes conyugales, intentase construir una pantomima de amor loco, siete días, siete, saliendo y entrando a horas no previstas, siete días de noviazgo, siete noches de ajetreado amor, siete mañanitas dulces de despertar en sus brazos; todo aquello, en fin, que no habíamos conseguido nunca por el aquél de sus rutinas de hombre casado.

Pero el caso es que esa mañana había llegado yo a la sorprendente conclusión de que no quería tanto a Hipólito como me empeñaba en creer. Sospeché una vez más que las palpitaciones que me acometían ante sus llamadas telefónicas —siempre demasiado tiempo postergadas— así como el retorcimiento de vísceras que, acompañado de repentino calor en el lóbulo de la oreja, sufría ante su presencia y al verle llegar por la calle camino de nuestra cita, braceando como húsar en ensayo de desfile, el rostro erguido, la sonrisa ratonil y lista entre los labios; que todos esos síntomas de amor loco y pasional, en suma, no eran más que obligaciones físicas que yo misma me imponía en mi afán por estar enamorada. Y esa falta de amor justo en vísperas de algo que tanto había esperado —la oportunidad de verle, de tocarle, de tenerle por unos días como mío— me produjo primero sorpresa, después el gozo de saberme dueña de mí misma, y por último cierto desmayo, una sensación de íntimo vacío: porque para alguien que, como yo, no creía en ninguna ideología ni respuesta total acogedora, el amor parecía ser la única excusa suficiente ante la vida.

Debí haber sospechado en todos estos síntomas que la cosa empezaba mal y se anunciaba peor, pero me empeñé en ocultármelo a mí misma, aparentando una normalidad absoluta. De modo que me lavé el pelo, como si de verdad funcionara en mí la vieja coquetería enamorada, e incluso intenté arreglar un poco la casa para recibir a Hipólito, movida por no sé qué secreto pundonor de perfección doméstica. Regué las plantas, limpié los tiestos de hojas secas, podé unos geráneos desmesurados y acaricié la esparraguera, esa planta tan tenue y delicada que nos regalamos mutuamente Rosa y yo en una tarde melancólica, un día que a mí me iba mal, como siempre, con Hipólito, y a ella le iba mal, como siempre, con José-Joe. «Vamos a comprar los tiestos en recuerdo de esta tarde», dijo Rosa ante un puesto callejero, «la esparraguera es como la representación del amor, hermosa y frágil como un suspiro», añadió en un rapto de poética y algo cursi inspiración, pobre Rosa. Y pese a su debilidad congénita, mi esparraguera seguía tan tiesa y tan viva, bien instalada en su tiesto.

Estaba terminando mis oficios jardineros cuando llamaron a la puerta. Digo mal: fue más una intención de llamar que una llamada, fue un timbrazo tan breve y apocado que la campanilla apenas carraspeó. Atisbé por la mirilla y no vi a nadie. Abrí y descubrí a doña Maruja, una sombra menuda, negra y suspirante. Entró soplada y translúcida, colándose como un viento por la rendija de la puerta entreabierta. Apoyó su fragilidad en la pared del vestíbulo y se quedó mirándome, tímida y azarada, parapetándose tras una sonrisa desvaída. «Buenos días, doña Maruja», le dije, «¿qué tal va la vida?», y ella callaba y me miraba. Comencé a sentirme incómoda: los viejos eran entonces para mí tan inexcrutables e impredecibles como los niños pequeños. «¿Desea usted algo? ¿Se siente bien?», añadí repentinamente inquieta, y ella callaba y sonreía. «¿No prefiere pasar y sentarse?», dije al fin exasperada. Doña Maruja pareció recapacitar durante unos segundos mi propuesta y después se despegó milagrosamente de la pared, cuando yo ya comenzaba a sospechar que iba a permanecer ahí por siempre cual moldura blanca y negra, y sin dejar de sonreír se dirigió a la sala con pasitos breves y temblones. La seguí. Ya en la habitación se detuvo un momento decidiendo en qué lugar instalarse, y al fin se posó sin ruido sobre el sofá, sin que el cojín se hundiera con su peso. Ahí quedó erguida, las diminutas manos unidas sobre el regazo, la sonrisa plácida y enigmática, la cabeza ladeada como un pájaro. Encendí un cigarrillo. «¿Quiere... quiere un té, un café, o cualquier otra cosa, doña Maruja?», le pregunté por decir algo. «No, no, hija, muchas gracias», habló al fin con vocecilla feble, «perdona, hija, debo estar interrumpiendo tus quehaceres», añadió con turbada cortesía, a lo que yo respondí con el consabido torrente de protestas formales, no, no, qué va, no se preocupe usted, doña Maruja, mientras atisbaba la hora en el reloj y me horrorizaba de lo tarde que era. Doña Maruja se atusó la cabeza con sus dedos torpes y doblados por la artritis, verificando que el pulcro moño de pelo cano seguía manteniéndose dignamente en lo alto de la coronilla. «Verás, hija, yo... yo sé que tú eres una muchacha muy ocupada y...», sonrió con fatiga, «pero yo quería hablar un ratito contigo, debes pensar que soy una vieja loca», nuevas protestas por mi parte jurando que no lo pensaba en absoluto, «sí, sí, sí que lo piensas, los viejos somos un estorbo para vosotros los jóvenes», insistía risueña. A decir verdad, doña Maruja era una vecina de discreción impagable. Siempre amable, siempre respetuosa con tu intimidad. Jamás hablaba más de lo necesario, jamás hizo indagaciones en mi vida, era la primera vez que entraba en mi casa en los cuatro años que yo llevaba viviendo en ese piso. Comencé a sentir verdadera curiosidad por conocer el motivo de su visita. «Verás, hija, yo quería decirte...», se detuvo de nuevo, titubeante, «es algo difícil de... además se me está olvidando hablar, porque nunca hablo con nadie...», y diciendo esto sonreía amplia y plácidamente. «Tengo setenta y seis... no, setenta y siete años», prosiguió, «setenta y siete, sí, setenta y siete. Figúrate la de cosas que han visto estos ojos. En mi vida ha habido de todo, bueno y malo. Tres hijos se me murieron, y el marido. Los dos hijos que me viven están lejos, muy lejos». Se inclinó hacia mí, abrió mucho los ojos y susurró: «¡Alemania!», como quien menciona la clave secreta de un conjuro. Después se irguió de nuevo y continuó: «ellos viven su vida, tú me entiendes... Me mandan buen dinerito, y no me falta nada», puntualizó con orgullo, «y hace dos años pasé con ellos el verano y me llevaron a ver los laboratorios de mi sangre». —«¿Los qué?»— «Los laboratorios de mi sangre», repitió con cándido aire satisfecho, «yo es que tengo una sangre muy importante, muy especial, ¿sabes, hija? una sangre que no tiene nadie o casi nadie. Porque mis padres eran primos, me explicaron, y entonces todo el mundo tiene la sangre como dividida, ¿entiendes?, con sangre de su padre y de su madre, pero como mis padres eran primos, pues yo tengo la sangre todita la misma, igualita, eso me explicaron unos doctores hace años, y entonces con mi sangre investigan y curan enfermedades con una cosa que se llama ge...ge...genética, y guardan mi sangre, y la hielan, y es tan importante que la mandan a todos los laboratorios de todo el mundo, y mi sangre está en todas partes, y cuando fui a ver a mis hijos me llevaron a uno de los laboratorios, allá, en Alemania», y agitaba su mano como indicando lo inconmensurable de la distancia, «y sólo lo vi por fuera, pero era muy bonito, todo muy nuevo, con jardín y flores, mucho más bonito que el de los doctores de aquí». Se recostó en el respaldo extenuada por la larga parrafada, cerró los ojos y suspiró muy quedo. Permaneció tanto tiempo así que creí que se había dormido, y cuando volvió a hablar el sonido de su voz me sobresaltó: «Ya he hecho todo lo que tenía que hacer en la vida... ¡hasta he visitado los laboratorios de mi sangre!...». Se detuvo un momento, pensativa. «Ahora vosotros, los jóvenes, os preocupáis mucho con la muerte. En mis tiempos no era así. Se moría uno más fácilmente. Se vivía y se moría, eso era todo, era una cosa natural, como los pájaros, los árboles, los ríos». Había bajado la cabeza y se miraba las manos, que resaltaban muy blancas sobre la falda negra. «Yo no tengo miedo de morir, ya he vivido demasiado. Tengo miedo a morir mal.» Levantó una mano, retorcida y deforme. «¿Ves, hija? Y cada día peor. Dentro de poco ya no podré moverme. ¿Qué haré yo, cuando me quede inútil, qué haré yo, tan sola en mi casa? A mí no me da miedo la muerte, me da miedo morir mal. Pero no sé cómo hacerlo. Sólo necesito que alguien me dé un empujoncito para entrar al río, sólo eso». Levantó la cabeza y se me quedó mirando, sosegada y sonriente: «un empujoncito para entrar al río de la muerte». Y sus ojos tenían ese velo agrisado de la edad.

No recuerdo ya qué contesté. Desde luego, algún balbuceo aterrado e incoherente. Creo que me puse en pie y que la eché con firme cortesía. Creo que me empeñé con todo desespero en olvidarme de ella. Concentré mi atención en la comida. Era escandalosamente tarde y aún debía hacer la compra. Un empujoncito, sólo eso. De pronto me sentí irritada y furiosa con Hipólito, con esa cita que descoyuntaba mi mañana. Odiaba hacer la compra, odiaba cocinar, en ese momento hubiera deseado tumbarme en bañador en la terraza, y dormir, dormir bajo el primerizo y picante sol de marzo. Para entrar al río, sólo eso. En ese momento me exasperaban Hipólito y la vida.

Estaba metiendo la llave en la cerradura, a mi

regreso del mercado, cuando escuché el timbre del teléfono. En mi apresuramiento por cogerlo dejé la puerta sin cerrar y el camino del pasillo regado de paquetes que se me fueron cayendo por la recién reventada bolsa. En el umbral de la sala se me hizo añicos la botella de vino y un metro antes de alcanzar el aparato espachurré con el pie uno de los patés *à la poivre,* así es que descolgué el auricular con comprensible indignación y deseos de venganza.

—¡Qué pasa!

Era Miguel, y al reconocerle se diluyó mi furia de inmediato. Miguel conseguía siempre, quién sabe por qué acogedor milagro, rodearme de una cálida serenidad, poner en armonía mis disparatados humores interiores. Era Miguel con su voz gruesa y calmosa, «qué pasa, bonita, ¿estás de mal humor?». Me eché a reír, le conté lo del vino convertido en fragmentos de vidrio, lo del paté aplastado. «¿Tienes una comida en casa?», preguntó él traicionando su perpetua discreción. «Sí, viene Rosa», mentí algo desazonada. «Qué envidia», dijo. Y lo repitió, «qué envidia». Miguel llamaba para decirme que se iba. No, no eran vacaciones de pascua, eran unos días de trabajo, quería encerrarse en el campo con dos compañeros, sí, los dos que estaban escribiendo el libro con él, para corregir las pruebas y terminar el apéndice, «¿sabes?, el título definitivo será por fin *El juego matemático,* has ganado».

Me sorprendí a mí misma sintiendo cierto alivio al escucharle: si se marcha, podré ver a Hipólito en ésta su semana de soltero sin que surjan problemas de conciencia y coincidencia. E inmediatamente después de formular tal pensamiento sentí precisamente el primer problema de conciencia a modo de vago sentimiento culpable que me picoteaba el ánimo.

—¿Cuándo vuelves?

—No sé, calculo que como muy tarde el sábado.

—Entonces llámame a la vuelta, corazón... Ah, Miguel, una cosa... ¿para qué pueden querer unos laboratorios de genética la sangre de una persona que es hija de primos carnales?

—No tengo la más remota idea. Soy matemático, no biólogo.

—Pero al fin y al cabo has hecho ciencias...

—No tiene nada que ver. Será sangre homozigótica, no sé...

Nos despedimos sin que yo hubiera acabado de entender del todo en qué diantres consistía el tener sangre homozigótica: pero cómo me enternecía, cómo me gustaba Miguel cuando adquiría sus modestas maneras de profesor empeñado en meter un vislumbre científico en el cerebro de una alumna obtusa. Tras colgar permanecí un momento sentada en el sofá, inmóvil, observando con desaliento el aceitoso paquete estampado en el suelo. Con el pisotón, una masa informa de mus de oca se había abierto camino a través de los dobleces del papel de estraza, y ahora pendía sobre el parquet en grasienta y espesa voluta, como una temblorosa lengua ocre a punto de dar un lametón al suelo. La sensación de incomodidad y náusea matinal se había hecho más patente; ahí estaba, agazapada en mi estómago, enardecida ante la visión del cremoso hígado espachurrado. Un empujoncito, sólo eso. Me estremecí. La llamada de Miguel me había turbado. No era sólo el sentimiento de culpabilidad por engañarle, por engañar a alguien tan cariñoso y tan honesto. Era, sobre todo, una rara abulia, la angustiosa convicción de no querer a nadie. Yo en aquel entonces aún me consideraba monoándrica: era todavía lo suficientemente joven como para que me preocupara sobremanera el conocerme a mí misma, y perdía incontables horas en el insano vicio de la introspección, consolada en la creencia de que podría definirme en categorías inamovibles. Así es que me consideraba monoándrica, me sentía monoándrica, me educaron monoándrica y tener un solo hombre me parecía lo justo y razonable. Sólo a mí me podía suceder desbarajuste tal como el de ser monoándrica de corazón y poliándrica de actuación. Y, para mayor conflicto, cuanto más quería al uno más quería al otro. Y al revés, cuando me acometían esos misteriosos momentos de desánimo en los que la realidad se aquieta, en los que todo afán parece desproporcionado y todo sentimiento nimio, en esos momentos de soledad interior —porque no hay mayor soledad que la que se experimenta cuando no se quiere a nadie— en los que comprendía que mi amor por Hipólito era un engaño, entonces, digo, también mi cariño por Miguel empalidecía y se delibitaba, como si ambos quereres estuvieran condenados a darse al unísono, como si se alimentaran el uno del otro, como si el destino me obligara a esa dualidad fatal, a esa esquizofrenia, dos amores o ninguno. Plop, hizo el grumo de paté al desplomarse en el parquet, depositando un churrete de grasa sobre el suelo.

Apenas me dio tiempo a recoger el cristal migado, pasar la bayeta y recomponer mi cabello en un atusado gatuno ante el espejo. Hipólito llegó por una vez puntual y a las dos y cinco estaba tocando el timbre de la puerta. Fui a abrirle insatisfecha de mí misma, apenada casi por quererle tan poco, pero en el mismo momento en que le vi comprendí que le pasaba algo. Venía disfrazado de poeta maldito, con la bufanda al viento, chaleco de punto y su chaqueta inglesa —siempre tan meticuloso en el vestir, tan elegante— y la fina melena castaña le rozaba las orejas con suave alboroto. Venía Hipólito así como receloso o meditabundo, y recibió mi beso de saludo con labios secos y huidizos.

—Llevo unos días bastante alicaído —dijo a modo de excusa por su talante taciturno.

—¿Por qué?

—Bah, por nada en concreto. Tonterías.

Aquel encuentro fue difícil desde el comienzo. Parecía que no encontrábamos palabras con que hablarnos, Hipólito estaba rígido y ausente. Por hacer algo nos sentamos a la mesa, y yo fumé en silencio pitillo tras pitillo observándole comer, mientras me limitaba a picar de vez en cuando un trozo de jamón o una esquina de fiambre ante su intranquilidad creciente: «me pones nervioso, eso de que me estés mirando comer me saca de quicio». Al cabo, y quizá con el solo fin de rellenar silencios, Hipólito sacó un tema obvio de conversación: el estreno del domingo.

—¿Estás nerviosa? —dijo.

—Pchissss...

—Pues yo sí. Fíjate como será que llevo unos días con el asma fatal. A decir verdad no sé bien si será sólo de nervios o si también intervendrá la primavera, porque ya sabes que no acaban de decidir si mi asma es alérgico o nervioso... Pero me paso los días asfixiado... Has escogido un amante defectuoso, querida —añadió en tono irónico y con la boca llena de pan— físicamente soy un desastre...

—Tampoco es para tanto...

—Muchas gracias.

—Quiero decir que tampoco es para tanto el riesgo de este estreno como para que te asfixies de nervios.

—Al fin y al cabo es mi primer guión de cine.

—También es mi primera película. Y yo arriesgo mucho más que tú, como directora.

Me miró con sonrisa maliciosa:

—Ya, querida, ya... Ya sé que la película es tuya y sólo tuya, que no he tenido apenas participación en ella. Yo no soy más que un modesto colaborador, por supuesto.

Yo me estaba mordisqueando una uña y su comentario hizo que me supiera amarga:

—No sé cómo lo consigues, Hipólito —dije—, pero siempre logras volver los argumentos del revés. Me haces sentir como si yo fuera un monstruo de egoísmo y vanidad, cuando en realidad quien ha sacado el tema de la película eres tú, quien está obsesionado por el éxito o el fracaso eres tú, quien nada más vive por el triunfo profesional eres tú...

Hipólito calló, pero su expresión de distanciada superioridad fue una respuesta suficiente. Le miré durante largo rato atragantándome de humo y de exasperación, diciéndome a mí misma que no me gustaba nada, que me repugnaba su rostro ávido, que me aburrían sus miedos, que me tenía cansada. En aquellos momentos le despreciaba tanto que aún hoy sigo sin entender muy bien por qué, al filo del café, le dije: «al estreno irás con tu mujer, supongo», en un tono despechado que me traicionaba.

—Pues... sí, claro. Ya sabes.

Mencionar a la mujer de Hipólito en nuestras conversaciones bordeaba el límite de la prohibición tácita que nos habíamos impuesto. Yo lo sabía, y, sin embargo, insistí:

—Ya. ¿Cuándo vuelve?

—El sábado por la mañana.

—¿Y cuándo se fue?

—Anteayer. Bueno, anteanoche. Llevé a todos al aeropuerto. Los niños, las maletas. Un horror.

—Pobrecito... —comenté acremente—. Me vas a hacer llorar.

—No lo he dicho con esa intención, puedes estar segura —contestó con sequedad.

Mal, mal. Estaba comportándome mal y, sin embargo, no me importaba en absoluto. Me encontraba más allá de la barrera del pudor y la cordura, capaz de cometer impunemente, sin dolor, las más feroces tropelías, la torpeza más atroz. Me sentía fría y lejana, como observando la secuencia desde fuera.

—Cuando he dicho «un horror» —proseguía Hipólito— me refería exclusivamente a mí mismo. Ya sé, ya sé que tú me acusas de llorarme demasiado. Quizá tengas razón, tengo el vicio de querer mimarme.

¿Es ese un vicio imperdonable? Tengo que mimarme a mí mismo porque siento que los demás me mimáis poco... —se sonrió—. El problema, querida mía, es que no me reconozco en ninguno de los papeles que debo representar. No me reconozco como padre, como esposo, no me reconozco como amante. Soy un desastre. Tengo demasiados personajes y me siento cansado de todos ellos.

Hablaba bien, Hipólito. Pensé que en realidad era todo palabras. Palabras fluidas, palabras finamente engarzadas entre sí, un cúmulo de palabras carente de coraje.

Escuchándole hablar, comencé a sentir cierta inquietud, una comezón extraña, un deseo irrefrenable y travieso de transgredir las leyes, de provocar un cataclismo, de romper por una vez con la eterna y maldita discreción. Así es que me incliné hacia él, acaricié la tibieza de su muslo a través del pantalón, le miré con fijeza al fondo de los ojos, y le dije el «te quiero» más mentiroso de mi vida. Hipólito apenas parpadeó y se esforzó en mantener la compostura, pero inició un repliegue físico con todos los poros de su cuerpo: fue un pegarse a la silla, un poner los músculos en asustada tensión. Su dominio eran los delicados monólogos, a ser posible centrados en sí mismo, y los gestos afectivos le turbaban y aterraban.

—Te has equivocado al escoger amante, querida —decía él aparentando indiferencia—. Yo me siento como una nuez seca, con la cáscara entera y aún nueva, pero por dentro hecho una ruina...

«Te quiero», repetí obcecadamente mientras mi mano, como ajena, iba trepando por su cuenta pierna arriba, hasta las calientes arrugas de pana de la ingle, hasta la bragueta con botones. Al llegar al segundo botón, Hipólito no pudo por menos que darse por enterado y aceptar de cintura para arriba el tumulto físico que le estaba traicionando de cintura para abajo. Sacó el aerosol contra el asma del bolsillo, dio un par de aspiraciones profundas y al fin dijo:

—Ese es el problema.

—¿Cuál?

—El que me quieras.

—¿Por qué?

Calló un momento, cogió mi atrevida mano con el pretexto de acariciarla y la alejó del terreno conflictivo.

—Sólo te llevo seis años, y, sin embargo, a veces me pareces tan joven...

—Tú, en cambio, eres tan adulto, tan maduro —respondí enrabietada.

—Tan viejo. No te rías, me siento infinitamente viejo. Quizá se deba todo a que he tenido una vida demasiado convencional. Mi hijo mayor tiene ya diez años... Diez años, ¿te das cuenta? Soy todo un señor mayor, querida, un padre de familia ¿no lo entiendes? Soy un señor mayor y estoy cansado.

—Y, sin embargo, yo te veo asombrosamente inmaduro.

—¿Te das cuenta? Tú estás joven y viva, eres incluso capaz de ser agresiva. Yo ni eso. En fin, querida —Hipólito nunca me llamaba por mi nombre, siempre utilizaba ese «querida» de falsas resonancias, seguramente por miedo a llamar a su mujer con nombre equivocado y delatarse— la verdad es que hoy me siento particularmente... particularmente blando, sería mejor que me callara y que no añadiera más.

—¿Por qué? ¿Porque puedes perder el control, ser demasiado cariñoso, mostrarte demasiado débil, salirte de la página?

—¿De qué página?

—De la de la novela que haces de ti mismo.

Reflexionó un momento mientras se le iluminaban los ojos de placer ante la posibilidad de poder hincarle el diente a una metáfora:

—El problema de esa novela, querida, no es salirse de la página, sino pasar del prólogo. Y yo no puedo pasar porque se me han acabado las cosas que decir. Tú, sin embargo, perteneces a ese tipo de personas que creen que aún se pueden escribir novelones de mil folios... ¿Ves? Por eso digo que eres muy joven.

—Así es que me ves como un folletín por entregas.

—Muy ingeniosa, pero sabes que no es eso lo que estaba diciendo. Mira, lo que me pasa contigo es que sufro una debilidad irracional por las personas con talento...

—Muchas gracias.

—Y si a eso le añades otra vergonzosa debilidad por la gente que me tiene cariño, pues... Porque debe ser a no dudar una sensación injusta, pero lo cierto es que tengo el convencimiento, como te he dicho antes, de que se me ha querido y se me quiere poco.

—Y luego alardeas de vejez... Eso que acabas de decir es propio de un adolescente.

—¿Lo crees así? Y, sin embargo, tú estás enamorada de mí, y perdóname el atrevimiento, y yo...

—Y tú no lo estás de mí.

—Y yo no lo estoy de nadie, ¿entiendes? Lo que quiero decir es que yo ya estoy demasiado viejo para eso. Te quiero mucho —y al decir esto, que le costaba un visible esfuerzo, Hipólito bajaba la vista y la concentraba en el plato lleno de migajas—. Te quiero mucho, y me encantas, y me pareces una mujer formidable. Pero no tengo fuerzas de vivir, y, al contrario de lo que a ti te sucede, ya no creo en nada. No me creo a mí mismo como hombre, ni como padre, ni como esposo, ni como amante, ni tan siquiera como escritor...

—Ni tan siquiera —rubriqué irónicamente, pero él pareció no darse cuenta.

—La verdad es, querida, que me siento desengañado y desganado.

—Mira, Hipólito, a ti te pasa lo que al catorceañero que se enamora por vez primera en su vida de la amiga de una hermana mayor, y que tras unos meses de amor frustrado y sufrimientos se siente viejísimo al rozar los quince, se encuentra de vuelta de las cosas, desengañado de la vida, lleno de sabiduría y experiencia, cuando en realidad no es más que un pobre mocoso.

—Qué lista eres... Eso es lo peor, que eres lista...

Al llegar a este punto decidí liberar mi mano de la disimulada prisión de las suyas y reiniciar sin ningún pudor los ataques a su fortaleza abotonada, intuyendo ya lo que iba a suceder y deseosa, sin embargo, de provocar el desenlace. Hipólito se atiesó todo, tensó incluso las orejas en un estremecimiento de incomodidad. Lanzó su característica mirada-excusa hacia el reloj de muñeca: «me voy a tener que ir», musitó en tono escasamente audible. Y esa frase fue para mí como el toque de cornetín que anuncia la carga:

—¿Que te vas? —dije aparentando una sorpresa que no sentía en absoluto—. ¿No habíamos quedado en que en esta semana no habría tantas prisas como siempre?

Hipólito balbuceó unas cuantas palabras sin sentido que sonaban a excusa, hundió la mirada en los faldones de la mesa, enrojeció hasta la raíz del pelo y comenzó a desmoronarse a ojos vistas. «Me tengo que marchar, lo siento», volvió a repetir al fin cuando reunió arrestos suficientes para ello, poniéndose de pie en esforzado salto. Yo seguía diciendo todas las frases inadecuadas que siempre había callado. «Te quiero mucho», insistí con afán provocador, «te quiero mucho». Y después, anudándole los brazos al cuello, llegué incluso a rogarle, «no te vayas, por favor, Hipólito, no te vayas», transgresión última e imperdonable, traición suprema a las reglas del juego. Así, pegada a él, con mi cara próxima a la suya, pude observar con detenida frialdad cómo se iban cumpliendo paso a paso las fases previstas, cómo iba empalideciendo él, cómo sus mejillas adquirían tintes verdosos, cómo el miedo iba condensando gotitas de sudor sobre su frente, cómo los ojos le desbordaban de incomodidad, cómo bailaba su peso de pierna a pierna, dudando quizá con cuál de ellas emprender la precipitada fuga. «No te vayas, por favor, no te vayas», repetía yo implacable, mientras Hipólito se removía entre mis brazos buscando un resquicio de escape, cegado por mi impudor, atragantado por la inconveniencia del momento, abrumado por mi cariño. Al fin se deshizo de mis brazos y en cuatro empavorecidos saltos se acercó a la puerta farfullando frases inconclusas y disculpas de notoria incoherencia. En el descansillo remaché el clavo cruelmente, «pero esta semana nos veremos, ¿no?», y él asintió tres o cuatro veces dando efusivas cabezadas, «sí, sí, sí, te llamo, te llamo, te llamo», Y dicho esto huyó literalmente escaleras abajo, con los ojos desorbitados de susto y los puños apretados, con los codos pegados al cuerpo para mejor correr, dejando tras de sí un reguero de pulverizaciones contra el asma en el vacío.

Recogí la mesa, vacié los ceniceros para volverlos a llenar de inmediato con mis incesantes cigarrillos, deambulé un poco por la casa fingiendo que ponía orden entre objetos y muebles que no tenían ninguna necesidad de ser ordenados. Al cabo, en un arrebato de actividad, decidí aprovechar la tarde y acercarme a la agencia. Recogería las escaletas de los *spots* publicitarios —con un poco de suerte hasta podría encontrar al jefe y discutirlas con él— y trabajaría un poco, rescatando así el día de la insensatez.

Era un lunes cálido y que olía a primaveras, de modo que me fui andando hasta la agencia y cuando llegué ya era bastante tarde. Se habían marchado todos, como era previsible, y sólo quedaba Tadeo, con su cara de luna y sus pies planos, tan servil y miserable como siempre.

—Señorita, qué gusto verla, felicidades.

Tadeo, el chico-para-todo de la agencia, ayudante de los dibujantes, pegador de *letraset,* botones y portero, tenía la inquietante costumbre de felicitar incesantemente a todo el mundo.

—¿Felicidades por qué?

—Por la semana santa, señorita... Y por su película, señorita...

Y mientras hablaba se atusaba las sienes con disimulado y nervioso gesto, para comprobar que todo estaba en orden y que aún seguía en su sitio el sucio esparadrapo. Tadeo debía estar entonces rondando los cuarenta, pero la suya era una flaccidez como en conserva, de viscosa textura. Era bajo, de osamenta raquítica, con una barriguita tímida asomada sobre el cinturón de plástico que imitaba cuero. La calvicie contribuía a ampliar las considerables dimensiones de su cabeza y perfilaba la esfericidad perfecta de su cara, redonda como una hogaza y vacía de rasgos. Se había dejado crecer los ralos cabellos de las sienes, que sobresalían como dos flequillos laterales, para ocultar con ellos su secreto, esas orejas inmensas y carnosas que él pegaba al cráneo con esparadrapo en el cándido convencimiento de que nadie había descubierto tal argucia; y entre los mojones de estas patillas abultadas se extendía su rostro como una mancha blanca. Porque su palidez era tan prepotente, tan protagonista, que una llegaba a pensar que en la penumbra podría resultar fosfórica, que despediría relumbres muertos y lunares.

Recorrí la oficina, neutra y moderna, tan aséptica en su vacío. En la mesa de la secretaria había un pequeño cactus que animaba la niquelada frialdad del ambiente, y, en las paredes, los mejores anuncios de pasadas campañas, ostentosos y abigarrados de color, parecían una provocación en medio de la pulcra blancura. Tadeo me seguía solícito, encendiendo neones, dando saltos zambos con sus pies imposibles, escurriéndose por debajo de mis codos, balanceando su pesada cabeza de fulgor fantasmagórico.

—Señorita, el señor director dejó este sobre a su nombre.

—Ah, sí, gracias, Tadeo, esto era lo que estaba buscando.

Abrí la solapa y saqué los guiones. Eran seis, dos para un anuncio, cuatro para otro. A seleccionar, a discutir. Dos de ellos tenían una marca de rotulador rojo en el margen, unas letras dominantes y nerviosas, la escritura de mi jefe. «Moderno y agresivo», decía uno. Y el otro: «Directo pero elegante, tema delicado». Suspiré sintiéndome una vez más empachada de ese trabajo de corrupto mercachifle que pretendía ser artístico, libre y creativo. Fariño, claro está, había decidido ya los dos guiones que debían hacerse. Serían malos, sin duda, pero importaba poco: los desechados solían ser igualmente execrables. Decidí ahorrarme la pantomima habitual del trabajo en equipo, la discusión morosa e inútil del día siguiente sobre la bondad de esta idea o de aquélla, la farsa de la elección. Guardé en mi bolso los dos guiones subrayados en rojo, devolví los cuatro restantes a su sobre y añadí una nota:

«Sus deseos son órdenes para mí, apreciado director, y he preferido preferir los dos guiones que usted prefiere. No voy a salir de vacaciones, te telefonearé mañana.»

Y después, tras un momento de duda, dulcifiqué la broma con el añadido final de un ambiguo «abrazos».

—Tenga, Tadeo, ¿sería tan amable de entregarle esto a Fariño mañana?

—Cómo no, señorita.

En realidad ya no tenía nada más que hacer allí, pero de pronto me abrumó la idea de salir a la calle, de pisar de nuevo la ciudad a esa hora sucia del atardecer, hora perdida de pasos perdidos, hora inútil. Así es que me senté sobre una mesa, al abrigo de la intemporal atmósfera de neón de la agencia, a esperar que cayera del todo la noche y la ciudad perfilara sus contornos. Por hacer tiempo saqué de nuevo los guiones y los leí. Uno era el anuncio de unos tampones higiénicos: un guateque, es decir, un encuentro. Un grupo de muchachos bailando un rock furioso, un chico bellojovenmodernoyelegante que atraviesa la sala, se acerca a una adolescente bellajovenmodernaeinocente que está sentada en un rincón y la intenta sacar a bailar, ella se niega y baja la cabeza abochornada, primer plano de otras dos muchachas que comentan el incidente, «qué raro, Marisa no quiere bailar con Juan, yo creí que era un chico que le gustaba mucho», y la otra añade con una sonrisa, «espera, me parece que sé lo que pasa». Siguiente plano, las dos chicas —la abochornada y la amiga astuta— saliendo de un cuarto de baño con alegre dinamismo, la cámara las sigue, entran en el encuentro, Marisa se acerca a Juan, le da en el hombro, expresión de feliz sorpresa de él, comienzan a bailar algo movido, último plano de tres cuartos de la espalda de la chica, embutida en un pantalón muy ajustado y contorsionándose frenéticamente, y sobreimpresión del slogan final: «Tampones Securi. Para las que no quieren perder oportunidades.» En fin, abominable. Levanté la vista del papel y descubrí a Tadeo; estaba a dos metros de mí, en pie, observándome fijamente con sus ojos marchitos e inquietantes.

—¿Quiere usted algo, Tadeo?

—No, no, señorita, usted perdone.

Rubricaba su negativa moviendo pesadamente su densa cabezota.

—¿Quizá le estoy entreteniendo, a lo mejor iba usted a marcharse y no puede hacerlo por mi culpa?

—No, no, señorita, qué va, si yo me tengo que quedar aquí hasta las ocho...

Y seguía mirándome y sonriendo blandamente. Así es que decidí ignorarle y haciendo acopio de valor me lancé a la lectura del segundo guión, un *spot* de lavadoras: el jefe se empeñaba en que yo hiciera los anuncios «femeninos» para darles un toque moderno, para que no resultaran anticuados ante las exigencias de las feministas. «De la mujer del futuro», como él solía decir. «Tienes que conseguir unos anuncios que te convenzan a ti misma», bramaba en las reuniones de equipo, y yo a veces le llevaba la contraria y en otras ocasiones decía sí a todo, dependiendo de las fuerzas, del optimismo y el ánimo.

El segundo anuncio se trataba de una lavadora de modelo antiguo, tomada por detrás, una lavadora en medio de un ambiente blanco y vacío. Se escuchan golpes apagados e insistentes. Tráiler de la cámara, que se acerca poco a poco a la lavadora y va rodeándola, mientras aumenta el diapasón de los golpes. Toma de frente del aparato: por el ojo de buey se ve a una mujer encerrada dentro del chisme, una mujer que golpea frenéticamente la ventanilla dando gritos inaudibles. «No siga siendo prisionera de su colada», clama una voz. Zoom al ojo de buey y fundido con la ventanilla del nuevo modelo de la casa anunciadora, zumbante y en marcha, con la ropa girando dentro. La cámara se va alejando a toma general y junto al flamante aparato vemos a la misma mujer que antes estaba encerrada, vestida de manera agresiva —pantalones estrechos, botas, todo eso— y plantada desafiantemente sobre sus piernas abiertas en compás. Y sobre la imagen final, la leyenda: «Fasser, la lavadora de las mujeres libres». Pues bien, ese horror era mi oficio, mi ocupación, mi verdadero trabajo, a la espera de que mi película, la película, al fin, me liberara de estropajos de acero inoxidable, limpiavajillas de limón, lavadoras de prodigioso automatismo y compresas.

Tadeo seguía junto a mí, mirándome, sonriendo con reparo.

—¿De verdad que no quiere nada?

—No, señorita, sólo que...

Y callaba bajando la cabeza, las manos tras la espalda, ruboroso.

—Diga, Tadeo.

—Es que... Mire usted, señorita, no quisiera molestarla...

—Diga, diga.

Al fin lo soltó, inclinando la cabeza hacia el suelo, escondiendo por las esquinas su mirada desteñida:

—Es que, mire, señorita, le... ¿le podría hacer unas fotos?

—¿Unas fotos?

Como si mi pregunta hubiera sido un conjuro, en sus manos apareció repentina y mágicamente una cámara instantánea de cantos roídos, con la que Tadeo comenzó a fingir que disparaba; «clic y ya está, sólo son diez minutos, señorita», repetía, tapando a trozos su sonrisa aguada con el aparato.

—Es que, verá, señorita, yo, con el permiso de usted, yo, sin querer molestar, es que mi mamá, señorita, y como usted se está haciendo tan famosa, mi mamá me dijo, hazle unas fotos, pero son sólo diez minutos, señorita, y si le molesto entonces nada. Y como hoy la he visto sola y sin prisa, pues me he dicho, ¿qué mejor ocasión?, con el permiso de usted, porque mi mamá vio el otro día la entrevista que le hicieron a usted en el tele, en el programa ese de cine del tele, ¿sabe usted lo que le digo?, que, dicho sea de paso, señorita, hay que ver lo guapa que salió, y como mi mamá está siempre muy al día pese a todo, pues me dijo, ve y hazle fotos, son diez minutos nada más, clic y ya está, con su permiso.

—¿Su madre?

—Sí, es que la pobre, no sé si usted sabe, la pobre como está paralítica, vamos, que no puede moverse lo que se dice nada, y es muy duro, porque mi mamá es maravillosa, aunque esté mal decirlo, pero la pobre no puede moverse desde hace ya once, no, doce años, y por eso.

—¿Por eso qué?

—Pues por eso hago las fotos —explicó con impaciencia—. Es que mire, señorita, nosotros vivimos solos los dos, ¿sabe?, mi mamá y yo, y la pobre se aburre mucho todo el día en casa sentada en su sillón de orejas, que yo ya se lo pongo junto a la ventana para que vea el trajín de la calle, pero son muchas horas así, muchas horas sola, demasiadas. Mi mamá, mejorando lo presente, mi mamá es toda una señora, nosotros teníamos dinero en casa, sabe, y otra posición, pero lo que pasa es que las cosas fueron como fueron y...

El siempre silencioso Tadeo había roto a hablar con imparable verborrea, y la cámara yacía lánguidamente entre sus manos, olvidada. Permanecía inmóvil, los ojos fijos en mí sin apenas parpadeo, y su voz, una vocecilla aguda e impostada, parecía absorber todas sus energías, su capacidad vital, asemejándole a un muñeco de ventrílocuo.

—Y la pobre estaba acostumbrada a entrar y salir, era una mujer de mucho movimiento, ¿me entiende?, antes de que pasaran todas aquellas desgracias que... Era una persona muy activa mi mamá, sabe, y ahora, claro, pues se aburre. Y nosotros vivimos en el centro, junto a la plaza de la Estrella, ¿sabe donde le digo, señorita?, una calle pequeña que hay detrás, y allí hay siempre mucho paseante, pero la pobre se aburre de mirar siempre a la calle, porque ni mover la cabeza puede y la tengo que dejar, por las mañanas, con la frente apoyada en el cristal de la ventana, así ella mira y cuando se cansa, pues cierra los ojos un ratito.

Un empujoncito tan sólo, un empujoncito para entrar al río de la muerte. Sentí un escalofrío:

—Está bien, Tadeo, haga usted las fotos que quiera, pero le rogaría que se diera prisa, porque ya se me ha hecho bastante tarde.

En realidad no había conseguido comprender todavía el porqué de esos absurdos retratos, pero accedí a su petición para cortar su charla, para huir de sus confidencias blandas y asfixiantes, de esas confidencias con olor a escalera interior, a verdura hervida.

—Muchas gracias, señorita, sabía que usted me entendería, no sabe lo contenta que se va a poner mi mamá cuando le enseñe las fotos esta noche, porque por las noches pasamos unos ratos estupendos, cuando llego a casa le pongo una tarima que yo mismo hice delante de su sillón, y le coloco ahí sus revistas y los dos las leemos juntos, como cuando yo era niño, pero ahora soy yo el que le paso las hojas a ella. Porque mi madre, sabe usted, siempre fue muy aficionada a la cosa del cine y del teatro y de las variedades y todo eso, y está al tanto de todo lo que pasa en el mundo, no se crea, que paralítica y todo continúa estando enteradísima, y mantiene muy buen ánimo, sabe, es una mujer muy valiente mi mamá, bueno, a veces se enfada un poco, le sale el carácter que tiene, porque mi mamá siempre ha sido una mujer de genio fuerte. Y tan guapa, tan guapa, señorita, usted perdone que yo lo diga siendo mi madre, pero, ¡tan guapa!, cuando por las mañanas le peino esa melena plateada que tiene... Y antes era... Mire, mire, aquí tenía treinta años...

Sacó una cartulina amarillenta del bolsillo y me la enseñó con gesto tembloroso: era el retrato de una mujer más bien rechoncha, morena, de fieros ojos negros, nariz demasiado chata, labios demasiado pintados y rostro demasiado esférico. Una mujer vulgar y desafiante. «Muy guapa, sí», comenté con vaguedad, incómoda, sintiéndome un poco mareada. Hacía calor o cuando menos yo me notaba sofocada, la sangre me zumbaba en los oídos y me dolía el estómago.

—Pero mire, Tadeo, si pudiera darse usted un poco de prisa...

—Sí, sí, señorita, por supuesto, no faltaría más, con su permiso...

Comenzó a brincar a mi alrededor, disparando sin detenerse apenas a mirar lo que enfocaba, envuelto en zumbidos mecánicos y en «clics» de obturador. «¿Sabe?, como ella no puede ahora moverse de casa, pues yo le llevo a casa a los artistas, así que voy a los estrenos y espero en la puerta de los hoteles, y la gente es muy buena y dejan que les fotografíe, bueno, algunos no, como esa mala pécora de la Corralita, que ni me dejó pasar al camarín después de llevar tanto tiempo esperando, y le advierto, señorita, que la Corralita ya tiene sus años, y se lo digo yo que he estado al ladito, tan cerca de ella como estoy de usted ahora, y créame, señorita, si le digo que es fea y huesuda como un gato, y de voz para qué hablar, que como dice mi mamá en vez de cantar chilla, así es que no sé por qué se da esos aires, porque yo he estado con la misma doña Concha, fíjese, doña Concha nada menos, y fue de lo más encantadora, que es lo que yo digo, las que son señoras son señoras siempre, usted me entiende.» Seguía disparando, incesante, derramando fotos por doquier, y en cinco minutos había llenado todas las mesas del entorno de cartulinas en diversas fases de impresión, allí estaba yo apareciendo entre las brumas fotográficas con aire de fantasma, en el rectángulo de al lado comenzaba a intuirse el contorno de mi cuerpo, en el de más allá se me veía perfectamente nítida, con un color famélico y tristón, color de neón, de falso cromatismo, color muerto. Empecé a sentirme verdaderamente enferma, adquirí a no dudar en la realidad el mismo tono ceniciento que me estaba surgiendo en las fotografías instantáneas. Me puse en pie e inicié la huida tras mascullar alguna disculpa escasamente cortés. Esquivé su cuerpo, me lancé al pasillo. Tadeo me seguía sin parar de disparar, soltando un reguero de bombillas de cubo-flash tras de sí. «No sabe cuánto se lo agradezco, señorita, cuánto se lo agradecemos los dos, luego pegamos las fotos a la pared, tengo ya cientos de fotos de famosos, si usted quisiera podría venir un día a verlas, señorita, si no le sirviera de molestia», alcancé la puerta ya corriendo y forcejeé torpemente con la cerradura, «y como nuestra casa es muy grande, así con ustedes nos sentimos menos solos, señorita, una más y acabo ya, qué amable es usted, señorita, gracias, muchas gracias», y yo bajaba ya, volaba por las escaleras respondiendo «de nadas» al vacío en mi prisa por huir, y aún pude escuchar su último grito dos descansillos más arriba, «adiós, señorita, muchas felicidades, señorita, muchas gracias».

No pude llegar más allá de la esquina de la calle. Allí, apoyada contra el cemento, deposité en la noche todo el contenido de mi estómago. A fin de cuentas, me dije mientras me sonaba con cuidado, resulta que sí me han sentado mal los caracoles.

12 SEPTIEMBRE

No sé si es la edad o la enfermedad, pero me canso. Bien sé que llega un momento en que ambas cosas, edad y enfermedad, vienen a ser lo mismo. Pero yo no estoy todavía en ese punto, o eso espero, aunque esta ya larga estancia aquí sea la prueba de que mi organismo comienza a fallar. Digo que me canso, que me agota cualquier esfuerzo desproporcionadamente por nimio que éste sea. Me fatiga incluso el escribir, la espalda me molesta de tanto estar erguida: recuerdo que mi madre me decía que la cama quebranta siempre mucho. Pero las horas son lentísimas en medio de tanta blancura y del silencio. Los amigos, o los que se decían amigos, parecen haberme abandonado al aburrimiento. Yo no me considero rencorosa, pero no sé si sabré perdonárselo: tras las visitas corteses de la primera semana han ido desertando todos, uno a uno. Sus flores se han marchitado, me he comido ya todos sus bombones y hoy me siento sola y olvidada. El único que persevera parece ser Ricardo, al menos por ahora, y no se puede decir que él sea, precisamente, la mejor compañía. En fin, no quiero hablar mal de él, al fin y al cabo viene y me visita. Pero los años le han hecho aún más picajoso y pedante, y a veces me resulta insoportable. Así es que, para llenar vacíos y aliviar el tedio, he decidido empezar esta especie de diario —qué curioso, yo que siempre odié los diarios, que no fui jamás capaz de escribir uno, ni siquiera siendo adolescente— más que nada porque ya me he enviciado en el placer mecánico de la escritura, en ver correr mi letra por encima del papel maravillosamente satinado que me proporciona mi amiga María de Día.

La verdad es que ahora que he empezado no sé de qué escribir, tan rutinaria y vacía es mi vida aquí. Mi única distracción son mis charlas con María de Día. María de Día es a veces muy joven, atolondrada y alegre, y en otras ocasiones es muy joven, atolondrada y triste. Eso es lo que más me gusta de ella, su variedad. Cuando está alegre me saca a empellones de la cama, me obliga a vestirme, me pasea por todo el hospital, con la excusa de que estoy perfectamente bien y de que conviene que me mueva. Su último paroxismo eufórico me costó un resfriado espantoso: hay que reconocer que como enfermera es un desastre. Cuando está triste viene a sentarse a los pies de mi cama o en la butaca y me habla de ella, de sus proyectos, de sus ideas y opiniones sobre el mundo y sobre todo de sus novios, que son siempre incontables, mientras rechupetea con concentrada fruición un mechón de pelo que se saca ilegalmente de la cofia. Yo he apostado para mí misma por uno de los novios, un médico cardiólogo, cuya sola mención imprime en las mandíbulas de María de Día un ritmo triturador que cercena su pobre pelo torturado. Esta mañana le tocaba humor meditabundo, y cuando ha venido a recoger el desayuno se ha sentado un momento y me ha dicho: «ay, Lucía, ¿tú crees —porque me llama de tú— tú crees que estoy loca?». Me he apresurado a contestarle que no, por favor, que qué tontería, que es una muchacha muy cuerda y muy serena. «Es que a veces siento que quiero a demasiada gente y otras veces me parece que no quiero a nadie». Me divirtió la coincidencia y se me escapó el pensamiento en alta voz, «eso es la función Delta», dije. «¿La qué?», preguntó ella abriendo mucho los ojos, «La función Delta», repetí, y luego tranquilicé su curiosidad prometiendo explicárselo todo algún día.

María de Noche no. María de Noche no me gusta. Es una mujer madura, casi de mi edad, y tiene ojos de haber visto demasiado. Es una enfermera eficiente, seca, estricta, que no malgasta esfuerzos. Cuando pasa por mi habitación cada día, tras la cena, a preguntar con profesional y hueca voz si necesito algo —«¿desea usted algo doña Lucía?»— me da miedo. Trae con ella, pegado a sus talones, un no sé qué de fúnebre y de mal agüero. Trae con ella la noche y el desasosiego, el insomnio y la pesadilla. Sus ojos, sobre todo. Sus ojos arrugados, pardos y chicos, tienen ese brillo que se adquiere contemplando muertes. Yo adivino o imagino en su mirada el reflejo de cien agonías anónimas y hospitalarias, y me asusta. María de Noche es la penumbra.

Ricardo, con su grosería habitual, dice que lo que sucede es que estoy un poco histérica, que dramatizo todo inútilmente:

—A mí tu María de Noche me parece una mujer atenta y servicial.

Ricardo quiere tener la última palabra en todo, cree poseer el secreto de las cosas. Y esa ridícula manera que tiene de hablar, ese lenguaje barroco y artificioso que utiliza, esa costumbre exasperante de poner los adjetivos antes de los sustantivos pronunciándolos con enfático y engolado tono:

—Para ser septiembre —dice, por ejemplo, sin ningún rubor— es una muy lím-pida y cá-lida mañana, ¿no crees?

Ricardo ha equivocado su vocación: hubiera debido ser actor. Creo que nunca se ha subido a un escenario, sin embargo, pese a haber desempeñado en su vida casi todos los oficios imaginables y algunos más que ni pensarse pueden. Es una pena: el mundo se ha perdido un genio. No he conocido a nadie más histrión que él, disfruta siendo el centro de atención y teniendo a alguien que le escuche. Ahora ese alguien soy yo, convertida en auditorio perfecto por imposiciones de esta enfermedad que me ata a la cama. Me irrita un poco el pensar en nuestra desigualdad de condiciones, que me fuerza a desear sus visitas y a soportarle desaires que en otras circunstancias no consentiría. Bien mirado, la mía es una situación un poco abyecta, porque a veces siento verdadera indignación cuando Ricardo viene a verme después de haber faltado un par de días, y entra en la habitación pavoneándose, orgulloso de saberse necesitado, e incluso se atreve a decirme un «me has echado de menos, ¿verdad?» de intolerable tono. Y, sin embargo, como me siento sola, me esfuerzo en sonreír y callo.

Hoy llegó acalorado y risueño, arrancándose el jersey a manotones mientras comentaba la esplendidez del día, lo soleado de este otoño que aún parece agosto.

—Debe ser espléndido para ti —le dije— porque yo no puedo disfrutarlo encerrada en esta maldita habitación.

—Por favor, Lucía, no empieces con tus inacabables quejas y con tu proverbial mal humor. Mira que no vuelvo, eh...

Estaba en mangas de camisa y llevaba un blusón de hilo sin cuello ni puños, un blusón siciliano de esos que ahora están de moda. Claro que la tela estaba deshilachada por los bordes, raída en las costuras, desteñida en la proximidad de las axilas: Ricardo sigue siendo tan desastroso como siempre.

—Qué bonita camisa llevas. Quiero decir, debió ser bonita, porque ahora está hecha una ruina.

—¿Te gusta? —se pavoneó—. Es que es muy vieja. Ahora la lleva todo insulso jovenzuelo que se precie de estar a la última, pero yo me la compré hace infinidad de años, cuando estuve en las Lípari.

—Por supuesto, Ricardo. Nunca pensé que te la hubieras comprado para seguir la moda, tú nunca harías tal vulgaridad —zumbé.

—¿Te he contado alguna vez mi viaje a las Lípari?

Esta era, sin duda, una pregunta retórica, porque sin esperar respuesta se repantigó en el sofá y comenzó uno de sus interminables monólogos.

—En las Lípari hay tantos volcanes como islas, y de día el mar es como un claro cristal y por la noche adquiere unas formidables fosforescencias, una especie de fuego fatuo, el brillo del plancton. Yo solía coger una barca de remos y adentrarme solo en la oscura noche. Había un gran silencio y la proa cortaba las luminosas aguas dejando una negra estela tras de sí. Alrededor podías distinguir la silueta de los volcanes, incandescentes volcanes que chisporroteaban lava periódicamente. Y era hermoso el contraste entre los rojos volcanes y el frío fulgor del agua.

—Desde luego, no todas las camisas de moda deben tener una historia tan exótica.

—Yo me encontraba alicaído y algo arruinado, en aquel entonces... Acababa de llegar de China, ¿recuerdas? Fue cuando quise montar aquel negocio de importación de bálsamo de tigre.

—Aquel contrabando de bálsamo de tigre, dirás.

—Lucía, Lucía... —me reconvino—. No era propiamente contrabando, en realidad...

—En realidad fue un espantoso fracaso.

—Cierto es que fracasó, pero fracasó porque me traicionaron, porque me traicioné yo mismo... —se detuvo, perdiendo la mirada en lejanas ensoñaciones—. Fue aquella muchacha turca que era mi contacto y que desdichadamente se enamoró de mí. Fue una historia bastante trágica, he de añadir. Al cabo su marido se enteró de todo, y no puedes hacerte una idea de cómo eran los turcos en estos asuntos familiares. El caso es que él me denunció a la policía y ella, cuando ya estábamos en las Lípari, navegando una noche por entre las islas, se arrojó al luminoso mar, saltó del bote antes de que pudiera sujetarla. Era un magnífico escenario para un suicidio, te lo aseguro, fue una grandiosa decisión la de escoger morir en aquel fuego helado.

—¿Pero no me habías dicho que solías salir solo en el bote?

—Eso fue después de perderla. Remaba en la noche y la recordaba.

—No me creo absolutamente nada, Ricardo, absolutamente nada.

—Está bien... —suspiró jocosamente—. Pero, ¿a que hubiera sido hermoso?

He releído lo que acabo de escribir y he de confesar que me siento algo culpable. Culpable por ensañarme tanto con Ricardo. Culpable por hablar tan mal de él. Al fin y al cabo, nos conocemos desde hace más de treinta años. Al fin y al cabo hemos vivido y envejecido juntos. Pobre Ricardo. Siempre estamos discutiendo, pero creo que le aprecio. Me enternece verle arrugado y consumido, contemplar cómo le cuelgan hoy las camisas de la puntiaguda percha de sus hombros, sobre su pecho hundido.

—¿Cuántos años tienes ya, Ricardo? —le pregunté esta mañana.

—Tres más que tú, como siempre.

—Sesenta y dos.

—Sesenta y tres, querida. Tú vas a cumplir ya los sesenta.

No quieto recordarlo. Aún me quedan cinco meses. En la década de los sesenta comienza ya la vejez oficial, o eso me parece. Sé que es un pensamiento ingenuo y tonto, pero viviendo aún mis cincuenta y nueve me siento mucho más joven que Ricardo, que ya es un sesentón. Horrible palabra, sesentón. Me arrepiento de haberla usado tantas veces a lo largo de mi vida. La borraría del diccionario. Ricardo, pese a todo, no se conserva mal, y aún mantiene todo el pelo, convertido ahora en una melena lanosa e imposible de color gris sucio. Yo también había conseguido una madurez física digna hasta que comenzaron los mareos, los dolores de cabeza. Ya sé que esta infección de oído es poca cosa, y, sin embargo, cuánto me he demacrado en estas tres semanas. Dice Ricardo que es mi hipocondria, mis nervios, mi «maldi-to» pesimismo. Dice María de Día que es mentira, que estoy muy guapa. Dice María de Noche que procure no fatigarme con tanto escribir: María de Noche no malgasta tiempo en halagos, es una máquina de precisión en la que no tiene cabida lo superfluo.

—La verdad es que estás lívida y que tienes un lamentable aspecto —comentaba Ricardo esta mañana, confundiendo como siempre la sinceridad con la grosería—, pero eso es de estar todo el día aquí encerrada. Estoy seguro de que cuando salgas recuperarás tu lozanía.

A mí me da miedo, sin embargo. Hay gente que envejece a saltos, que camina hacia la muerte a empellones, y temo pertenecer a esa clase. Siento como si hubiera bajado un escalón de decadencia, como si ya no pudiera lavar este tinte ceniciento que pinta hoy mi cara. Pero es hora ya de darle un descanso a este diario: anochece, y la tarde está poniéndose tan gris como mi ánimo.

17 DE SEPTIEMBRE

Parece que las sesiones de radiaciones dan resultado, porque los vértigos remiten y el mundo comienza a detenerse tras haber danzado en torno mío durante largos días. Me encuentro mucho mejor, y ahora ya ni espero a que María de Día me saque de la cama a empellones, sino que me levanto yo misma cada mañana y aprovecho el buen tiempo para tomar un poco el aire en el jardín. Supongo que de seguir así me darán pronto el alta y podré volver a mi casa, a mi mundo, a mi vida. Y será una vida diferente. He estado reflexionando mucho en estos días, he puesto en claro muchas cosas. Quizá no deba condenar de forma tan tajante a mis amigos por su deserción. Vivo demasiado aislada, cuando me dejó Miguel cometí la torpeza de encerrarme y no he sabido salir después de mis rutinas de misántropa. Si miro hacia atrás, de estos últimos años sólo recuerdo horas de trabajo y soledad. Y las amistades hay que mimarlas, cuidarlas, regarlas como plantas delicadas. Soy joven aún, pese a esos sesenta años que cumpliré en el mes de marzo: esta enfermedad me ha servido para recuperar mi vitalidad y mi optimismo. También gracias a ella he descubierto el placer de la escritura. Hoy me he arriesgado. Dudé mucho, al principio. No me atrevía a entregar mis memorias al ácido sarcasmo de Ricardo. Pero sé que lo que he escrito es bueno, y la emoción de mi propio trabajo me ha obligado a echar mano del único lector de que puedo disponer por el momento.

—Mira, Ricardo —le he dicho, con mi tono más afable—. He comenzado a escribir una especie de memorias, el relato de una semana de mi vida, cuando estrené mi película, hace treinta años.

—¿Salgo yo?

—No. No por ahora.

—Entonces será aburridísimo.

—Pero vas a salir, Ricardo, no seas narciso.

—Está bien, está bien. En ese caso las miraré. Déjamelas.

—Son muy malas, ¿eh?, es un divertimento, sólo para matar las horas, está muy mal escrito...

Se las leyó con detenimiento, casi sin respirar, todos los folios de un tirón. Yo me apresuré a ponerme las gafas para poder apreciar bien su expresión, para no perderme el más mínimo gesto. Pero su rostro permaneció inmóvil y sólo pude ver mi propio nerviosismo reflejado en él. Al final puso las hojas todas juntas, alisó los bordes, apiló los folios con suaves golpecitos hasta conseguir una alineación perfecta y me llevó, en fin, al borde de la desesperación.

—Bueno, dime, ¿qué te ha parecido? Recuerda que es sólo un divertimento...

Aún permaneció callado unos segundos, mirándome fijamente con sus ojos fríos y malvas.

—No está mal, Lucía —dijo al fin—. Me atrevería a sugerir incluso que está bastante bien. Deberías haberte dedicado a escribir en vez de obstinarte en hacer películas. Como directora de cine hay que reconocer que eres un fracaso, y quizá la literatura te hubiera deparado un destino más risueño.

Se lo agradecí muchísimo. Sé que esta forma hiriente de halagar es su manera de ser amable, y supongo, además, que tras sus palabras hay cierto poso de envidia que me hace valorar aún más la calidad de lo que he escrito.

—Eso sí —se apresuró a añadir—. Como novela está bien, pero como memorias es un fraude. Todo lo que cuentas es mentira, es una simple y llana distorsión de la realidad.

—¿Y tú qué sabes? ¿Estuviste acaso conmigo aquel día?

—Es obvio que no estuve, pero conozco bien la historia. Conozco bien tus relaciones con Hipólito, por ejemplo. Conozco a Hipólito, a Miguel. Conozco lo suficiente como para saber que es falso.

Y a continuación se pasó media hora intentando convencerme de que sabe más de mi vida que yo misma. Ricardo no se da cuenta de lo ridículas que resultan a veces sus pretensiones, no se da cuenta de que no le es posible protagonizarlo todo, que no es él quien está redactando mis memorias, sino yo.

—Además —le dije— me extraña tu repentina preocupación por la fidelidad a los hechos. Tú, precisamente tú, que te pasas la vida mintiendo, que es imposible creerte nada...

Se sonrió con evidente satisfacción: mi ataque le daba pie para volver a hablar de sí mismo, su tema favorito.

—Cierto, cierto —admitió magnánimo—. Pero olvidas una sutil y fundamental diferencia: la mentira, para mí, es una opción vital; digamos que es una posición filosófica. Querida Lucía, no se debe contar jamás todo lo que uno sabe, po...

—Porque se pierde poder. Ya lo sé. Lo repites muchas veces.

—Efectivamente. No se debe contar jamás todo lo que uno sabe porque se pierde poder. No pongas ese gesto de fastidio: te sería más útil aprender de lo que digo. Yo he escogido las mentiras. Las mentiras me protegen y además habrás de reconocer que mis mentiras mejoran la realidad. En mí es, por lo tanto, una opción voluntaria. Pero tu caso es distinto: tú quieres creer y hacer creer que dices la verdad. Lo tuyo es verdaderamente inmoral, querida. Yo diría que incluso puede llegar a ser paté-tico.

No sé por qué, pero hoy toda la palabrería de Ricardo me ha hecho gracia. Debe ser que me encuentro fuerte, feliz, llena de proyectos. Voy a arreglar mi casa. Lo merece, después de tantos años. Pintaré de nuevo las paredes y compraré al fin la librería que tanta falta me hace. Me gusta mi casa:

cuando la alquilé, hace treinta y tres años, fue el primer sitio verdaderamente mío que poseí. Tenía entonces los muros blancos, impecables, esos mismos muros que luego ha ido ensuciando el sudor de los años. Ahora mi casa tiene babas petrificadas y extrañas pegadas a las esquinas, y unos vahos negruzcos han trepado a las paredes por encima de los radiadores, oscureciendo el desconchado yeso. La alfombra de la sala tiene señales indelebles de meadas de perros ajenos y de alguna vomitona de invitado. Los cojines están deshilachados y sus colores desteñidos, las sillas cojitrancas, regañonas y crujientes ante el culo más liviano, como cansadas de tanto soportar. Mi casa ha envejecido conmigo, en ella se refleja mi propia decadencia, estas articulaciones que también crujen, estas mejillas empalidecidas por el tiempo, esta cara desconchada agrietada desplomada arrugada que a veces —pocas— entreveo en el espejo. Porque sigo guardando en la retina mi rostro de siempre, mi rostro de los treinta años, y esta gastada máscara que asoma hoy sobre el azogue me resulta ajena e incluso pintoresca, y la miro sin ver, observando con extraño distanciamiento sus ojos perplejos, las comisuras cuarteadas, la papadilla algo peluda. Miguel me dijo, hace muchos años, que bajo mi mentón había un retal de piel niña, un fragmento de epidermis suave y puberal recubierto de un vello amelocotonado, ese dulce vello digno de un bebé que todos los mortales pierden en la adolescencia y que sin embargo yo, hermosa y peculiar, había conservado como supremo adorno. Y diciendo esto, Miguel me besaba el cuello, me peinaba con la puntita de la lengua la delicada y casi invisible pelusilla, ascendía barbilla arriba, mimoso y lento, hasta entreabrir mis labios. Pero hace ya tiempo que me falta la ternura infinita de Miguel, y aquellos leves vellos míos se han ido convirtiendo con los años en indecentes barbas, en pelos renegridos y seniles que de vez en vez me arranco. A veces pienso que me gustaría poder repintarme con la misma facilidad con la que blanquearé puertas y paredes; pero ya que esto no es posible, cuando menos remozaré mi casa y la limpiaré así de la melancolía del recuerdo.

MARTES

Me despertó el timbre del teléfono. No era Hipólito. Era la secretaria de la agencia: «Ha dicho Fariño que recibió tu nota y que si puedes venir por aquí a eso de la una.» Contesté que sí en un momento de debilidad, entorpecida por los residuos del sueño. Miré el reloj: las nueve y media. Fariño, como siempre, con esas ejecutivas urgencias matinales. Me sentía de mal humor y decidí seguir durmiendo, para dar al día otra oportunidad y ofrecerle la posibilidad de mejorarse. Me había zambullido de nuevo entre vigilia y sueño, en esa zona fronteriza de color niebla y sin ruidos, cuando volvió a sonar el timbre. No era Hipólito. Eran mis padres, despidiéndose antes de salir de vacaciones. Con ellos, amparada en mi somnolencia y consanguinidad, me permití ser bastante impertinente. Algo aliviada tras los exabruptos, descolgué el teléfono, asfixié sus pitidos con la almohada, e intenté dormir de nuevo deleitándome en un sombrío sentimiento de orfandad. Llamaron a la puerta. Me levanté vacilante y deslumbrada. No era Hipólito. Era Rosa con una bandeja de bollos recién hechos en la mano.

—¿Te he despertado?

—Hummmmmm.

—Lo siento. Pero me voy dentro de un momento a Isla Blanca y quería despedirme antes. Te he llamado desde la esquina para ver si podía subir, pero estabas comunicando todo el rato, así es que pensé que estabas levantada.

Paladeé mi enfado durante unos segundos —sabía a resaca de cigarrillos de la víspera— y decidí al fin callarme y preparar café para las dos. Desayunamos en silencio y al terminar de comer comencé a sentirme algo más reconciliada con el mundo.

—Se te va a quedar el café frío, Rosa —dije, como primera y magistral frase del día.

—No... no me lo voy a tomar... ya sabes que odio el café —contestó tímidamente.

—No me acordaba... Eres boba, ¿por qué no me lo has dicho? ¿Quieres un té?

—No, no. No te preocupes. Es que tenías tal cara de mal genio que no me atreví a decirte nada.

Si he de ser sincera, debo reconocer que la gente suele atribuirme mal genio. Supongo que así será, puesto que los demás lo ven; pero yo me considero una persona llevadera, de fácil convivencia. Rosa, de cualquier forma, siempre manifestó una notoria falta de carácter.

—De todas formas debías haberlo dicho, eres idiota —insistí, algo picada.

—No te preocupes, si no tiene importancia... Peor es cuando... ¿Sabes lo que me pasó el otro día? Fui a una pequeña imprenta que hay en mi calle, tiene una maquina de fotocopiar y yo quería hacer unas copias de un... de un guión de José-Joe.

—¿Y por qué no se las hace él mismo?

—Bueno —prosiguió Rosa con tono apaciguador—. El caso es que fui yo, y el que atiende es un chico sordomudo, de esos que han aprendido a hablar y dan unos gritos raros y no hay quien los entienda, ¿sabes lo que digo? Bueno, pues eran como veinticinco folios y el chico era lentísimo. Estaba muy serio y circunspecto haciendo las fotocopias y de vez en cuando me preguntaba cosas, y era horrible, porque yo no le entendía nada. Primero me dijo que si quería una copia de cada o más, y me lo tuvo que repetir tres veces. Luego que si quería el original y la copia separados, y lo mismo. Horroroso, no te puedes imaginar. Total, que al rato me pregunta que si quiero una taza de café. Yo le entendí eso a la primera, pero pensé que me había equivocado de nuevo, porque no me parecía normal que me invitara a una taza de café. Así es que le hice repetir el ofrecimiento como cuatro veces, y al final me señaló una cafetera que había en una esquina, caliente, con vasitos de papel al lado. Yo estaba tan abochornada y me pareció tan amable el chico que le dije que sí, que sí que quería el café, y gesticulé desaforadamente como demostrando lo feliz que me hacía la idea. De modo que no tuve más remedio que servirme un vaso, y como el chico estaba al lado mío tuve que llenarlo a rebosar, y era café negro, sin leche, para colmo de males, y era además un café repugnante, ay, Lucía, te juro que me bebí entero el vaso, pero que casi vomito. Y mientras tanto, intentando poner cara de deleite. Horrible.

—Pero mira que eres tonta.

—Espera, que no es eso lo peor. Lo peor es que cuando fui a tirar el vaso al cubo que había junto a la cafetera, abro la tapa y... ¿qué crees que veo? Pues una infinidad de vasos de papel ¡llenos de café! ¡Llenos! ¿Entiendes? A todo el mundo debía pasarle lo mismo, a todos les debía parecer un café repugnante, y como eran más listos que yo lo tiraban sin beberlo... Y lo peor, lo peor, Lucía, es que, encima de hacer la heroicidad de tomármelo entero, cuando el sordomudo fuera a tirar el cubo podría pensarse que cualquiera de esos vasos llenos era el mío...

Nos reímos de buena gana. Cuando Rosa se reía todas las pecas se le arremolinaban sobre la nariz. Se secó los ojos —Rosa era una mujer que lloraba fácilmente, ya fuera de pena o de alegría— con regocijado gesto y encendió un cigarrillo.

—Pues me han ofrecido un par de conciertos en Isla Blanca —añadió— en no sé qué iglesia, para el jueves y el viernes santo, así es que aprovecho y me voy toda la semana. No me pagan nada, sabes, sólo el viaje y la estancia, pero eso no está mal, ¿no?

—¿Y José-Joe?

—Se queda aquí. Está insoportable, ha perdido los nervios con eso del estreno. Ya sabes como es.

—¿Y Clara?

—La dejo con mi madre.

—No me digas que te vas sola, Rosa, sola del todo.

—Sí, sí.

—¿Seguro que no te llevas a ninguna de tus chicas?

—Seguro. Como ves, me estoy volviendo adulta.

Y diciendo esto me guiñaba un ojo con azarada picardía.

Yo no sé si es que lamenté que Rosa se marchara o si es que el desayuno demasiado abundante tras los vómitos de la víspera me estaba provocando una melancolía digestiva, pero lo cierto es que cuando me quedé sola volví a sentirme presa del desaliento y el mal humor. De mala gana recogí someramente la casa y comencé a hacer mi cama. La tenía a la mitad cuando me tumbé sobre ella: pocas veces he resistido la tentación doble de una cama abierta y un ánimo alicaído.

Rosa se había ido. Mis padres se habían ido. Hipólito había huido, presumiblemente para no volver en toda la semana, y tampoco Miguel estaba a mi lado dispuesto a ofrecerme su hombro acogedor, ese cobijo peludo y cálido con fragante olor a madera resinosa. Permanecí tumbada boca arriba en la cama con una lasitud cercana a la claudicación, observando cómo la penumbra del techo era atravesada por el parpadeo de reflejos de los coches que circulaban por el puente elevado. Me había acostumbrado ya al estruendo del tráfico y oía el rugido de los motores y el rechinar de los frenos como un silencio opaco y opresivo. Cómo echaba de menos, a mi lado, el enorme y desencuadernado cuerpo de Miguel. Era extraño, pero de Hipólito añoraba quizá más el sexo, y de Miguel el abrazo. El abrazo de Miguel era como un abrazo universal, me envolvía toda de él. Era Miguel, por otra parte, hombre fácilmente desnudable, porque siempre le faltaban dos o tres botones en la ropa, arrancados de cuajo y perdidos en no se sabe qué descuido vestimentario, y más de una vez había dado sus clases de la facultad con la bragueta medio abierta, ante la risueña paciencia de sus alumnos: Miguel era como la caricatura del sabio despistado. Yo solía repetir con él una y otra vez el mismo juego; metía mi mano por debajo de sus jerseys inmensos, sorteaba sin conflictos su camisa indefectiblemente abierta por la ausencia de botones, alcanzaba su cálida barriga —que era un punto abundante en carnes, sólo un punto, de modo que no resultaba gruesa, sino mullida y confortable—, marcaba un camino con mis dedos entre su pelambre, y, como quien no quiere la cosa, simulando un errático vagabundeo por su estómago, me asomaba al pocito del ombligo y buceaba en él a la caza y captura de las diminutas madejas de hilo gris que allí se guarecían. Porque Miguel llevaba siempre el ombligo lleno de algodonadas pelusas, residuos de sus pantalones de lanilla o franela, tan baratos y deshilachados por el uso que iban deshaciéndose por momentos y depositando día a día en su ombligo el tributo de esos pequeños copos de urdimbre. Yo los llamaba «el tesoro», y, una vez apresado, lo exhibía triunfante entre mis dedos índice y pulgar. El entonces solía jugar a admirarse, «¿de verdad que tenía eso en el ombligo? Pero qué barbaridad, ¿tendré algo más?, ¿has mirado bien,

bien dentro?», o bien decía, «maldición, ¿sólo has hallado eso?, y la caja de bombones que me he colocado ahí esta mañana para que la encontraras ¿no está?, ¿se me ha caído?», y, en fin, proseguíamos entibiándonos el ánimo de tales insensateces, musitando las dulces tonterías del cariño una y otra vez como si fueran nuevas, «pues he de decirte que eran unos bombones buenísimos». Entonces Miguel me estrujaba toda y mantenía la presión del abrazo hasta la justa frontera de lo grato; yo levantaba la cabeza desde tan tibia prisión y hundía la nariz entre sus barbas, suaves, rizadas, para embriagarme con su olor de serrería, de pino recién cortado.

Era ya casi la hora de la cita con Fariño y yo seguía incrustada en la cama a medio hacer, como arrebatada por un pasmo. Me enfurecí conmigo misma, irritada ante mi manera de perder el tiempo, de quemar la mañana inútilmente. Me propuse con loable firmeza iniciar mi encierro por la tarde; quería inaugurar la grata soledad, quedarme en mi casa para leer, para oír música, para cumplir, con día y medio de retraso, el programa que me había propuesto para la semana. Y, sin embargo, perduraba la ansiedad, el desaliento, la sensación de abandono. Reflexioné con disgusto sobre mis carencias: me repugnaba mi falta de complicidad conmigo misma, esa perpetua necesidad de algo exterior a mí, de algo indefinido. En mis ensoñaciones —solía y suelo verme como protagonista de una película mental— me había imaginado autosuficiente, profunda y satisfecha, consumiendo esa semana de descanso en un fructífero encuentro con la soledad. Envidié a todos los hombres ilustres —sobre todo hombres— que parecían vivir intensas aventuras interiores: los filósofos, los escritores, los científicos. Todos aquellos capaces de embriagarse con su discurso mental, de perderse gozosamente dentro de sus propios recovecos. Miguel mismo quedaba absorto en sus juegos matemáticos, Hipólito se bastaba en sus incursiones literarias. Y, sin embargo, yo, que también poseía un mundo propio, que tenía mis películas, mis ambiciones, mis placeres intelectuales y estéticos, mis inquietudes plurales, sin embargo yo, digo, que poseía objetivamente todo cuanto «ellos» poseían, era incapaz de contentarme con mi espacio, me asfixiaba, me sentía cercada de ausencias y estrecheces, embargada de urgencias sin motivos razonables. Como aplastada por siglos de educación femenil que hubieran robado mi integridad, mi paz, mi redondez. Era la maldición de la mujer-pareja, de la mujer-carente, de la mujer apoyo y apoyada. Es la maldición de la mujer amputada de sí misma. Quizá fuera por esto por lo que Rosa padecía sus terrores. Rosa sufría la extraordinaria debilidad de no poder quedarse sola. Era este miedo lo que la forzaba a mantener relaciones absurdas con hombres absurdos, lo que la había llevado a rodearse de un apretado grupo de amigas, una estrecha piña de mujeres solas que a mí me resultaba algo patética. Las chicas, como ella las llamaba, o el gineceo, como solía decirle yo, la acompañaban en tumultuaria procesión adonde quiera que fuese, siempre juntas, siempre en un mínimo de tres o cuatro, conformando una relación cuyas delicias nunca alcancé a comprender, porque yo no soporto grupos ni manadas y prefiero tratar a las personas de una en una. Me repugnaba un poco su grupo femenino, recordándome aquellos infamantes corrillos de solteronas llorando la ausencia del varón. Rosa solía discutirme esto, empeñando en el tema una vehemencia en ella extraña: «estás equivocada, Lucía, nadie llora a ningún varón en ningún lado. Quiero decir, entre nosotras. Sucede justo al contrario, sucede que estoy generalmente más cómoda y más feliz con ellas que con algún hombre por medio. Me entiendo mejor con las mujeres que con los hombres, y esto es normal, ¿no? Tenemos las mismas vivencias, problemas parecidos... y a ellos les pasará lo mismo, digo yo.» Yo insistía en que eso no era cierto, en que yo poseía más amigos que amigas, y en una ocasión nuestra disputa llegó a calentarse tanto que Rosa perdió los estribos y me lanzó acusaciones insensatas: «lo que a ti te pasa es que quieres ser un hombrecito», decía, «te crees muy moderna y liberada y te avergüenzas de tu sexo, ¿no te das cuenta de que eso es una trampa?» Nunca la había visto tan locuaz, y supongo que se limitaba a repetir los tópicos de alguna de sus amigas radicales. «Y luego, mucho alardear de independencia», proseguía, «y, sin embargo, cuando aparece algún hombre mínimamente codiciable alrededor, cambias, te transformas, te conviertes en otra persona, coqueteas tontamente, estableces competencias con las demás mujeres». Recordando sus palabras me sentía nuevamente enrabietada y mi depresión aumentó una milésima.

Entre unas cosas y otras se me había hecho escandalosamente tarde, y llegué a la agencia con el aliento entre los dientes y un humor de mil diablos.

—Buenos días, señorita, felicidades.

Me pareció ver en la blanda inexpresividad de Tadeo un énfasis excesivamente íntimo, un punto de complicidad en su felicitación ritual que me repugnó. Le sonreí con aire ambiguo, saludé a los compañeros, tuve que repetir una vez más todos los tópicos sobre mi película. No, no estoy demasiado nerviosa, me parece que no acabo de creerme que se estrene al fin, sí, debe ser eso, estoy un poco harta ya de la película, ha sido tan largo y tan complicado todo, ¿cómo dices?, sí, sí, dos años desde que me contrató aquel productor que quebró dos días antes de empezar a rodar; no sabes cuánto lo siento, pero me parece que no voy a poder conseguir más entradas para el estreno, son cosas de la productora, y yo no... muy bonito el anuncio que has hecho para la película, Andrés, directo y sobrio, como diría el jefe.

En ese preciso momento apareció el viejo zorro, saludándome desde el umbral de su despacho con untuoso gesto y sonrisas extremas, ah, Lucía, la directora de moda, pasa, pasa. Horror, dije para mí, hoy tiene el día campechano. No me equivocaba: en vez de colocarse tras su mesa me indicó los dos pequeños sofás de la esquina, «más íntimos, menos formales». Se sentó cruzando sus cortas piernas y enseñando los zapatos, carísimos y de marca, con dos «T» de oro en las hebillas haciendo juego con los calcetines, que mostraban el mismo logotipo estampado en el tobillo. Hube de repetir de nuevo la retahíla de la película, no, no estoy nerviosa, será que no me creo que estrene el próximo domingo, no, gracias, no quiero ningún whisky, sí, estoy más o menos contenta con el resultado, quiero decir, para ser una primera obra y teniendo en cuenta las dificultades del rodaje, sí, el anuncio de Andrés quedó muy bonito, tienes razón, eso mismo he dicho yo, directo pero elegante, no, no me des las gracias, las entradas te las ha mandado la productora. Y diciendo esto último me sentí un poco avergonzada, porque en la lista que entregué de invitaciones incluí al imbécil de Fariño y no a mis compañeros de la agencia: son los imperativos del poder. De modo que, cuando al fin sacó el tema de los dos anuncios, le comenté que eran espantosos con una acritud espoleada por mi sentimiento de culpabilidad.

—Espantosos, espantosos... pero, mujer, ¿cómo dices eso?

Tenía Fariño un arte especial para embadurnar sus palabras de un paternalismo empalagoso.

—Porque lo son, Fariño. Son machistas, ridículos, estéticamente feos y tramposos.

—Mira, pequeña, la publicidad consiste precisamente en hacer de la trampa un arte...

Sonreía estúpidamente satisfecho de su frase. Tenía el pelo canoso y según decían las malas lenguas trasplantado, bordeaba los cincuenta y creía poseer un atractivo físico arrebatador. De pronto me sentí demasiado cansada para discutir con él.

—Bueno, Fariño, no merece la pena seguir hablando de esto. Sabes que de todas maneras los haré. Intentaré que queden lo menos ridículos posible, cosa difícil, y rogaré a todos los santos que no se entere nadie de la profesión de que los he filmado yo.

—Cómo eres, Lucía, cómo eres —decía meloso y sonriente. Fariño tenía el tic de sonreír constantemente, quizá convencido de que su sonrisa era irresistible, quizá para amortizar la dentadura postiza, colocada en Estados Unidos y verdadero prodigio de la ingeniería bucal. Así es que Fariño sonreía para agradecer, sonreía para insultar, sonreía para despreciar, sonreía como un papanatas cuando caminaba solo por la calle—. Eres intransigente como todos los jóvenes.

—No tan joven. Tengo ya treinta años.

—Una niña. Pero no te molestes con mis palabras, a mí me gusta que seas así. Me recuerdas a mí mismo, cuando yo tenía tu edad. La misma intransigencia, el mismo entusiasmo por las cosas...

Yo le escuchaba abatida y aplatanada en mi asiento, y no conseguía adivinar de dónde sacaba Fariño ese entusiasmo que me adjudicaba.

—Os admiro muchísimo —seguía él perorando—. A las mujeres de hoy, digo. Os admiro y os envidio. Ay, si yo tuviera ahora tu edad... Yo nunca he sido machista, para mí la mujer siempre ha sido lo más sagrado, lo más importante. Ya sabes que la nueva mujer, la mujer del futuro, es una obsesión para mí. Ahora los jóvenes sois mucho más libres que en mi tiempo. Porque yo, que soy ya un pobre viejo... —se detuvo unos instantes a la espera de que yo reivindicara calurosamente su aire juvenil, y cuando el silencio se hizo demasiado tenso carraspeó y prosiguió con su monólogo—. Y si no viejo, por lo menos he dejado la juventud hace tiempo, yo, digo, sé muy bien cómo han cambiado las cosas, y las ventajas que ahora tenéis. Ah, Lucía, si yo tuviera ahora tu edad... —se inclinó hacia mí, apoyó las manos en los brazos de mi sillón, abrió desmesuradamente los ojos, adelantó su magnífica dentadura ortopédica, como proa en el aire—. Si yo tuviera ahora tu edad, ¡me comería el mundo! Sí, señor, me comería el mundo.

Dicho lo cual, y urgido por una de sus repentinas prisas —le encantaba dar la sensación de que era un hombre extremadamente ocupado— se puso en pie y me colocó en la puerta entre sonrisas de porcelana americana, suaves palmadas en el hombro y sus más fervientes felicitaciones por mi próximo triunfo. Ya en el quicio, dictó sus órdenes en los últimos segundos, como solía hacer: «¿tendrás los *spots* para dentro de un mes?, el de las lavadoras es el más urgente, ese sobre todo, llama a Larrea, ya he hablado con él y tiene los presupuestos, vas a estar contenta porque es bastante dinero, ponte de acuerdo con él para el equipo y los detalles, en fin, ya sabes». Se despidió de mí con su peculiar manera de estrechar la mano (como era hombre de escasa altura solía tender la palma hacia el suelo, bajando mucho el brazo, para que el oponente tuviera que agacharse a recoger su casi subterráneo saludo) y, viendo a Tadeo, que se había acercado a él servil como perrillo callejero, mostró una vez más sus dientes perfectos, levantó un dedo acusador, y antes de dar la vuelta añadió con despiadado y burdo humor:

—Cuidado, hombre, que tienes una oreja despegada.

Se hizo en la sala un repentino silencio embarazoso, y Andrés murmuró un «qué bruto» resignado allá a lo lejos, inclinado sobre la mesa de dibujo. Tadeo permanecía ahogado en confusiones, delatado por su propia mano que, con automático gesto, se había levantado por sí sola hacia el oído comprobando que no, que el esparadrapo seguía ahí, que todo era una broma. Una broma que demostraba que su secreto no era tal, que estaba descubierto. Ofrecía una imagen tan desolada con sus mejillas lechosas ardiendo de rubores, que me sentí avergonzada de su propia vergüenza y me acerqué a él para comentarle cualquier cosa y salir del trance.

—¿Qué tal las fotos, Tadeo, ha conseguido alguna más?

—No, señorita —balbuceó—. No he tenido tiempo, muchas gracias, esta noche me acercaré a la función de Lolita Morán en el Azul, a ver si saco algo.

Sonreía con mueca turbia y triste clavando la vista en sus pies. Llevaba unos zapatos de punta escandalosamente aguda, unos zapatos de charol reventados y viejos, con el perfil de sus dedos marcado en relieve sobre la piel gastada. Las arrugas del material estaban blanquecinas, como si en las grietas que partían el charol se hubiese quedado irremisiblemente retenido el residuo de los múltiples untos lustradores. Imaginé fácilmente la secuencia: una cocina grande, destartalada y oscura, cocina de casa vieja, con una ventana hacia el ciego patio comunal. Tadeo estaría junto al fogón, con una bayeta en la mano y un zapato amorosamente sostenido en la otra, frotando con delicadeza la cuarteada piel en su intento por recuperar el espejo primitivo. Olería a humedad y a leche quemada, y quizá Tadeo llevara puesto un mandil encima de sus ropas, sí, seguramente usaría el delantal de su madre, de cuando su madre caminaba aún por la casa y era dueña de la cocina y de sus piernas. Y de pronto sentía una infinita congoja por Tadeo, por el mandil de Tadeo, por la madre paralítica de Tadeo, por el olor a leche derramada sobre el fuego, por la falta de luz de la cocina, por el charol decrépito de esos zapatos que hubieran debido ser de novio, por las orejas descomunales de Tadeo, por sus esparadrapos vergonzantes, y, en suma, sentí una infinita congoja por mí misma, que es como suelen acabar siempre estas místicas crisis de tristeza: con la lacrimosa sensación de que una es poco querida y de que el mundo no te mima como te mereces.

Salí de la agencia a las dos y media de la tarde, una hora decididamente estúpida, sobre todo si te encuentras en mitad de la calle, sola, y sin saber muy bien qué hacer. Caminé sin rumbo hacia la derecha y al alcanzar la primera bocacalle cambié de opinión —o más bien de dirección, puesto que opiniones no tenía— y desanduve mis pasos. Me detuve de nuevo, aburrida y perpleja, en la esquina opuesta. Pensé en irme a un «De uno en uno», la cadena de restaurantes para personas solas, que entonces acababa de ser inaugurada. Pero me llenó de desaliento el recuerdo de sus múltiples mesitas individuales, todas provistas de un aparato de video y de una colección de libros y revistas para que el comensal se entretuviera hasta la llegada de los platos. Luego, con los años, he llegado a acostumbrarme e incluso a apreciar las ventajas de los «Unos»: porque más penoso aún que comer sólo es esa espera inútil e inactiva hasta que te sirven la comida, esos minutos en los que colocas y descolocas mil veces cucharas y cuchillos, en los que acabas aprendiéndote el número de rosas del empapelado, en los que evitas la mirada curiosa y compadecida de los otros comensales que sí están acompañados. Los «Unos» matan los vacíos y te ofrecen el anonimato de las muchas soledades compartidas. Y, sin embargo, qué sobrecogedores son esos restaurantes, esas enormes salas en las que sólo puede escucharse el mecánico murmullo de los videos, el inhumano bisbiseo de las máquinas. De modo que decidí ahorrarme tal espectáculo y volver urgentemente al refugio de mi casa.

Estaba colgando la chaqueta de su percha cuando sonó el telófono. No era Hipólito. Era José-Joe.

—¿Esta Rosa por ahí?

—¿Rosa? —me extrañé—. No, no está. Se ha ido. ¿No lo sabes? —e inmediatamente temí haber dicho algo inconveniente.

—Sí, ya sé que se iba a Isla Blanca, pero me dijo que pasaría antes a verte.

—Desayunamos juntas, sí, pero se marchó hace por lo menos tres horas.

—Ahhhhhh... qué fastidio —murmuró con exagerada pesadumbre.

—¿Querías algo?

—No... Nada... —y cambiando de tono, voluble

y cantarín, añadió—: ¿Sabes que me han contratado para una película estupenda?

Y sin esperar respuesta por mi parte, se lanzó a explicarme su «maravillosísimo» papel protagonista («me lo han ofrecido gracias a ti, Lucía, porque tú me has descubierto») en película de director de moda, y no como yo, que era una novata. Esto último no lo dijo, pero era evidente que lo pensaba. Su maravillosísimo papel era un Drácula en una historia de vampiros, «pero una cosa bien hecha, ¿eh?, no te creas, una versión muy intelectual del conde Drácula, muy en la línea de estas películas, de este cine alemán... ¿sabes cuál digo?... Sí, mujer, eso de... ¿cómo se llama, que ahora no me acuerdo?... Eso, el Nosferatu... Bueno, pues en ese plan, o sea, muy digno». Bien mirado, José- Joe tenía un poco aire de vampiro alicaído, con su rostro largo y lánguido de ojos pestañudos, con sus labios finos de apropiadas apariencias succionantes.

—Así es que por fin vas lanzado al estrellato, José-Joe —comenté algo admirada pese a todo.

—No me llames José-Joe, anda, mujer...

Calló un momento, y al fin, tartamudeando, se atrevió a exponer el motivo de su llamada:

—Oye, por cierto, Lucía, estoooooooo... Creo que... Tu agencia va a hacer la campaña de publicidad de los pantalones vaqueros «Vampire», ¿no?

—Ya. Sí.

—Pueeeeees... Tú podrías a lo mejor recomendarme en la agencia, quiero decir... Como voy a hacer la película ésta, esto del Drácula, ya sabes, y van a salir muchas cosas en la prensa, pues... podríamos hacernos un favor mutuo, ¿no?... Quiero decir, si yo anunciara los vaqueros, puesssssss... sería bueno para todos, ¿no?

—Muy bien —le corté—. Lo propondré. —Y mintiendo malevólamente, añadí—: Esta tarde hablaré por teléfono con Rosa. ¿Quieres que le dé tu recado?

—¿Qué recado? —dijo José-Joe delatándose inocentemente.

—¿No querías algo para ella?

—¿Yo? No... No, nada... ¿Y cuándo dices que vas a proponerlo en la agencia?

Colgué intentando encontrar una vez más el secreto atractivo que debía poseer José-Joe para enamorar a Rosa. Pensé intensamente en ello durante diez minutos y el esfuerzo resultó como siempre infructuoso. José-Joe nació en un perdido pueblecito bajo el nombre de José García Roda, aunque una vez alcanzado el glorioso escalón de actor protagonista se amputara el García intermedio para quedarse simplemente en José Roda. La cosa era aún más complicada, porque yo le conocí llamándose Joe Rody para el espectáculo y José García para los clientes habituales: en aquellos años, José-Joe iba dando tumbos por las agencias de artistas, por las colas de figurantes, por rodajes de ínfima calidad en los que hacía invisibles papeles de reparto. Y mientras tanto, para ganarse la vida, compaginaba sus ambiciones cinematográficas con un trabajo heredado de su padre: una honrosa representación de pasamanerías y botones.

La primera vez que le vi iba agarrado a una pequeña maleta que contenía sus tesoros de mercero ambulante; botones de nácar, botones de latón, de hueso, de plástico, de pasta, de azabache, de cristal, de madera, de cuero. Botones forrados, tallados, fundidos, pulidos, pintados, teñidos, decorados. Ahí estaban todos, de formas caprichosas y colores diversos, destelleando desde el forro verde de terciopelo sintético de la maleta. Esto sin contar las cintas de raso, de algodón, de seda, los galones plateados y de oro, las borlas, los flecos, las tiras de puntillas, los encajes, toda una espuma de insensateces que él extendía en los mostradores de las pequeñas tiendas del ramo —umbrosas tiendas de provincias— con resignada energía. «Esto marcha cada vez peor —comentaba— la gente no compra ya el género y las fábricas y talleres están al borde de la quiebra.» Nos habíamos encontrado casualmente en el chiscón de recepción de un hotelucho con alma de pensión, una fonda inmunda y equívoca de zona portuaria, único cobijo que pude hallar en aquella ocasión, años atrás, en que perdí el último barco hacia Marruecos. Era una fecha mala, en plenas vacaciones, y la ciudad estaba abarrotada. El encargado de la pensión, con interesada generosidad, me ofreció instalar un camastro en mitad del pasillo, y justamente entonces, cuando me encontraba negociando tales cuitas, apareció Joe Rody-José García cediéndome habitación y cama y resignándose a ocupar mi puesto en el corredor. La verdad es que José-Joe no era mal tipo, o al menos no del todo, era una extraña mezcla de egoísmo infantil y servicial simpleza. Aquella noche, de cualquier forma, le agradecí el detalle, cansada como estaba y acongojada por la perspectiva de una noche al raso en tierra extraña. Cenamos juntos, me contó su vida y me enseñó sus dos muestrarios, el de pasamanería y el de sus fotos de artista —Joe Rody de frente, de perfil, mirando al cielo, con ojos soñadores, con sonrisa feroz, con expresión de empacho, de cuerpo entero, de medio plano, con el tórax desnudo y los cuatro pelos erizados, fumando, vestido de romano, guiñando un ojo— y recuerdo aún que me admiró su aire insulso de galán del cine mudo. A los postres me tenía tan conmovida y le sabía ya tan inofensivo que, tras superar sus protestas puritanas, pude convencerle para que metiera el camastro en la habitación y compartiéramos el cuarto. «Juntos, pero no revueltos», dijo al fin, ruborizándose con la tontería. De modo que trasladamos el jergón y lo acomodamos con esfuerzo a los pies de la cama, bajo el lavabo, y después, cuando yo creía que ya podría acostarme y descansar al fin, José-Joe sacó de la maleta un berbiquí, un destornillador y un cerrojo, y se aplicó a clavar este último a la puerta: «Es que en los hoteles nunca se sabe», comentaba en tono de disculpa, «ya sabes que tienen llaves maestras con las que abren todas las puertas, así es que no me fío». Hacía su trabajo de carpintero con una facilidad adquirida a lo largo de años de práctica incesante, «siempre llevo este cerrojo conmigo, lo instalo por las noches y me lo vuelvo a llevar por la mañana», años en los que José-Joe había ido dejando tras de sí un rastro de agujereadas puertas de hotel, pensión y fonda, como termita peculiar y asustadiza. «¿Ves? Así ya no hay quien entre.» Siempre me pareció un poco demente este José-Joe.

El timbre de la puerta interrumpió mis pensamientos. La luz del descansillo estaba fundida y al principio no distinguí a nadie. Mientras escudriñaba en las tinieblas recordé repentina e incoherentemente que tenía un hambre espantosa y que no había comido nada. Al fin, tras acostumbrarme a la penumbra, distinguí a doña Maruja, que se apoyaba contra el quicio de su puerta entreabierta y me sonreía suavemente. El corazón me dio un vuelco:

—Hola, hija, perdona que te moleste otra vez, pero, ¿podrías pasar a casa un ratito?

Tragué saliva un par de veces, intenté encontrar una excusa lo suficientemente válida y cortés, y al cabo hube de asentir, sin fuerzas para oponerme a su tiránica debilidad.

—Es sólo un momentito, hija, muchas gracias...

Mientras se disculpaba iba empujándome pasillo adelante con manos de algodón. No había entrado nunca a su piso, y me sobresaltó el pulcro deterioro de su casa, idéntica a la mía y, sin embargo, tan distinta. Las habitaciones estaban sobrecargadas de pesados y oscuros muebles, amontonados en los rincones más absurdos con apariencia de haber sido dejados ahí momentáneamente tras un traslado desde una casa mucho más amplia. Atravesamos lo que en mi piso era la sala y en el suyo era una especie de comedor momificado de sillas tapadas con sudarios, y entramos en la cocina, también atestada de muebles inútiles, pero al menos con aspecto de ser una habitación utilizada cotidianamente.

—Siéntate, hija, siéntate —dijo señalándome la única silla visible en el entorno.

—¿Y usted?

—No, no, yo prefiero no sentarme, las piernas, sabes, estas piernas, que no son ya lo que eran... Pero siéntate tú, hija, ponte cómoda.

Obedecí. Al sentarme, nuestras caras habían quedado a la misma altura. Doña Maruja se refrotó las manos contra el mandilón gris que llevaba encima de sus ropas, y me sonrió azarada y desvalida. Pensé que su rostro tenía curiosas semejanzas con el de alguna pequeña bestezuela, que me recordaba quizá a una pálida y frágil lagartija, y sentí súbitos y absurdos deseos de llorar. Doña Maruja puso frente a mí un platito con tres pastas (una con una guinda encima y dos medio cubiertas de chocolate) y me sirvió una copa diminuta de vino dulce, que medio derramó sobre la mesa con sus manos temblonas.

—Mira, hija, yo es que de estas cosas no entiendo, y quería que tú me dijeras si esto está bien...

De una carpeta de cartón azul que había sobre la mesa sacó una hoja de papel cuadriculado y me la tendió, «lee, lee». Leí en voz alta:

«Yo, María Torres Torres, en pleno uso de mis facultades, dejo mi sangre al Instituto de Investigaciones Genéticas...»

—Ese es el nombre del laboratorio de mi sangre —explicó, interrumpiéndome.

«...al Instituto de Investigaciones Genéticas para que estudien con ella lo que gusten. Firmado, María Torres Torres».

—¿Tú crees que está bien así?

Carraspeé, dudosa, sin saber qué decir.

—No sé, doña Maruja... si... si quiere telefoneo a un amigo mío que es abogado y se lo pregunto...

—Te lo agradecería muchísimo, hija, me harías un avío. Es que... si mi sangre es tan valiosa, sería un pecado desperdiciarla, ¿no?, con la de enfermedades que hay por el mundo, ¿no?... como mi sangre es lo más valioso que yo tengo...

Simulé releerme el texto para ocultar mi confusión. Su letra era grande e irregular, las tripas de las vocales se escurrían hacia abajo, desbordándose de las líneas del papel cuadriculado. Doña Maruja se dirigió con paso renqueante a la pila de fregar y volvió con un pequeño paquete rojizo entre sus manos. Junto a la pila había un aparador de madera negra con un desportillado juego de china en su interior, y cada vez que doña Maruja pasaba junto a él las tazas tintineaban con ruido de cristal. Puso el paquete sobre la mesa y lo empujó tímidamente hacia mí, callada y sonriente. Lo cogí. Era un insecticida contra cucarachas. La miré con aire interrogante, sin saber qué esperaba de mí. De pronto comprendí, y la nuca se me inundó de sudor frío.

—No... —farfullé horrorizada—. No habrá tomado de esto, ¿verdad?

Doña Maruja sonreía y negaba con la cabeza.

—No se le ocurra, por Dios, doña Maruja, no se le ocurra, esto... esto puede ser muy doloroso, y ni siquiera efectivo, y... —me callé, sin aliento para proseguir.

—Ay, hija... —suspiró doña Maruja—. Yo es que no sé... Muchas gracias por decirme... Pensé que esto a lo mejor... Como dice veneno ahí, en la tapa... Yo es que no sé... ¿Tú crees que no, entonces?

—¡Noooo! —bramé ahogada de espanto.

—Yo es que no sé —repetía doña Maruja con placidez—. Si yo supiera, pero no sé, y nadie me ayuda, nadie me dice nada... Y esto duele, hija, esto duele —levantó sus dedos engarabitados, mostró su mano contrahecha, y después se tocó suavemente las piernas, las rodillas, las escurridas caderas.

Me levanté de la silla de un salto, incapaz de seguir por más tiempo junto a ella. Doña Maruja me palmeó un hombro: «sí, hija, vete, vete, no quiero entretenerte más, ya sé que tú andas siempre muy ocupada». Recogió la copa, que yo apenas había tocado, y contempló el plato con gesto contrito: «pero no te has tomado las pastas, hija... espera». En un abrir y cerrar de ojos envolvió las tres pastas en un pedazo de periódico y me las metió a la fuerza entre los dedos, «para luego, que vosotros los jóvenes no os alimentáis nunca suficiente», y pese a mis protestas se las apañó para obligarme a guardarlas. Así es que, cuando me apoyé sin aliento tras la puerta ya cerrada de mi casa, aún tenía el pequeño envoltorio entre mis manos. Fui a la cocina y lo tiré.

Atardecía demasiado lentamente y la sala estaba opaca, sucia de sombras, silenciosa. Me desplomé en el sofá, sintiéndome ansiosa y asfixiada de tristeza. Me esforcé en pensar en Hipólito. Me esforcé en desear la llamada de Hipólito. Pero el viejo recurso del enamoramiento no llegaba a funcionar, y todo empezó a parecerme absurdo, inútil, irreal. Mi amor por Hipólito se me antojaba un invento, y por Miguel sólo sentía la tenue costumbre de la ternura. Me sentía agobiada por la soledad de ese instante sin excusas, ese instante de incredulidad en el que la realidad entera parecía deshacerse. Incluso los objetos perdieron su rotunda solidez: la mesa se veía fantasmagórica en la penumbra de la tarde, el sillón adquiría contornos imprecisos. Y experimenté el vértigo: el vértigo de una vida irrazonable, o, lo que es lo mismo, de una vida sin razones de vivir, de una tediosa insensatez en la que lo único real era la muerte. Doña Maruja y su veneno para cucarachas de sangre homozigótica. Sentí náuseas. El hambre se había convertido en un agujero doloroso en el estómago, y me comprendí incapaz de comer nada. Me levanté y comencé a caminar por la casa en penumbra. De la sala al dormitorio, del dormitorio a la habitación de trabajo, de ahí a la cocina, de la cocina a la sala nuevamente. Me sentía embotada y sin raíces, y extendí la mano para pasearla a tientas por los muros de mi casa. No sé por qué este roce me aliviaba, este sentir las rugosas paredes encaladas en la yema de mis dedos, este acariciar sin fin de los linderos de mi espacio. No sé cuánto tiempo permanecí en este peregrinar sin indulgencias, pero al cabo la noche cayó del todo y hube de encender la lámpara de la sala. La luz era tan fría y blanca que me acogí al consuelo del teléfono y marqué el número de Ricardo.

—Pero bueno, Lucía, qué sorpresa...

Ricardo estaba a cuarenta kilómetros de la ciudad, en un pueblecito en las faldas de la sierra, empeñado en una de sus empresas extraordinarias: un criadero de truchas. Ricardo poseía una imaginación portentosa, lo cual, unido a su incapacidad básica de vivir como el resto de la gente, muy propia de su condición hidalga, le lanzaba a negocios inverosímiles, a trabajos imposibles, a arriesgadas aventuras vitales y económicas. Cuatro meses atrás había adquirido una vieja piscifactoría en desuso, medio derruida, y se había trasladado allí con todos sus enseres. En el crudo invierno serrano había repintado, picado, encalado y rehecho el caserón y el criadero: «esto va a ser un negocio magnífico», decía, «la clave está en tener un lago artificial en el que los clientes puedan pescar ellos mismos sus truchas, para comerlas inmediatamente después aquí mismo, al aire libre, en un merendero que instalaré para ello, con su parrilla para asar pescados y un cocinero contratado, ¿te das cuenta, te percatas del asunto?, con lo cerca que está de la ciudad, vendrá muchísima gente encandilada con la novedad de pescar su propia comida».

—¿Qué tal van las truchas, Ricardo?

—Portentosas. Ya casi he terminado el lago, y en las piletas tengo cincuenta mil alevines que pasaré al estanque dentro de nada. Este verano estaré funcionando ya a pleno rendimiento.

—Oye... —dudé—. ¿No te sientes muy solo ahí arriba?

—Claro que no. Ya sabes que a mí la soledad me gusta.

—Sí, ya sé —respondí con irritación, envidiando repentinamente su capacidad de misantropía—. A mí también me gusta... o me gustaba... No sé, Ricardo, pero últimamente me encuentro rara. Ultimamente empiezo a pensar en el futuro, ¿sabes?, cosa que antes no había hecho nunca. Y empiezo a tener miedo... Miedo a... no sé, a tener sesenta años y estar sola.

—Esa es la crisis de los treinta, pequeña. Para decirlo de otro modo, lo que sucede es que te estás volviendo vieja. ¿Es por eso por lo que te buscas ahora los novios a pares, a modo de inversión para el futuro?

—No te rías... Los dos juntos, además, serían magníficos.

—¿Qué dos?

—Mis novios, como tú dices... Porque Hipólito es la aventura, el amor loco de la adolescencia, la pasión. Cada vez que le veo se me acelera el corazón, me entra dolor de estómago, me dan vértigos...

—Apasionante perspectiva.

—Y Miguel en cambio es la ternura, la serenidad. Cuando le veo me entra una especie de gratísimo calor por la boca del estómago, una sensación de bienestar... Miguel es mi compañero e Hipólito es mi amante.

—No me lo tomes a mal, querida Lucía, pero el relato de tus amores parece sacado de un manual de patología médica.

—¿Qué preferirías tú?

—¿Yo?

—Sí —insistí con impaciencia—. ¿Tú preferirías que te quisieran como compañero o como amante?

Apenas dudó:

—Supongo que como amante. Claro que, según

tu descripción, el amante viene a ser como el bacilo del cólera morbo, cosa nada halagüeña...

—Pero mira que eres tonto —le contesté enfurecida, descargando en él todo el tedio acumulado en la tarde—. Así es que prefieres el amor de amante, claro. Te parece más romántico, claro, más poético, más... —intenté encontrar un tercer adjetivo que escupirle, pero no se me ocurrió ninguno—. Más todo. Pues estás equivocado, mira por donde. El amor de amante, el amor pasión, no existe más que en las novelas rosas. Nos lo inventamos, eso es todo. Nos lo inventamos. El único amor que existe es el cotidiano, el cómplice, el que se basa en la ternura...

—Pequeña, ese amor cómplice del que te muestras tan acendrada partidaria supone también la rutina. No sé si te estás dando cuenta, pero acabas de inventar el matrimonio convencional. No es que te estés haciendo vieja, es que ya lo eres.

Su desfachatez me cortó el habla. La verdad es que mi talante taciturno de aquel día me hacía proclive a enfados y rabietas: «eres un progre», le dije a modo de feroz insulto, «y yo con progres ya no hablo». Pero antes de colgar Ricardo, en un intento de armisticio, me hizo prometer que subiría a verle algún día de la semana. Prometí jurándome a mí misma no cumplir, y corté la comunicación más inquieta y deprimida que antes de haber cogido el teléfono. Me encontraba débil y envenenada por los muchos cigarrillos en ayunas. No tenía hambre, pero sentía una desesperada necesidad de comer algo. Fui a la cocina y atisbé por todos los rincones, en una búsqueda infructuosa de alimentos. La nevera ofrecía un desolado aspecto, toda vacía a excepción de una botella de agua, dos cervezas y cartón y medio de tabaco, que yo guardaba en el frigorífico con la esperanza de conservarlo mejor. En la caja de las galletas descubrí unas cuantas migas rancias de bizcochos que mordisqueé con desgana. Al fin no pude resistir la tentación, hurgué en la basura y rescaté el envoltorio que me había dado doña Maruja. Las pastas eran ricas, pero creí encontrarles cierto sabor a insecticida.

23 SEPTIEMBRE

Llueve. La habitación ha estado todo el día gris y oscura, como el tiempo. La lluvia me entristece, el cambio de estación me enerva, el llevar tanto tiempo en este inútil hospital me desespera. No me dan el alta. Los médicos dicen que estoy bien, pero que debo permanecer en observación, que estas cosas del oído son muy largas. La verdad es que han vuelto a aparecer los mareos, aunque no son tan intensos ni frecuentes como antes.

—No querrá usted que la dejemos salir para que se nos caiga usted en mitad de la calle, ¿verdad, doña Lucía? En estos casos, la caída suele ser más peligrosa que los mismos mareos, ¿me comprende, doña Lucía?

Odio al médico suplente. Es un tipo joven, orgulloso evidentemente de su precocidad, que alardea de su edad como si los pocos años fueran el resultado de su esfuerzo personal, un mérito particular suyo.

En su boca, el siempre feo «doña Lucía» suena más insultante que nunca. Y ese tonillo de padre paciente, esa manera de hablarme como quien se dirige a un imbécil... Es obvio que me considera vieja, y parece suponer que la vejez es sinónimo de estupidez. Me estremece verle entrar, con esa sonrisa ficticia dibujada en sus labios, con un retemblar de suficiencia en sus blandos carrillos. Porque joven es, sí, pero está gordo como un cerdo. Y esa mentecata utilización de los plurales, «le daremos el alta», «el tratamiento que le hemos puesto», «¿le gusta nuestra comida?», como si el hospital entero fuera de él. Hoy se ha puesto a mirar por la ventana y ha llegado a decir, «tenemos un mal día, ¿eh?», con tono de disculpa, como si también las tormentas dependieran de su mano. Cada vez que le veo empeoro. Y lo terrible es que le veo mucho. La médico jefe no viene casi nunca. La médico jefe me gusta, me inspira confianza. Aunque quiza no sea más que la propia necesidad que sufre todo enfermo de creer en su médico, de tener fe en él, de sentirle un poco dios y un poco mago.

Llueve. Aquí transcurren los días sin dejar recuerdo, es una rutina hospitalaria sin memoria. La vida se reduce a pormenores banales: el libro que terminé de leer ayer, los videos que he visto hoy, la compota de peras del almuerzo, demasiado almibarada, la lluvia o el sol que se adivinan al otro lado del cristal. María de Día tiene hoy día eufórico. Tanto, que casi me ha dolido verla. «Es que a mí me encanta ver llover, ¿sabes?, me encanta, me encanta», decía esta mañana palmoteando como una niña, sentada a los pies de mi cama. «Y además los otoños me ponen optimista (creo que ella dijo «me ponen subida», empleando uno de sus chapurreos modernos, como siempre), porque el otoño es como empezar un invierno, y en los inviernos siempre pasan las cosas más importantes, no sé, este invierno puede suceder cualquier aventura, lo presiento». Yo, sin embargo, tengo no ya la presunción, sino la certidumbre de un invierno tedioso, de un torpe invierno de convaleciente, desalentadoramente sin secretos. Qué joven es María de Día. A veces su juventud me divierte, me reafirma en mí misma. A veces soy capaz de contemplarla desde la confortabilidad de una madurez de la que no reniego, sonrío con adulta ternura ante sus insensateces y me permito incluso dolerme un poco, y con sosiego, del mucho camino que le queda aún por recorrer, de los sobresaltos y angustias que debe pasar todavía, hasta alcanzar la madurez y un mínimo equilibrio. Pero hoy me siento incapaz de interpretar ante mí misma ese personaje sensato y avenido con mi edad; ante su juventud, me he sentido traicionada por el tiempo, estafada por los años, por esos años que se me han ido con una brevedad vertiginosa. Me estoy quedando sin futuro, y, sin embargo, fui como María de Día, lo fui hasta ayer mismo. No atino a comprender qué me ha pasado, cómo es posible que hoy yo sea ya vieja, quién me robó la edad, quién puso en mi rostro este disfraz de arrugas que siento tan extrañas.

María de Día estuvo pintándose, porque se le acababa el turno, y, a veces, viene a mi habitación, antes de cambiar su ropa, para ofrecerme sus gorjeos de pájaro que va a emprender el vuelo. De un bolsito florido sacó restos de diversos maquillajes, rotos y pegajosos, y un pincel diminuto.

—Anda, trabaja un poco, sujétame el espejo...

María de Día se dibuja a veces pequeñas flores por las mejillas, con diversos colores de *eye-liner*. En otras ocasiones se pinta estrellas en la barbilla, o una pequeña luna en azul plateado. María de Día dibuja muy bien en esta vertiente de arte aplicado a lo epidérmico, y, además, gusta de llamar la atención por estos medios inocentes. Pertenece a ese tipo de personas inquietas y demasiado jóvenes que todavía creen que tener una fuerte personalidad significa hacer todo el día cosas fuera de lo común. Y así, para sentirse ella y diferente, suele cometer pequeñas transgresiones a la norma, y se deleita en mantener un comportamiento chocante: dibujarse firmamentos en los pómulos, por ejemplo, o hacer punto entre estación y estación del electrobús que la trae al hospital, o afirmar que ella lo que quiere es pintar toda su casa de negro, paredes, suelos y techos, toda de negro, tan elegante. Sus transgresiones, claro está, son siempre así de nimias y banales. Me sorprende esta nueva juventud, me cuesta reconocerme en ella. Resulta patético que María de Día quiera pintar su casa de un negro original, su casa tipo A, B o C, idéntica hasta el más mínimo detalle a todas las casas A, B o C que componen las nuevas ciudades modelo, tan bonitas, tan verdes y tan amplias, esas ciudades perfectas y absolutamente iguales que se repiten incansablemente a sí mismas por todo el mundo.

Pobre originalidad la de María de Día: es aún muy niña, y hoy su juventud me hiere.

A decir verdad hoy me hiere casi todo, estoy alicaída y melancólica, como acuciada por un presentimiento de desastre. Nunca me gustó la lluvia. Ricardo no ha querido leerse mi recién acabado capítulo, «es largo, Lucía, y hoy dispongo de poco tiempo; mañana vendré más pronto y lo leeré entero». Me ha dado tantas explicaciones, ha estado tan amable, que, por contraste con su grosería habitual, he deducido que lo que escribo no le interesa nada, que sus alabanzas del otro día estaban dictadas por la conmiseración.

—No hace falta que te justifiques —le he dicho, dolida—. Si no te apetece leerlo me parece muy bien, nadie te obliga.

Lo cierto es que me parece terrible. La vida prosigue fuera de las paredes blancas de esta celda sanitaria y yo me siento atrapada en un paréntesis de olor desinfectado. Siempre produce cierta angustia constatar que la realidad es algo ajeno a ti, que tiene su propia vitalidad, que el mundo existe fuera de una misma, sin necesidad de tu presencia. Casi me parece oír, al otro lado de la ventana, el zumbido del Polígono, el rumor de la vida de los otros. Yo no tengo nada, nada más que rutina y un sosiego artificioso. Nada más que la memoria de aquellos años plenos, nada más que estos folios que voy rescatando del recuerdo y en los que juego a vivir. Pero si Ricardo no quiere leerlos, ¿qué me queda?

—No seas susceptible, Lucía. Deseo leerlo, yo

diría incluso que ansío leerlo: tus memorias me producen una morbo-sa curiosidad.

Yo le miré, escéptica. No le creo ni le creí cuando lo dijo. Aún era pronto, pero la lluvia había oscurecido prematuramente la tarde. La habitación estaba sombría y sofocante, porque el martes se decidieron a dar la entrada oficial al invierno y encendieron la calefacción. Ricardo callaba con el gesto oculto por la penumbra y tan sólo sus ojos, esos ojos peculiares, hermosos y fríos que posee, lanzaban de vez en cuando destellos de cristal. Ha sido una tarde extraña: Ricardo estaba ausente y pensativo y yo también callaba, enmudecida por mis deseos de hablar. Hubiera querido recibir algún mimo, perdirle que me cogiera de la mano: tan engullida me sentía por esas tinieblas crecientes que me iban alejando del entorno. Pero me dio vergüenza y temí un desaire por su parte. Los minutos pasaban lentamente y el embozo de la cama, contagiado del gris de la tarde, se iba convirtiendo en un parapeto infranqueable que me separaba del mundo. El silencio se llenaba de rumor de gotas y yo intentaba resistir los embites de esa noche prematura, de este calor de invernadero. Al fin Ricardo rompió su inmovilidad, giró la cabeza, recortó por unos segundos su perfil contra la escasa luz de la ventana y dijo en tono indiferente:

—Bueno, Lucía, he de irme. Continúa diluviando, qué fastidio.

Y me sentí culpable de su tedio, me sentí causante incluso de la lluvia, de la agonía de la tarde. Ricardo se aburre al visitarme: temo que un día ya no vuelva más, pero no sé qué hacer o qué decir para divertirle.

En ese momento entró María de Día como una tromba, «¿qué hacéis con las luces apagadas?», dio al interruptor, inundó la habitación de un resplandor helado. Ricardo la miraba con expresión repentinamente risueña, «¿siempre vas tan deprisa por la vida, criatura?», preguntó, y ella reía mostrando su dentadura de animal joven, «uy, sí, es un desastre». Ricardo me guiñó un ojo, «ya leeré tu obra maestra mañana, Lucía», y señaló la ventana con aire jocoso, «aunque quizá mañana sea yo quien esté en esa cama, aquejado de fulminante pulmonía», inició un gesto de complicidad con María de Día, «ya no está uno para estas lluvias». Y se marchó con andar dinámico, rejuvenecido por esa infantil coquetería de los hombres, animoso tras el encuentro con la hermosa María de Día. La ventana estaba completamente a oscuras, un cuadro negro y ciego en la pared.

—Qué pronto atardece ya... —susurré.

—Sí, ¿verdad? Es estupendo —contestó María de Día con un entusiasmo incongruente—. Anda, trabaja un poco, sujétame el espejo.

Y tras el cuadrado de azogue —su rostro próximo a mi rostro, su gesto expectante ante una promisoria noche de aventuras— contemplé cómo María de Día adornaba su cara y envidié sus mejillas florecidas.

25 SEPTIEMBRE

Lo que más me irrita de Ricardo es su convicción de infalibilidad, su suficiencia. El, que ha sido un fracasado durante toda su vida, que no ha hecho jamás nada de provecho, él, precisamente, se atreve a juzgar a los demás. Quizá se refugia en la mediocridad ajena para no ver la propia. Ricardo pertenece a ese tipo de personas que siempre te dicen «cuidado» después de que ya has tropezado. Ricardo no es más que un *snob,* un señorito. Por la expresión que ponía ayer mientras leía el segundo capítulo supe de antemano que iba a hacerme pagar sus elogios al primero. Y no me equivoqué. Terminada la lectura, dejó a un lado los folios y me lanzó una mirada despectiva:

—Lo encuentro inferior con mucho al primero, Lucía. Y además, está lleno de falsedades.

—No empieces de nuevo...

—Es que lo elástico de tu memoria me tiene subyugado. Por ejemplo, lo de José-Joe. Cuando José-

Joe hizo tu película ya había protagonizado aquel asunto de vampiros, aquel horror que le hizo tan famoso.

—Qué tontería. No es cierto.

—Sí lo es, querida, sí lo es. Intenta reavivar tus alicaídas neuronas y recuerda que vimos el «Drácula» juntos. Tú estabas entonces preparando tu reparto, si mal no recuerdo, y YO no recuerdo mal, y pensaste contratarle. De hecho, José-Joe estaba en esos momentos en el vértice de su corta carrera, el «Drácula» le había puesto de moda, y no volvió a levantar cabeza el desdichado tras tu película. En vez de lanzarle y promocionarle, como has escrito, acabaste con él.

—No seas absurdo, Ricardo, ¿cómo me puedes discutir eso? Yo conocí a José-Joe en aquella pensión y él entonces no...

—Te vuelves a confundir, Lucía. Fue Rosa quien le encontró en la pensión, en uno de esos hoteluchos en los que ella se alojaba cuando iba a dar sus peculiares conciertos. Fue ella quien se enterneció del pobre José-Joe, querida, tú no eres capaz de enternecerte de nada.

—Pero esto es el colmo, yo sé muy bien cómo se conocieron, ¿de quién era amiga Rosa, mía o tuya?

—Digamos que tuya, aunque eso está por discutir. Pero digamos que tuya. Lo que sucede es que la cuidaste tan poco que no la merecías.

—¿Qué quieres decir?

—Simplemente eso, querida. Que eres una obstinada mujercita, bastante difícil de tratar.

—No piensa eso todo el mundo, precisamente.

—Pero, Lucía, por favor, mira a tu alrededor, ¿quién te queda?

—¿Y a ti?

Le contesté con rápido orgullo, con rencor, pero inmediatamente después de mi pregunta sentí el escozor, la congoja. Los ojos se me llenaron de lágrimas pese a mis esfuerzos por mantenerme serena: desde que estoy en el hospital me entran unas estúpidas ganas de llorar por cualquier cosa. Intenté aventurar una frase digna, «me quedaría Miguel si no fuera por...», pero la voz se me quebró. Callé. Ricardo se removió en la butaca, carraspeó. Después añadió con desacostumbrada suavidad:

—Está bien, Lucía, está bien. A mí tampoco me queda nadie, la vida es así. Mejor dicho, me quedas tú. Y yo te quedo a ti, ¿no? Lucía, estás verdaderamente hipersensibilizada con esto de tu enfermedad. ¿Dónde quedaron nuestras sustanciosas y salvajes discusiones de antaño? Hoy no te puedo decir nada porque en seguida te entristeces... Yo creo que es un truco para tiranizarme, y, si lo es, he de admitir que lo consigues...

Cometí la torpeza de sonreírle, de perdonar su brutalidad con el gesto, y Ricardo dio el incidente por zanjado y prosiguió lanzando impertinencias:

—Pero no creas por ello que retiro una sola palabra de todo cuanto he dicho. Lo de José-Joe es totalmente falso. Lo que sucede es que a ti tiempre te ha gustado jugar un decisivo papel en la vida de los hombres. Incluso en la vida del pobre José-Joe. Es un muy femenino anhelo, por otra parte.

—No me conoces en absoluto, Ricardo, eres lo

más insensible que he encontrado en toda mi vida.

—¿Y qué me dices de la conversación por teléfono conmigo?... Tristísima, querida Lucía, ese es el calificativo más suave que se me ocurre al respecto. Está metida a presión al final del capítulo, sin venir a cuento, y sólo por la sencilla razón de que prometiste sacarme y se te había olvidado. Lamentable. Es un pegote lamenta-ble.

—No lo veo yo así.

—Pues yo sí, querida. Y esa imagen que ofreces de mí... un jovenzuelo atolondrado que no sabe hacer nada a derechas. Te advierto que lo de las truchas era un magnífico negocio.

—Que fracasó estrepitosamente.

—No por culpa mía, querida.

—Siempre dices lo mismo.

—No mandé mis barcos a luchar contra los elementos.

—No me hagas reír, Ricardo. De pronto te entraron tus delirios de grandeza, se te ocurrió hacer ese lago enorme sin consultar a nadie, sin informarte. Llenaste la hondonada de agua, echaste allí tus miles y miles de truchas, y, cuando llegó el mes de junio, te enteraste de que en esa zona faltaba el agua en verano, que aquello se convertía en un desierto, que el río era de deshielo y se secaba. Recordaré toda mi vida el espectáculo del agua bajando de nivel día a día, y las cincuenta mil truchas apretujadas las unas contra las otras, panza arriba, retorciéndose en el lodo, agonizando. Era una escena apocalíptica.

—Fue una pena.

—Creo que todo el pueblo estuvo comiendo trucha gratis durante una semana...

—No todo sale bien.

—A ti nunca te sale nada bien. Porque aquello, por cierto, ¿fue antes o después de que tu madre se comiera el cheque?

Me miró silencioso y despectivo, y yo proseguí regocijada ante su enfado.

—Yo creo que fue antes, ¿no? Creo recordar que lo del cheque fue cuando tú te metiste en aquel negocio de importación de cebo vivo para pesca, ¿no?, miles de gusanos hirviendo y retorciéndose en sus latas... Y diste un cheque sin fondos y quisieron meterte en la cárcel.

—No me lo cuentes. Me lo sé.

—Entonces llegó doña Sagrario y, estremecida ante la eventualidad de que a su querido hijo, vástago de tan ilustre familia, le metieran en prisión, decidió tomar cartas en el asunto. Se puso las últimas pieles que le quedaban, se emperifolló y se fue a la empresa que tú habías estafado.

—No les estafé. Si no se hubieran puesto nerviosos les hubiera pagado en seguida. De hecho terminé pagándoles.

—Tu madre preguntó por el director, entregó una tarjeta de visita llena de vuestros nobles apellidos, se hizo pasar al despacho, consiguió no se sabe cómo que el hombre le enseñara el cheque, el cuerpo del delito, se levantó el velillo del sombrero como para verlo bien, y, zas, sin mediar más palabra lo engulló. Con clip y todo. ¿No te contó nunca cómo había convencido al director para que le enseñase el cheque?

No me contestó. No escuchaba o fingía no escucharme, para diluir mi maldad en su indiferencia. Permanecimos un tiempo en silencio, y al fin, como saliendo de un sueño, Ricardo comentó en tono pensativo:

—Y en lo que respecta a lo que dices sobre mi gusto por la soledad...

—Lo dices tú —me apresuré a discutirle—. Te lo he oído muchas veces.

—Sí, sí —admitió—. Sí me gusta. O, por mejor decir, es que... hay que acostumbrarse, ¿no crees?

Calló de nuevo y se palpó distraídamente los bolsillos a la búsqueda del tabaco.

—Cuando María de Noche huele que alguien ha estado fumando, se congestiona de rabia... —le advertí.

Ricardo se encogió de hombros, alisó el pitillo con cuidado y lo encendió:

—Bah, qué se le va a hacer... Soy demasiado viejo para tener fe en los programas de sanidad... ¿Y María de Día?

—¿María de Día qué?

—Que si dice algo cuando encuentra humo...

—Ah, no... Digamos que es más bien benevolente... ¿Te gusta?

—¿El qué?

—María de Día, naturalmente.

—Me divierte. Es graciosa. Es un gracioso y tierno animalito.

—Pues si quieres impresionarle sería mejor que

no fumaras. María de Día no comprende muy bien eso de que haya gente que fume, para ella eso es un vicio de ancianos. Fumar tabaco, digo. Lo del tabaco le parece una pintoresca tozudez de viejos maniáticos. Y no le falta razón.

Ricardo me miraba con una sonrisa burlona entre los labios. Achicó los ojos hasta convertirlos en dos rayas:

—¿Estás celosa?

Casi se me cortó el aliento de indignación: un sesentón como él pretendiendo poder cautivar a la joven María de Día e imaginando que puede darme celos.

—Creo, Ricardo, que no te das cuenta de lo ridículo que puedes llegar a resultar.

Se rió estrepitosamente, echando la cabeza hacia atrás —por cierto, mantiene una dentadura admirable, blanca, fuerte y joven— y sacudiendo sus pelánganos grisáceos:

—No es posible —decía entre carcajadas—. Exageras, Lucía, exageras.

De súbito cortó su risa y durante unos segundos permaneció plácido y alegre, dando grandes chupadas a su cigarro.

—Pues el invierno al que te refieres en tu incunable... —añadió—. Ese invierno en la sierra, en la piscifactoría... ¿Te enseñé alguna vez mis maniquís?

—¿Tus maniquís?

—Ah, eran magníficos. Los adquirí en un saldo por cierre de unos almacenes. Maniquís de hombre y de mujer, tamaño natural, en celulosa...

Calló de nuevo rematando el cigarrillo.

—¿Y qué? —pregunté, intrigada.

—¿Los maniquís? Eran magníficos, ya te digo, más humanos que muchas personas... Los coloqué por la casa, sentados en un sillón, de pie junto a la puerta... Eran cinco, dos de mujer y tres de hombre. Les tapé la cabeza con pañuelos, porque me molestaba que estuvieran contemplándome todo el día. Los maniquís padecen el vicio de la curiosidad.

—Es mentira. Yo estuve en tu casa de la sierra y no los vi. Te lo estás inventando.

—No, es verdad. No te fijarías.

—Y además me parece una cosa horrible.

—¿Por qué? Acompañaban mucho. En realidad mis maniquís eran una compañía mucho más interesante que la de la mayoría de los papanatas de sangre caliente que he tenido la desgracia de conocer a lo largo de mi vida.

—Esto que acabas de decir me parece aún más horrible.

—Fíjate, cuando me fui de la piscifactoría los dejé allí. No me había vuelto a acordar de ellos. Espero que me hayan echado de menos.

—A veces me das pena, Ricardo.

Se inclinó hacia delante, apoyó sus codos en las rodillas y me dedicó una de sus pequeñas sonrisas de suficiencia, una sonrisa de deshacer mundos:

—Pero Lucía, yo no te doy pena, en realidad sólo sientes pena de ti misma.

Y pensando quizá que había dicho su frase redonda de la tarde, y deseoso de dejarla colgando tras de sí en el aire de la habitación como rastro de su ausencia, Ricardo se levantó con teatral gesto, me cogió una mano, se la pasó por la boca como si se limpiara con el dorso las babas de su sonrisa de superioridad y se marchó atufado por su aureola de triunfo. A veces creo que Ricardo es así, así de inmaduro y pretencioso, por culpa del peso familiar. Encuentro en él esa indeterminación de carácter, esa misma mal crianza que suelen padecer los hijos de madres demasiado enérgicas y sobreprotectoras. Doña Sagrario era en verdad tremenda, una mujercita enjuta y briosa, con rostro de camafeo y un elegante pelo cano que apenas dulcificaba, en un simulacro de ancianidad, la dureza de su ánimo. Recuerdo aún como si fuera hoy aquel fin de semana que pasé con Ricardo en su casa, en la vieja ciudad sureña y olivarera. Ricardo pertenece a una antigua familia nobiliaria venida a menos, arruinada en diversas generaciones de Ricardos manirrotos. Posee incluso un condado, si mal no recuerdo, el condado de la Buena Honra o algo así, un chocante título que ganó hace mil años uno de sus antepasados: un oscuro alférez que en alguna guerra medieval dio su vida por la enseña. Primero perdió una pierna en el fragor de la batalla, pero siguió defendiendo el estandarte que llevaba. Después un hacha enemiga le cercenó un brazo, pero él recogió la enseña con el otro y continuó la lucha. Perdió la otra pierna a continuación, y todavía desde el suelo protegió la insignia con su cuerpo, hasta que un guerrero le cortó la última mano, y aun así, agonizando, reptó con el asta del pendón entre los dientes hasta ponerlo a salvo tras sus filas. Esta era al menos la peculiar historia que contaba doña Sagrario, salpicada de admirativos comentarios sobre la heroica índole de sus antepasados, «coraje, eso es tener coraje», decía la señora, «ese es el coraje de nuestra familia».

De la familia, por entonces, y estoy hablando de hace treinta años, no quedaban más que Ricardo, doña Sagrario y su hermana Maravillas, la menor, una mujer esférica, torpe y algo boba, que había superado la cincuentena en estado virginal y que mantenía en su voz una impostación aguda que ella debía pensar que cuadraba bien con su doncellez y soltería. Maravillas era un ser simplísimo que seguía conservando otros tics que ella consideraba juveniles, como el de palmear con sus manos gordezuelas ante cualquier acontecimiento simulando una alegría juguetona, o como el de exclamar perpetuamente «¡qué estupendo!» con tan voluntariosa incoherencia que incluso hizo tales demostraciones de júbilo cuando vendieron el viejo caserón para poder sobrevivir, cuando se quedaron sin los muros de su historia. Porque doña Sagrario se había visto obligada a ceder la casi totalidad de la casa familiar —un vetusto palacio de esquinas derrengadas— a una inmobiliaria, que compartimentó el edificio y fue adquilándolo posteriormente cuarto a cuarto para despachos y oficinas; ellas se reservaron tres habitaciones y una cocina en el último piso, en el tercero, quedando arrinconadas en el interior de sus antiguas propiedades.

Cuando fuimos a visitarlas era domingo y el portalón permanecía cerrado. Recuerdo que llamamos al timbre y que el pestillo se abrió con el tirón de una cuerda que ascendía escaleras arriba hasta el tercer piso. Habían dejado la puerta de sus habitaciones abierta, pensando, luego lo supe, que era Carmela, la vieja sirvienta que aún venía a atenderlas, más por costumbre de servicio que por pago. Así es que entramos en la salita de forma inopinada y encontramos a doña Sagrario y a Maravillas sentadas en torno al brasero de la mesa camilla, con los abrigos puestos. «Uy, si eres tú, Ricardo, qué sorpresa», exclamaron, «pasad, pasad». Se habían levantado de inmediato y comenzaron a quitarse la ropa, «acabamos de llegar de la calle, fíjate, nos pillas aún con los abrigos puestos», Maravillas no atinaba a desabrocharse con sus dedos gruesos y temblones, «perdonad el desorden, pero es que hemos tenido problemas de servicio, en fin, ya sabes», me decía doña Sagrario con gesto cómplice y resignado, «el servicio hoy está insoportable, no da más que problemas». La casa estaba helada y polvorienta, las paredes vacías y marcadas por la sombra de cuadros desaparecidos. Tan sólo en el muro del fondo quedaba un óleo viejo y tenebroso, el retrato indefinido del ilustre antepasado, del conde póstumo, del abanderado heroico: un amasijo de sombras rojizas y un rostro de expresión torturada con la bandera entre los dientes. «Ay, pasteles, qué estupendo», chillaba Maravillas viendo el paquete que mostraba Ricardo, rezumante de cremas, natas y merengues, «qué atento, hijo, no haberos molestado», meloseaba doña Sagrario, displicente. En ese momento llegó Carmela arrastrando las piernas y el estertor de la escalera, y doña Sagrario le ordenó preparar un chocolate para los pasteles, evidentemente satisfecha de tener aún alguien a quien ordenar. Carmela se metió refunfuñando en la cocina y se la oía trajinar entre cacharros, mientras la madre de Ricardo me contaba la historia del conde de la Buena Honra en arrobado recogimiento frente al cuadro. De pronto se escuchó un estrépito espantoso, el ruido de loza rota en mil pedazos. Maravillas corrió a la cocina y regresó al momento con la cara arrebolada y una pánfila expresión de júbilo en los labios, «¡qué estupendo!», decía, «¡qué estupendo, a Carmela se le ha caído la bandeja con todas las tazas!». Y doña Sagrario, mirando a su hermana con expresión reprobatoria pero tiernamente maternal, me decía señalando a Maravillas: «esta chica, esta chica... cuándo acabará de hacerse adulta».

Bien mirado, y teniendo en cuenta estos irreales antecedentes familiares, Ricardo no está tan mal, después de todo. Sobrevivió a su destino de delfín heráldico y a varias generaciones de locuras blasonadas. Hace mucho que la vieja casona palaciega de su madre fue derruida, y con Ricardo morirá el título de la Buena Honra, se acabará la estirpe, el legado de aquel alférez demente, de aquel muñón condal. La derrota de Ricardo no es sólo suya, es una muy noble derrota de mil años.

MIERCOLES

Esa mañana me levanté dispuesta a ser feliz. Había dormido mucho, me encontraba descansada, con la grata sensualidad de las sábanas aún pegada al cuerpo. Decidí pasar un día magnífico, tomar el sol en la terraza, escuchar música, atacar la pila de libros que permanecía indefinidamente postergada en la mesilla. Me puse el bikini, cogí la toalla y me unté de crema —ay, la crema solar, ese primerizo olor a potingue veraniego, con recuerdos de sudores pasados, de vacaciones lejanas —y salí a la terraza arrastrando un sillón. Colocar el sillón, dicho sea de paso, fue ciertamente difícil, puesto que la terraza es más bien un balcón en el más estricto y clásico sentido de la palabra: un metro escaso de fondo por dos y medio de largo, y una barandilla de hormigón taponando el horizonte. De modo que el sillón no cabía a lo ancho, no cabía a lo estrecho, no cabía de ninguna endemoniada manera, y, claro está, tomar el sol erguida en una silla desdecía mucho de la imagen estival que me había hecho anteriormente (secuencia exterior, toma uno, joven sensual y confortablemente instalada en magnífica terraza tostándose bajo un sol verdaderamente espléndido). Así es que porfié una y otra vez hasta que conseguí colocar el mueble al bies, con una pata fuera del balcón y ya en la sala, pero en una posición aceptablemente favorecida por el sol, aunque para que éste me diera en todo el cuerpo me viera obligada a levantar las piernas y apoyarlas en la barandilla, en una posición levemente forzada que tendía a acalambrarme las pantorrillas y a dormirme las extremidades. No obstante, me entregué a la labor de broncearme con esforzado ánimo: quería tostar mi piel, amarillenta por el largo invierno, con un color sano y sonrosado. Me encontraba mucho más guapa a mí misma de morena, y deseaba resultar lo más atractiva posible, deseaba que Hipólito me viera fascinante, que a la vuelta de su huida quedara deslumbrado por lo bruñido de mi piel.

Mi piel de pan caliente, como decía Miguel en aquella semana de vacaciones que pasamos juntos, unos meses atrás. Estábamos en un hotel inmenso de zona de expansión turística, una zona costera machacada por las inmobiliarias, en un paisaje plástico y atroz. Pero estábamos juntos y felices, y éramos capaces de rescatar la brillante movilidad del mar más allá de la zafia barrera de rascacielos de la costa. «Tu piel de pan caliente», decía Miguel en las umbrosas siestas del hotel. Permanecíamos desnudos y laxos durante horas; detrás de las persianas de la ventana se agolpaba el calor de la sobremesa y yo me sentía sofocada por el sol que había tomado en la mañana, me sentía un poco embriagada de mar y aire, con el cuerpo recalentado como una plancha de cobre. Me tumbaba sobre las sábanas buscando su frescor momentáneo y entonces Miguel se sentaba a mi lado, yo boca abajo, con los párpados cerrados, casi dormida, y Miguel junto a mí, apoyado sobre el codo, acariciándome la espalda con su mano sabia, musitando dulzuras, «tu piel de pan caliente, corazón». Dibujaba mi columna vertebral con la punta de su dedo, y de cuando en cuando me levantaba el pelo y soplaba suavemente en mi cogote para aliviar el peso del calor, sorprendiéndome con las traviesas incursiones de su lengua, con la que iba depositando una fresca humedad sobre mis hombros, o el nacimiento del cuello, o con la que trazaba un caminito espalda abajo hasta la línea invisible de la cintura, esa zona siempre tan sensible. Eran unos instantes sin tiempo y sin lugar, instantes de color azul. Porque mis ojos habían recibido demasiado sol en la mañana y, al cerrarlos, veía como un borrón turquesa, fresco y relajado; una nube añil brillante que se me metía en el cerebro, vaciándolo de ansiedad y pensamientos, dejándome sólo la capacidad de sentir, sentir su mano y su lengua, sentir el sofoco de mi cuerpo contra la sábana, sentir un amor hacia Miguel que me invadía toda, que rezumaba por cada poro de mi piel, tu piel de pan caliente, corazón.

Miguel, recuerdo, pobre mío, se había abrasado entero. Miguel tenía el cuerpo blanco, con una blancura de piel suave y no curtida, oscurecida aquí y allá por la sombra rizosa de sus vellos. El primer día de playa, mientras yo me exponía al sol con la sabiduría pertinente y giraba el cuerpo sobre el eje de mí misma con el fin de lograr una coloración uniforme, Miguel se instaló a mi lado sobre una tumbona, se apoyó sobre el codo izquierdo, sacó un libro de ecuaciones y pasó toda la mañana embebido en su lectura. A las dos de la tarde su cuerpo había adquirido dolorosas apariencias de bandera, medio lado de color pálido hueso, el otro medio encendido de un rojo incandescente, con el perfil del brazo derecho pirograbado a fuego en el costado. Y su cara, su cara de expresión siempre algo perpleja, tierna cara de ojos tristes, mostraba un perfil normal y otro perfil arrebolado, con las arrugas marcadas en blanco como si de pinturas de guerra se tratase. No pudo volver a ponerse al sol en toda la semana, y, por las noches, yo le extendía con solicitud una gruesa capa de crema sobre la superficie afectada por la catástrofe, mientras él apretaba los dientes, proyectaba sus gruesos labios fuera del bosque de la barba componiendo un hocico delicioso, y exclamaba ay, ay, ay, uy, uy, uy, en todos los tonos y maneras, uy, uy, ayayayayay, ten cuidado, que la crema está helada, corazón.

Comencé a encontrarme realmente incómoda. Llevaba ya largo rato manteniendo mi difícil posición pernialzada, con los talones machucados contra el parapeto de hormigón; la parte inferior de los muslos y la espalda estaban quedándoseme helados, porque la brisa era fría aunque el sol de marzo picase sobre mi cara. Delante de mí, unos metros más allá, pasaba el puente elevado, y su dorso de serpiente asfaltada coincidía con mi balcón. A medida que avanzaba la mañana el estrépito automovilístico iba haciéndose más y más fuerte; los coches aumentaban de número, el tráfico comenzaba a coagularse, formando lo que entonces llamábamos «tapón». Era la huida, la huida de las vacaciones. La ciudad se vaciaba de golpe, las gentes escapaban con afanosa urgencia y se apretujaban en automóviles repletos de niños y de bultos, camino de la autopista del sur, que comenzaba un poco más abajo del puente elevado. Les vi pasar junto a mí, con el rostro tenso, las ventanillas abiertas para rescatar un poco de brisa desde el recalentado encierro de sus coches, malhumorados, crispados, odiándose mutuamente. La circulación llegó a hacerse tan densa que los automóviles permanecían detenidos ante mí durante largo rato: podía ver las caras de los ocupantes y escuchar sus exabruptos. Aquel tipo grueso y bigotudo que apoyaba la cabezota sudorosa contra el filo de la ventanilla, boqueando como un pez entre el humo de los escapes y pasándose un pañuelo amarillento por el rostro con gesto resignado. Aquel hombre pequeño y renegrido, de cejas unidas sobre los ojos, que daba saltitos inquietos sobre el asiento, que sacaba de vez en cuando el rostro por la ventana para calcular el atasco e insultar al mundo, mordiendo el aire con despecho. Y un niño berreando, y una mujer llorosa, y un perrazo lobo jadeando, asfixiado, con su gran lengua rosada rozando el latón hirviente. Entrecerré los ojos y simulé una dichosa indiferencia, pero a través de las pestañas les veía, contemplaba cómo me miraban con ojos golosos, cómo algunos aprovechaban su parada forzosa para hacerme guiños, aspavientos y muecas de tití, tan ridículos desde la prisión de sus coches; asomaban sus cabezas sin cuerpo por las ventanillas y sonreían untuosos, arrojando frases acariciantes-incitantes-groseras que no llegaban a mis oídos absorbidas por el estruendo del tráfico, por el agudo chirrido de los frenos. De vez en cuando, junto con una vaharada de calor metálico, envueltas en una nube de sofoco que olía a caucho derretido, me llegaban sílabas aisladas, palabras medio rotas, «...nena ...naaaaa... vasaquemaaaaaaa... olvoooooo». Yo les miraba a través de mis pestañas y les odiaba y compadecía alternativamente.

Miércoles. Ya era miércoles y seguía sin saber nada de Hipólito. La semana de dichoso encuentro proyectada por los dos había abortado aun antes de comenzar con aquella ignominiosa huida escaleras abajo, con ese olor de miedo que Hipólito dejó en mi casa, a su paso, tras aquella absurda comida. ¿Qué podía estar haciendo, mientras tanto? Le imaginé escribiendo en su casa familiar, silenciosa por la ausencia de mujer, esa casa que yo no conocía ni conocería nunca, su territorio. El quiso describírmelo en ocasiones y yo siempre se lo impedí: prefería ignorar aquellas partes de Hipólito que nunca podrían ser mías, su vertiente de marido, su otra vida. El solía insistir entonces con aire un poco pretencioso: «¿por qué no quieres que te cuente cómo vivo?». Pero estoy segura de que conocía la respuesta, de que su pregunta no era más que la constatación de su superioridad en nuestra guerra. A veces, para hacerme rabiar, me comentaba casualmente: «un día de éstos tienes que venir a mi casa, te invitaré a alguna cena con mis amigos». Yo, con estúpida inocencia, caía una y otra vez en la misma trampa y le respondía con airado orgullo: «nunca, nunca, no iré a su casa nunca». Y entonces Hipólito sonreía con gesto malandrín y me miraba enternecido: sólo era capaz de mostrar su ternura por mí cuando se sentía superior.

Su interés en que yo fuera a su casa, por otra parte, no era un simple formulismo. En realidad lo deseaba intensamente. Hipólito gozaba con lo ambiguo, con las situaciones confusas, con los conflictos subterráneos. Hipólito hubiera disfrutado reuniendo en torno a él una escogida selección de amigos y juntando en su propia casa y bajo el mismo techo a su mujer y a su amante. Qué placer hubiera sido para él el verme deambular entre sus conocidos, y observar mi capacidad de disimulo, y deleitarse con las conversaciones aparentemente banales que yo mantuviera con su esposa, y absorber ávidamente el trasfondo de mi sufrimiento y la patética inocencia de su mujer. Cómo hubiera disfrutado exacerbando el equívoco y moviéndonos en su entorno como quien mueve a los personajes de una mala comedia americana, para convertir así su vida y su contradicción en espectáculo, para gozar, al mismo tiempo, de la dulce melancolía de quererme mucho en esos momentos en que no podría demostrármelo, y de un suave sentimiento de culpabilidad ante la cándida fe de su mujer. Cómo se amaba Hipólito a sí mismo en tales ocasiones. Estaba convencido de que nadie era capaz de conocerle en toda su finura de sentimientos, en la totalidad de su compleja sensibilidad, en su mérito y su culpa: y como el suyo era un narcisismo inteligente y decadente, se amaba sobre todo a través de los defectos.

Le imaginé escribiendo en su casa, en esa casa que yo no conocía y que por lo tanto podría inventar a mi placer. Estaría sentado ante una mesa de despacho de tipo inglés, el sol se tamizaría a través de unas cortinas de color tabaco, en el tocadiscos giraría Mahler llenando de ecos las habitaciones vacías. O quizá no, quizá estaría aún durmiendo pese a lo avanzado de la mañana, atravesado en la cama de matrimonio que por unos días era sólo suya. Imaginé la escena con todo detalle, la pared entelada del dormitorio, las dos mesillas gemelas con dos libros distintos en reposada espera de sus dueños, una butaquita un poco más allá con una falda colgando lánguidamente del respaldo, esa falda que su mujer dejó sin colocar en el armario por el barullo final de la despedida y que era un poco el testigo de su ausencia, la prueba de su cotidianeidad marital (de pronto sentí una espantosa envidia, el disparatado deseo de encontrar calzoncillos sucios de Hipólito olvidados debajo de mi cama, la necesidad de esa nimia convivencia.) Quizá Hipólito estaría aún en la cama, pues, y se desperezaría con desgana, la boca algo pastosa de los whiskies de la víspera, las sienes pesadas y atrapadas por los latidos de la resaca, tras haber consumido la noche anterior en una salida con los amigos —escogidos para la ocasión de entre el registro de «alegres compañeros de francachelas»— en la que todos hicieron de «rodríguez», si bien Hipólito se complaciera en pensar en lo ridículo del personaje y se divirtiera en jugar su papel de «marido libre de la mujer por unos días» con irónico distanciamiento. Aunque no, quizá me estaba equivocando de película, quizá Hipólito estuviera en esos momentos arrullándose con alguna muchacha rubia-artificial-elástica capturada la víspera anterior en cualquier bar. Quizá habían acabado de desayunar y se habían dirigido hacia la ducha. El cuarto de baño olería a colonias y desodorantes conyugalmente compartidos y las estanterías estarían llenas de los potingues y cremas de su esposa; y allí, en ese ambiente tan perfectamente matrimonial, Hipólito gozaría del desasosiego de la infidelidad, dibujaría con mirada golosa el cuerpo breve de la rubia —siempre le gustaron muy delgadas— y se enlazaría con ella en un beso de sabor café con leche. Y pensando esto, sentí una opresión indignada y dolorosa en la boca del estómago.

Entonces la vi. Venía por la acera de enfrente, era una mancha negra que taladraba la calle soleada. Caminaba con visible esfuerzo, renqueando penosamente, y en sus manos llevaba un pequeño paquete: seguramente su comida, porque debía estar volviendo del mercado. En realidad doña Maruja sólo salía de su casa para hacer la compra, ésta era su única aventura cotidiana. Aparecía cada mañana en el mercado callada y sonriente —yo había coincidido alguna vez con ella— y los tenderos ya la conocían y le saludaban amistosos: «qué, doña Maruja, cómo va esa vida» — «bien, hijo, bien, vamos tirando». Doña Maruja compraba entonces su loncha de jamón, su pequeño filete de ternera, y regresaba de nuevo hacia el encierro de su casa con su grasiento paquetito entre los dedos. La seguí con la mirada. Parecía una cucaracha reptando por la acera. Tardó una infinidad en alcanzar el paso del semáfono. Aunque en el puente elevado se mantenía el estancamiento de los coches, en la calzada inferior el tráfico era más fluido, abundante y atronador, de modo que doña Maruja se detuvo titubeante. Y de pronto se lanzó: bajó el bordillo con gesto decidido, dio dos o tres pasos sorprendentemente ágiles y se detuvo. Se detuvo en mitad de la calzada, un pequeño bulto negro entre el estruendo; los coches intentaron sortearla, el aire se erizó de bocinazos, un camión comenzó a frenar y derrapar en dirección a ella, doña Maruja cerraba los ojos, apretaba su paquete y sonreía. Apenas me dio tiempo a tragar la saliva amarga que se me había acumulado en la boca, y ya todo había pasado. Comenzó a llegar gente corriendo, salida de no se sabe dónde. El conductor del camión se había bajado y se mesaba literalmente los cabellos dando grandes gritos perfectamente audibles. Doña Maruja seguía en el mismo lugar, menuda, temblorosa, a escasos centímetros de la enorme mole del camión, detenido milagrosamente en el último instante. «¡Estas viejas son un peligro, un peligro, y luego es a mí a quien me quitan la licencia!», bramaba el hombre, y alguien parecía reconvenirle en voz baja, «¡pues si está loca que la encierren, no te jode!», seguía gritando el camionero. Una señora cogió a doña Maruja de un brazo y la condujo hasta la acera, murmurándole algo al oído. Doña Maruja asentía y sonreía, dejándose llevar con mansedumbre. Luego, de nuevo despacito, de nuevo renqueante, la vi desaparecer bajo mi ventana, a la altura del portal.

Me volví a sentar en el sofá, mareada y estremecida. De repente el sol parecía no calentar en absoluto. Me afané en pensar en algo grato, en embeberme en un tema lo suficientemente atractivo como para que se me borrara esa sensación de muerte que me atosigaba. Hipólito. A veces, con Hipólito, llegué a sentir una intensidad incomparable. Pocas veces, eso sí. Pero eran instantes de brutal agudeza, extraordinarios instantes de fulgor en los que me creía eterna, embriagada de vida, compensada. Y luego, sin embargo, tras esos éxtasis fugaces, volvías a zambullirte en el tedio, en la grisura de las pequeñas soledades, en los miedos. Como el cine. Como cuando ves una película que te atrapa, que te conduce a su mundo, una película con la que vives, sufres y respiras, con la que llegas a olvidarte de ti misma. Pero la proyección se acaba, y justo al apagarse la pantalla, al encenderse las luces de la sala, sufres un momento de estupor, un desconcertado instante en el que has de reunirte de nuevo con tu cuerpo. Parpadeas alejando de la retina esa imagen ficticia que pareció tan real, te sorprendes al ver de nuevo la sala, al oír el batir de las butacas que se cierran. Vuelves dolorosamente a la monotonía tras la fascinación. Quizá fue precisamente por todo esto por lo que yo quise desde siempre hacer cine, ser realizadora. No para comunicarle nada a nadie, sino para atesorar instantes de fulgor, para adueñarme de la intensidad: por una avariciosa ansia de vida.

Me lo dijo Miguel. Estábamos comiendo un día,

un día de verano, en un chiringuito al aire libre. Ensalada recorrida por hormigas, chuletas de cordero demasiado grasientas, vino y gaseosa. La comida era abominable, pero frente a nosotros había un lago. Y el sopor caliente de las tres de la tarde, y la sombra sin frescor que proporcionaba un árbol, y el zumbido impertinente de un moscardón muy verde. Yo me sentía cansada, sofocada, insatisfecha. Habíamos dormido juntos la noche anterior, y disfruté del suave cobijo de sus brazos. Nos habíamos levantado tarde, nos duchamos juntos poniendo el baño perdido de agua y risas, desayunamos contemplando a través de la ventana cómo el verano aplastaba la calle, y decidimos salir a comer fuera de la ciudad. Pero la asfixiante sobremesa me había dejado sin palabras. Miguel me miraba desde la otra orilla de la mesa cubierta de restos de comida, y yo le sentía lejos, muy lejos. Llevábamos un rato sin hablarnos, ahítos quizá el uno del otro. El lago cabrilleaba al fondo, el moscardón danzaba sin pudor entre los platos y una gota de sudor resbaló lenta y densa por el cuello de Miguel hasta perderse entre sus rizos del pecho, esos rizos que la noche anterior yo había acariciado y repeinado con mis dedos y que en ese momento sentía tan ajenos. Le quería tan poco, me era tan indiferente Miguel en esos instantes que, cosa curiosa, experimenté de repente un verdadero terror a que a él le sucediera lo mismo respecto a mí, a que no me quisiera. Y ese pensamiento se me hizo tan insoportable que rompí el silencio:

—Hay que ver lo... lo precaria que es la vida.

—¿Precaria? ¿En qué sentido?

—Pues eso —expliqué—. Lo precarios que son nuestros sentimientos, nuestros actos... Hay momentos en los que nos sentimos compenetrados con alguien, verdaderamente unidos a otra persona, y al instante siguiente nos damos cuenta de que sólo era una ilusión y de que estamos completamente solos. A veces pensamos que nos podemos comunicar con los demás, y un minuto después estamos seguros de que la comunicación es imposible. ¿No te sucede a ti eso? A mí si. Hay momentos en los que creo querer a alguien, amarle intensamente, y a la hora siguiente me doy cuenta de que no le quiero, de que no siento nada por él. Y a ratos soy feliz, a ratos me siento vivísima, felicísima, ocupando mi lugar en el mundo. Pero esos momentos duran poco, muy poco, y en seguida vuelvo a encontrarme colgando en el vacío, ¿entiendes?, como si todo fuera absurdo e irreal, como si el mundo fuera absolutamente irrazonable. Como asfixiada de abulia.

En realidad dije todo esto no como una reflexión estrictamente mía, sino con el afán de advertirle que su desamor por mí en esos momentos, si era cierta mi intuición, era algo normal. Que no desfalleciera, que empeñara su voluntad en seguir amándome. Pero Miguel pareció recuperarse del sopor con mis palabras, sonrió con ese gesto limpio e ingenuo que tanto me gustaba, se inclinó hacia delante apoyándose inadvertidamente en los restos del cordero y casi gritó con entusiasmo:

—¡Claro! Esa es la función Delta.

—¿La qué?

—La función Delta. ¿No sabes lo que es? Es

una función matemática de la mecánica cuántica, una función preciosísima, de las más bonitas que hay...

(Siempre me sorprendió el concepto de la belleza que tienen los científicos, su arrobo estético ante complicadas fórmulas.)

—Es una función que describe fenómenos discontinuos de gran intensidad, pero brevísima duración —seguía diciendo—. O sea, fenómenos cuya intensidad tiende al infinito y cuya duración tiende a cero. Si se pudiera visualizar sería como una línea quebrada— y diciendo esto dibujaba con su mano el perfil de una sierra en el espeso aire con olor a siesta— de ángulos agudísimos, ¿me entiendes?

Se apoyó de nuevo en el respaldo de la silla y resopló con sosiego, despejándose el rizado flequillo de la frente con su misma mano de dibujar sierras invisibles.

—La inventó un matemático inglés que se llama Dirac y que es muy viejecito... Es una función hermosa, una de mis funciones preferidas.

El dolor de las pantorrillas era ya insoportable, comenzaba a sentir la piel de la nariz tirante y estaba harta del estruendo de los cláxones y de la avidez de los mirones. Tenía hambre: eran cerca de las cuatro de la tarde y, sin embargo, el puente elevado seguía colapsado por los coches en su fuga ciudadana. Abandonar el balcón y entrar en la sala, fresca y sin sol, era como sumergirse en una piscina de sombras. Telefoneé a la cafetería de la plaza, pidiendo que me trajeran un sandwich de jamón, y corrí al cuarto de baño para constatar mis progresos en el proceso bronceador. El espejo me devolvió la imagen de una

Lucía un poco desencajada, con mala cara, macilenta, pero con pómulos enrojecidos y la nariz brillante. Miré más de cerca: no es que tuviera mala cara, es que la tenía sucia. Pasé un dedo por la mejilla aceitosa y lo saqué negro, negro de hollín, de mierda urbana, de contaminación. Suspiré con desaliento y decidí tomar un baño. La bañera se llenó, el agua se enfrió necesitando de nuevas aportaciones de agua caliente, y el sandwich seguía sin aparecer. Al fin, tras una segunda e indignada llamada telefónica, un muchacho de mandil pringoso me subió un emparedado absolutamente frío que chorreaba margarina. Coloqué el taburete junto a la bañera, instalé encima un vaso de vino y me metí en el agua dispuesta a compartir mi comida con el gel espumoso. Mordisqueé el sandwich lentamente y sin gran placer. Estaba ya acabándolo cuando se desprendió un pedazo que cayó al agua con sordo plop; observé con cierta curiosidad cómo el pan, primero flotante, iba escorando hacia la derecha al empaparse, quizá impelido en su declive por el peso de un trocito de jamón adherido a él. El agua iba cubriéndose a su alrededor de diminutos óvalos aceitosos y la línea de flotación de la miga ascendía imparable. Al final, esponjado y medio deshecho, el pedazo de emparedado se sumergió definitivamente bajo las aguas sin ruido ni aspavientos, y fue a depositarse sobre mi ingle derecha arrastrando al trozo de jamón en el naufragio. Y fue entonces, justo entonces, cuando decidí escribir a Hipólito. Sería una carta sangrienta, una carta cruel, una carta que le hiciera daño.

«Hipólito: quizá te interese saber que el recuerdo

más preciso que conservo de ti es el de tu espalda. Tu espalda huyendo, escapando vergonzosamente el último día que nos vimos.» El sol ya se había escondido detrás de los edificios y la calle estaba cubierta por esa sombra resplandeciente y azulada que hay en algunos atardeceres de verano. «Eres un cobarde y hay momentos en los que empiezo a sentir desprecio por ti. Y ya sabes que el desprecio —y no el odio— es el final del amor.» El ruido del tráfico seguía siendo denso, zumbante, monocorde: me pregunté si era posible que hubiera tanta gente en la ciudad, o si esa caravana interminable no era más que un truco, una rueda sin fin, un círculo infinito formado por los mismos coches, pasando y repasando ante mi casa para confundirme. «Prometes amor sin fin cuando las circunstancias te impiden darlo. Tienes miedo de quererme demasiado y te proteges en la decisión de no abandonar a tu mujer. Alardeas de hijos, de compromisos, de obligaciones inexistentes, para escatimarme tu compañía: a veces pienso que crees que soy imbécil. Eres un cobarde, un inmaduro, un adolescente egoísta. Estás tan acostumbrado a la mentira que ni tan siquiera te das cuenta de cuándo la utilizas. Quieres tenerme a mano, pero a distancia, no te atreves ni a perderme ni a ganarme. Estoy harta.» La tarde estaba ya color cobalto. Encendí la lámpara de la mesa y su luz artificial hizo que entrara la noche de repente. Pensé que había perdido el día de una manera inútil, que se me había ido entre dos suspiros. El teléfono había permanecido en silencio desde la noche anterior: me sentí olvidada, sola en un buque que se hunde, ese buque urbano del que los ciudadanos se apresuraban a huir, afanosos y apretujados como ratas. «Estoy harta. Estoy cansada de ser comprensiva, de buscar razones imposibles que puedan explicar lo absurdo de tu comportamiento. Se acabó. No estoy dispuesta a seguir soportando tus infantilismos. Si algún día te haces adulto, llámame. Quizá podamos entonces reiniciar una conversación diferente.» Puse el punto final, lo releí, me estremecí de duelo y de venganza y lo pasé a limpio.

Estaba bastante satisfecha con el veneno que destilaba la carta. Escribía a Hipólito con el deseo de hacerle daño, de vengarme. Pero sobre todo le escribía con el fin de conmoverle. La carta —semejante carta— exigía una respuesta, Hipólito no podría dejarla sin contestación. Me llamaría, me escribiría, me mandaría flores. Yo, de ser él, me hubiera enviado de inmediato un hermoso ramo de flores con una tarjeta tierna, humilde y cariñosa. Imaginé con deleite la secuencia, el timbre de la puerta, el chico de la floristería medio oculto tras un enorme tiesto de san paulias, por ejemplo. Y una tarjeta prendida entre las flores moradas: «Con todo mi amor egoísta y adolescente.» O quizá: «De un mentiroso empedernido que a pesar de todo no miente cuando dice que te quiere.» Suspiré saliendo con desgana de mi ensueño: Hipólito era tan poco detallista que para que me mandara flores necesitaba haber cogido antes una espantosa insolación, o delirar de fiebres amarillas. De cualquier forma, tras mi carta tendría que salir de ese silencio absurdo, y podríamos vernos, tocarnos, amarnos, encontrarnos. Lo vi muy claro: le había escrito rompiendo tajantemente con él para provocar la dulzura de una reconciliación. Pensé con gozo anticipado en el desconcierto que mi mensaje podría causarle: era una bonita maniobra ofensiva, yo avanzaba con mis tropas ligeras sobre el campo de batalla y tenía la ventaja de la iniciativa y la sorpresa.

Me vestí apresuradamente y me lancé a la calle para echar la carta al correo. La ciudad estaba oscura y solitaria. Los automóviles eran mucho más escasos que antes, y el puente estaba despejado: tan sólo de cuando en cuando un coche veloz, un fugitivo tardío, lo atravesaba con un zumbido. Caminé hacia el buzón fumando un cigarrillo sosegadamente. Me sentía repentinamente calmada, con esa tranquilidad un poco suicida de quien ha tomado una decisión difícil. Reflexioné fríamente sobre mi vida afectiva, y hube de reconocer que siempre había sido bastante complicada. Yo sufría una inquietante tendencia a enamorarme de hombres problemáticos, hombres casados, hombres emparejados, hombres fugaces. Quizá, me dije, es todo culpa mía. Pensé en Rosa y en su facilidad para iniciar largas convivencias de la noche a la mañana. Claro que Rosa se emparejaba con compañeros inadecuados y ridículos: bastaba que un mentecato le ofreciera su cuarto en una pensión de mala muerte para que, enternecida por este gesto de cortesía, le incorporara a su vida durante años. Lo que a mí me pasa, me dije con orgullo, es que yo soy mucho más selectiva. Había llegado ya al buzón, y antes de echar la carta la releí una vez más; luego la doblé con cuidado y la metí en el sobre previamente franqueado. Había pegado ya el primer lametón a la goma cuando me asaltó una idea: saqué de nuevo la hoja y taché mi firma cuidadosamente con un rotulador. Era una simple precaución suplementaria; la carta iba dirigida a su domicilio, y, quién sabe, quizá su mujer hubiera regresado inopinadamente de las vacaciones. Quizá fuera por eso por lo que Hipólito no me llamaba, me dije esperanzada. Cerré el sobre, estampé un «urgente» de tamaño suficientemente imperativo en una esquina, y lo introduje en la ranura metálica con cuidado, con el infantil temor de que se arrugara o enganchara con algo, de que un maldito clavo colocado a mala idea por los hados impidiera que la carta alcanzara su destino. Pero el sobre resbaló con facilidad entre las mandíbulas de latón y desapareció de mi vista en un cuarto de segundo. Me quedé un buen rato absorta en la contemplación del buzón, maravillada de que siguiera siendo tan redondo, amarillo e indiferente como antes, pese a ocultar mi carta en su barriga.

—Eh, Lucía, ¿qué haces aquí parada?

Me volví, levemente sobresaltada. Era Andrés, el dibujante de la agencia.

—Ah, hola. Nada. Vine a echar una carta al correo. Nada.

Andrés iba cargado con una caja de cartón medio deshecha en la que se apilaban en precario equilibrio varias botellas de vino y de refrescos.

—Yo he estado comprando esto —dijo lleno de euforia y entre risas incongruentes al tiempo que señalaba con la cabeza las luces del «drugstore» de la esquina—. Provisiones para la noche, ja, ja, ja.

Calló un momento mientras intentaba detener con

la rodilla la caída de una coca-cola que se migó contra el suelo.

—Vaya...

—Déjame que te ayude —le dije, agarrando las botellas de más peligroso balanceo—. ¿A dónde vas?

—Ah, gracias... Al coche, es ese azul de la esquina... Gracias, gracias, con esto ya puedo yo.

Escruté su cara bajo la luz del farol. Tenía las pupilas muy negras y dilatadas. «Vas cieguísimo», comenté desapasionadamente.

—Sí, ¿verdad?

Abrió el coche y colocó su carga en el asiento trasero.

—Tengo una fiesta en casa —dijo—. ¿Por qué no te vienes?

Dudé un instante. La verdad es que no me apetecía estar sola.

—¿Hay comida? —pregunté sintiéndome repentinamente hambrienta.

—Hay de todo, de to-do —contestó Andrés con aire promisorio—. Cositas riquísimas...

—Ya, ya, ya veo por ti que hay cositas riquísimas. Pero, ¿hay comida de verdad, de comer?

—Que sí, mujer, no seas pesada, venga, entra...

Antes de que pudiera pensarlo dos veces me encontré sentada en el coche mientras Andrés atravesaba la ciudad a la portentosa velocidad de veinte kilómetros por hora, charlando de forma burbujeante, «pues estoy cieguísimo, tengo un colocón que es que no veas, pero no te preocupes porque yo conduzco mucho mejor ciego que normal...». Su casa estaba cerca y pese a la pasmosa lentitud de nuestro avance llegamos pronto. Era un edificio nuevo, una torre de apartamentos con corredores interminables llenos de puertas idénticas. Ya desde el mismo ascensor se oía la música y el barullo, y por un momento me arrepentí de haber ido.

—Oye, ¿hay mucha gente?

—Uf, montañas —contestó Andrés encantado, agravando mi desaliento.

Pero la huida era ya imposible. Andrés había abierto la puerta y navegaba por un pasillo abarrotado con la caja de botellas como proa, «aquí está el vino y una náufraga que he rescatado de la noche», gritaba camino de la cocina, «ésta es Lucía», me presentó, dirigiendo sus palabras a lo que aparentemente era un armario, «en la sala tienes comida, sírvete lo que quieras». La sala era un habitación espaciosa, con colchas hindúes cubriendo las paredes, una gran librería empotrada y muchos cojines por el suelo. Una treintena de personas reían y hablaban entre sí —más bien vociferaban sobre la música— esparcidas por la habitación. Miré a mi alrededor y no reconocí a nadie. Me acometió un súbito ataque de horrorizada timidez y me apresuré a sentarme en un rincón, en el único cojín libre que parecía haber. No había apoyado todavía la espalda en la pared cuando una mujer que tenía a mi derecha me pasó un «shillom» humeante. En aquel entonces las drogas blandas aún no estaban comercializadas, y eran todavía ilegales. Di un par de chupadas y lo pasé a mi vez al barbudo de mi izquierda, que estaba sentado junto a la librería embebido en la contemplación de unos libros de dibujos y pinturas. Andrés apareció de repente, inclinado sobre mí, y me preguntó que qué quería beber; una tónica, le dije, y él desapareció entre la muchedumbre para volver al rato con una cerveza que depositó en mi mano con solícito y encantador gesto. Miré hacia mi derecha y la mujer me sonrió con afabilidad. Miré hacia mi izquierda y el barbudo seguía ensimismado en sus libros. Me pasaron un porro gigantesco en avanzado estado de consunción. Aspiré dos veces y se lo di al barbudo. La apelmazada ceniza cayó sin ruido sobre las satinadas láminas del libro y el tipo la sopló meticulosamente depositándola sobre sus pantalones. Me fijé en el dibujo que estaba viendo: era un tortuoso y fascinante espacio interior, un nudo de intrincados túneles que me resultó muy familiar. «Perdona», murmuré hacia la oreja del barbudo, «¿quién es el autor de ese dibujo?» El me devolvió automáticamente los restos del porro sin mirarme. «No, no, oye», insistí tirándole del jersey, «perdona, pero, ¿quién es el autor?». El tipo alzó la cara y descubrí que era bizquísimo, «Escher», contestó, «es un libro de Escher», y dicho esto se hundió de nuevo en sus páginas. Pero al instante levantó la cabeza, clavó en mí su ojo terrible (el otro ojo miraba hacia la puerta) y preguntó calmoso:

—Y tú, ¿qué haces?

—Películas —contesté, no sé por qué.

—¿Porno?

—No.

—Ahhhhh.

Y regresó a sus dibujos sin prestarme más atención. Miré hacia la derecha, tropecé con los ojos de la mujer y nos volvimos a sonreír afablemente. Así es que dirigí la vista hacia delante y me concentré en una pareja que estaba sentada un poco más allá, en un sofá. Era el único sofá de la sala, para ser exactos, de manera que sobresalían de entre la masa de invitados que estábamos tirados por los suelos como si estuvieran encaramados al escenario de un teatro. Ella era muy delgada y pálida, un soplido de mujer de ojos macilentos e intensamente negros; él era un tipo carnoso de mofletes caídos, y lucía unos abundantes mostachos rojizos con los que intentaba quizá compensar la prematura calvicie craneal. Debían tener unos treinta años y permanecían muy erguidos, mirando al frente, conversando entre sí en un tono de voz lo suficientemente fuerte como para ser escuchados por media sala.

—Pues yo simplemente prefiero no enterarme —estaba diciendo él—. No enterarme de nada, así es que ya lo sabes.

—Pues yo sí me quiero enterar, quiero que me lo digas —contestaba ella—. Quiero saber la verdad.

—Muy bien, pues yo te lo contaré si me apetece y si no, no. Porque no estoy dispuesto a tener que estar dando cuentas de lo que hago.

—Además —añadía la chica—. Yo no sé por qué sales con esto ahora, porque siempre nos hemos contado todo y tú siempre me has dicho que no eras nada celoso.

—Yo no he dicho eso.

—Sí que lo has dicho.

—No señor, no lo he dicho —insistía él—. Y bueno, si lo he dicho me da lo mismo, porque sí soy celoso. Soy celoso, entérate.

—Pues no sé entonces para qué te montas esos números. Si eres celoso, ¿por qué no lo dices?

—Ya lo estoy diciendo.

—No, no lo has dicho hasta ahora, no sé por qué siempre dices lo contrario de lo que piensas.

—No digo lo contrario de lo que pienso, es que como comprenderás no pienso armar un cirio porque tú te vayas con otro tío, lo que pasa es que no me gusta, y como no me gusta, pues prefiero no enterarme, así de simple.

—Pues no entiendo por qué te controlas tanto, por qué te empeñas en racionalizarlo todo tanto. Si eres celoso, ¿por qué no te comportas como un hombre celoso?

—Pero, ¿qué quieres? —exclamó él—. ¿Que te dé una paliza y te arrastre de los pelos?

—No es eso, es que no sé por qué dices que no eres celoso si resulta que sí que lo eres.

La mujer de mi derecha me tocó tímidamente el hombro: «¿eres amiga de Andrés?», preguntó. «Sí.» La mujer sonrió y dio un pequeño suspiro. Debía tener bastantes más de los cuarenta, llevaba el pelo corto y vestía pantalones negros y un blusón bordado amplio, con largura suficiente como para disimularle el grueso culo. «Yo soy cuñada suya», explicó, «estoy... casada con un hermano mayor de Andrés. Es muy buén chico, ¿verdad?» — «Sí, muy bueno.» La mujer se me quedó mirando fijamente durante largo rato como calibrando mi capacidad de escucha. «Yo... yo no conozco a nadie aquí, ¿y tú?», dijo al fin. «Tampoco.» Mi respuesta pareció llenarla de gozo y se lanzó a conversar mucho más animadamente: «Eso me parecía. Yo... Es que Andrés me ha invitado porque... Es tan buen chico que... Siempre me dice que tengo que salir y conocer gente, pero soy bastante tímida y... además todos sois muy jóvenes y yo me siento como vuestra madre.» «Qué bobada», le dije distraída y cortésmente. «Es que me acabo de separar, ¿sabes?», continuó un poco ruborosa, «vamos, me... la verdad es que mi marido me ha dejado. Fíjate, después de diecisiete años de matrimonio». Calló esperando algún signo de conmiseración por mi parte y yo me apresuré a musitar un «qué cosas» ambiguo y vagamente alentador. «Tenemos dos hijos, sabes... de quince y doce años. Chicos los dos. Dos hombrecitos ya. Ahora viven conmigo. Bueno, en realidad yo sigo en mi casa. El... él se ha ido, ¿sabes? Con otra. Con una chica joven. No... no es justo, ¿no?» Observé con horror que los ojos se le habían llenado de lágrimas. «Venga, mujer», me apresuré a añadir, «estas cosas pasan todos los días, el amor no dura siempre, ahora te duele porque debe estar reciente, pero ya verás como te repones en seguida, es mejor romper cuando las cosas se acaban que arrastrar una convivencia llena de tensiones». Me detuve intentando encontrar algún tópico balsámico más con que detener sus lloros y sus confidencias, pero no se me ocurrió ninguno. La mujer decía «sí, sí, claro» muy bajito y había agachado la cabeza, concentrándose en retener las lágrimas. Aproveché el momento para erguirme sobre el cojín y mirar hacia delante, intentando salirme de sus garras.

—Y acuérdate de cuando te fuiste a aquel viaje a la costa, querido. Nada más volver te apresuraste a contarme con pelos y señales todas las aventuras que habías tenido, todas las tías que te habías tirado.

—No es cierto, te conté, y sólo por encima, alguno de los rollos que tuve, y te los conté porque pensé que podías enterarte y prefería que lo supieras por mí antes que por otra persona, porque así podías ver que no tenían ninguna importancia.

—Y qué me dices de lo de María Jesús...

—Aquello es que te pusiste muy histérica, porque no había razón para tanto alboroto.

—Tú me dirás, te pasaste todo un mes sin venir prácticamente a casa, y mientras tanto yo sabía que estabas con «ésa»...

—Pero mujer, ¿no entiendes que María Jesús estaba muy... muy buena, y que a mí me gustaba físicamente, pero que no tenía nada de qué hablar con ella?

—No tendrías nada de qué hablar, pero estabas todo el día con ella y yo mientras tanto sola.

—Te puedo jurar que con María Jesús no me acosté más de... Mira, me acuerdo perfectamente, me acosté con ella sólo cuatro veces, exactamente cuatro veces.

—¡Ahhhhhh, con que te acostaste cuatro veces! Muy bien, yo ya lo sabía por otros conductos, pero hace dos años me juraste y perjuraste que sólo te habías acostado una vez con ella, mira por donde te descubro las mentiras...

—¿Yo dije eso?

—TU dijiste eso, sí, que a mí las cosas no se me olvidan.

—Bueno, no sé, me acosté dos, tres, cuatro veces como mucho, ni me acuerdo, muy pocas veces, no tenía ninguna importancia, tú es que perdiste los nervios.

La pareja del sofá había conseguido concentrar buena parte de la atención de la sala, los invitados estaban plácidamente sentados en sus cojines en torno a ellos escuchándoles con embeleso, y hasta mi vecino bizco había dejado sus libros para embeberse en la disputa.

—Y yo no sé cómo te atreves a hablar —decía el bigotudo— porque no vamos a empezar a sacar aquí a tus amantes, como aquel tipo gordo que te ligaste en el bar...

—YO no te dejé abandonado nunca, me ligué a aquel tipo un día y no volví a verle más, y además aquel tío...

—No me cuentes, que no quiero saber. Ya te he dicho que no quiero saber nada, ¿entiendes? No me cuentes tus historias.

—No, pero escucha, aquel tipo...

—Que no, que te calles, que no me quiero enterar. Como cuando viniste aquella vez borracha, ¿para qué saber lo que habías estado haciendo? Aquel día te echaste a llorar nada más meterte en la cama, así es que, ¿para qué preguntar?

—Pues yo prefiero saber las cosas.

—Pues yo no, ya te digo. Y además, diles a tus amantes que no llamen a casa, luego encima se ponen pesadísimos y tengo que darles explicaciones por teléfono de si estás o no estás, ya es el colmo...

—La verdad es que no sé por qué siempre discutimos estas cosas en público, siempre pasa lo mismo, y eres tú siempre el que saca el tema, eh, no lo niegues...

La mujer de mi derecha volvió a la carga, «y tú, ¿a qué te dedicas?», me preguntó con su sonrisa más encantadora. Volví la cara hacia ella con fastidio, «trabajo en publicidad, en la misma agencia que Andrés». «¿También dibujas?», «no, soy realizadora, hago las películas». «Ahhh, qué trabajo tan bonito», comentó la mujer con maravillado arrobo. «Yo... yo tengo que buscar un trabajo», continuó, «es un problema, porque... nunca he trabajado en nada y... ahora mi marido, quiero decir, mi ex-marido, me pasa un dinero para mí y los niños, pero... yo, claro, no me encuentro cómoda, porque... tengo que buscar trabajo, pero la cosa está tan mal... y... además, ¿qué puedo hacer, si no sé hacer nada? Dios mío, me siento tan perdida...». Los ojos volvieron a llenársele de lágrimas y la cara se le estremeció en un puchero. Me sentí asfixiada e incómoda. Alguien pasó un porro y la mujer lo rechazó negando vigorosamente con la cabeza. Cogí el canuto, di dos chupadas y aprovechando la momentánea pausa me levanté trabajosamente del cojín: «perdona un momento, voy a ver si encuentro algo de comer». Me lancé con decisión suicida a la muralla de personas que se mantenían en pie al fondo de la sala, sospechando que detrás estarían los comestibles, y, en efecto, tras bracear desaforadamente entre el personal (¿cómo era posible que siguiera habiendo tanta gente en la ciudad vacía?) logré alcanzar una mesa alargada cubierta de restos de comida. Seleccioné un aceptable montón de migas frías de tortilla de patatas, restos de fiambre —ya sólo quedaba salchichón, aunque un plato grasiento mostraba huellas de haber contenido jamón— y croquetas gomosas y espachurradas, y me dispuse a devorarlo, acompañándolo con todo el pan que pude recoger. Miré a mi alrededor. Mi cojín era el único asiento libre, y era inutilizable por la amenaza lacrimosa de la recién separada. Así es que me resigné a seguir de pie, haciendo precarios equilibrios con el plato, el vaso y las croquetas.

—¿Qué tal?

Era Andrés, que había aparecido repentinamente a mi lado.

—Muy bien.

—No queda mucho de comer.

—No.

—Espera, creo que en la cocina quedan algunos sandwiches de queso, ¿te los traigo?

—Por favor.

Andrés salió de la habitación y en ese momento llegaron nuevas personas a la fiesta. Vi como saludaban al dueño de la casa en la penumbra del pasillo, y después entraron en la sala. Me quedé atónita: era Fariño, el director de la agencia, con una muchacha joven y espectacular. Estaba aún boquiabierta con una croqueta suspendida a medio camino entre el plato y la boca cuando Fariño me descubrió y vino hacia mi arrastrando a la chica tras él.

—Hola, hola, Lucía, qué sorpresa encontrarte aquí.

—Lo mismo digo —carraspeé.

—No conoces a Dori, ¿verdad? Dori, Lucía.

La muchacha me dedicó una sonrisa embadurnada de carmín color morado y cantó un «hol-la» con voz aguda y chirriante. Llevaba el pelo muy corto y teñido en rojos, vestía unos estrechísimos pantalones dorados que hacían juego con las sandalias, también de oro y de tacón suicida, y apretujaba unos pechos de dimensiones prodigiosas dentro de una camiseta negra con dibujos de lentejuelas.

—Dori, Lucía es una mujer famosa, es una directora de cine, estrenará una película estupenda el próximo domingo, ya te llevaré a verla algún día... —decía Fariño—. Y Dori es... —añadió volviéndose hacia mí con una intolerable sonrisa cómplice— una buena amiga, una buenísima amiga, ¿verdad Dori?

—Sí-í...

En ese momento regresó Andrés trayendo un plato que contenía tres sandwiches. «Oh, qué bien», exclamó la chica, «estoy hambriiiiiienta», y se abalanzó sobre la fuente cogiendo un emparedado en cada mano. Me apresuré a apoderarme del tercero, aventajando por décimas de segundo a Fariño, y observé con melancólico desconsuelo cómo los bocadillos desaparecían con prodigiosa rapidez entre las fauces amoratadas del monstruo.

—Andrés —dijo Fariño— he traído una cosa buenísima, o eso me han dicho, me han dicho que es de lo mejor, Líbano rojo, me han dicho.

—Hummmm, buenísimo, sí.

—Mira, mira.

Fariño sacó del bolsillo una tableta de considerables dimensiones y la exhibió con orgullo.

—Uy, buenísimo —alabó Andrés encantado—. Venga, Fariño, hazte un canuto, ¿sabes?

—Yo sé, yo sé —palmoteó la chica con gran revuelo de sus uñas rapaces y lacadas.

—Ahí, en la mesita, tienes papel...

Fariño y la chica se alejaron. Miré a Andrés casi indignada:

—¿Qué hace esa bestia aquí?

—¿Fariño? Nada. Le invité a venir.

—Yo creía que le odiabas.

—Bah, no, pobre tipo. Es un poco animal, pero luego resulta que es un cachondo. Ya ves, por las mañanas va a la oficina y por las noches luego se pone ciego de porros, es un tío cachondo, de verdad. Acaba de descubrir lo del fumar y va volado todo el día, además trae siempre unas cosas buenísimas...

—No te entiendo —respondí glacial.

—Pero, ¿por qué? Si ya te digo que fuera de la agencia es un tío majo. Si está siempre pirado, el tipo. Es muy gracioso.

—Andrés, el que una persona fume no le exime de nada. Parecería que tú divides a las personas en drogotas o no, y que si fuman ya son gente maja.

—Hombre, pues un poco es así, sí.

Me sonrió afablemente, y sin dejarme tiempo para contestar cambió de tema:

—Oye, por cierto, ¿sabes a quién he visto hoy?

Accedí con desgana a abandonar la discusión:

—Pues si no me lo dices no lo sé.
—A tu guionista.
Sentí un pellizco en el estómago:
—¿A Hipólito?
—Sí señor, a Hipólito. Estaba comiendo en el restaurante alemán, muy amartelado con su mujer.
—¿Su mujer?
—Sí, una rubita mona y delgadilla.
—Su mujer es morena.
Creo que me puse de color verde, o al menos me sentí verde por dentro, toda yo verde, pintada de ansias asesinas: abofetear la cara de rata de Hipólito hasta dejarle las mejillas tumefactas, estrellarle una botella en la cabeza, patearle los huevos, rociarle los ojos con su pulverizador contra el asma.
—...Y a mí me gusta como escribe, la verdad —oí decir a Andrés a lo lejos, más allá de mi furia— su última novela me encantó, así es que esta mañana le dije que...
—Oye, Andrés, me voy —le interrumpí.
—¿Ya?
—Sí, gracias por todo, eres un encanto, pero es que estoy muy, muy cansada.
Tardé bastante en localizar mi bolso y al fin lo recuperé de debajo del sofá, que estaba entonces ocupado por Fariño y su muñeca (la pareja de la disputa había desaparecido sin dejar rastro) de los que me vi forzada a despedirme por la proximidad física. Recogí al vuelo un «adiós» desesperado de la mujer llorosa, que seguía instalada en su cojín, y en tres saltos me encontré en el descansillo. Había fumado bastante y me sentía un tanto colocada,

de modo que primero el ascensor me bajó hasta el aparcamiento subterráneo, luego fui a parar a un sótano con cubos de basura y sólo a la tercera intentona, cuando ya empezaba a sentir el agobio de la claustrofobia, las puertas metálicas se descorrieron en el vestíbulo de la entrada.

Respiré el aire fresco de la noche con avidez. Calculé que debía estar a unos veinte minutos de casa, y decidí ir andando, para pensar y despejarme. Mis pasos resonaban solitarios en el pavimento recién regado, y en cada taconazo imaginaba estar pisando las narices de Hipólito con estremecida venganza. Empecé a pensar que Hipólito era realmente así, tal como yo le había descrito en mi carta, mezquino, cobarde, egoísta. Pensé que si realmente se rompía la relación tampoco iba a dolerme demasiado, que podría ser incluso un descanso, una liberación, un evidente ahorro de energías. Porque el amor pasión era en realidad una cosa tan ficticia, exigía tal entrega de la voluntad, tal predisposición consciente a estar enamorada. El amor pasión era un trabajo intensivo, un pluriempleo de los sentimientos, una invención delicada que necesitaba de la gimnasia afectiva diaria para poder subsistir. Con Miguel, en cambio, era distinto. El cariño de Miguel era un sólido residuo de mil pequeñas ternuras, la complicidad de dos seres frente a la soledad y otras desazones. Me sentía repentinamente lúcida y clarividente, con esa lógica especialmente diáfana del colocón de hachís que llevaba encima. Es eso, me dije. Con el amor pasión se busca engañar a la muerte, se intenta alcanzar la agudeza del vivir, esos instantes intensos en los que llegas a creerte eterna. Con el amor cómplice se busca vencer a la muerte pero sin engaños, afrontar su existencia con el apoyo de otra persona.

Conocí a Miguel en la sierra. Un amigo común nos había invitado a pasar un largo puente en su casa de pueblo, una casona hermosa de amplios muros blanqueados, chimenea y perenne olor a fuego de leña. Yo detesto ir a reuniones multitudinarias con gente desconocida, pero acepté la invitación porque me encontraba triste: supongo que por causa de algún problema con Hipólito, porque en mi juventud mis depresiones tendían a ser de origen afectivo. Fui llena de prevenciones y suspicacias, y, sin embargo, resultaron ser unos días formidables. Eramos seis: mi amigo el dueño, Miguel, un pacífico matrimonio encantador y un muchacho rollizo y joven, licenciado en filosofía y empleado en una funeraria por los azares del paro, que desempeñó el papel de bufón de la reunión y que con su causticidad y su humor negro nos hizo saltar las lágrimas de risa varias veces. Fue un fin de semana hermoso, nos levantábamos pronto, desayunábamos interminablemente en la cocina —queso de cabra, miel, jamón, huevos— ante los rescoldos de la chimenea y aspirando el olor a sierra soleada que entraba por la ventana; paseábamos por el campo, leíamos, nos reuníamos al atardecer junto al hogar a contarnos leyendas inventadas. Miguel me gustó desde el principio. Me enternecía su expresión perpleja, su despiste; me admiraba ese halo de serenidad afectiva que parecía recubrirle, la naturalidad con la que sabía mostrarse cariñoso. Me cautivó su autosuficiencia doméstica, tan extraña en un hombre:

cocinaba, fregaba los cacharros, recogía la casa, barría, se lavaba la ropa. Era hombre acostumbrado a vivir solo, pero la soledad no le había marcado con las pequeñas y mezquinas manías del misántropo. Me sorprendió y entusiasmó su falta de prejuicios masculinos: en los atardeceres ante el fuego, Miguel, tras cargar su pipa, sacaba unas agujas de hacer punto y se ponía a tejer, con tranquilo ademán, esos jerseys interminables y esponjosos con los que solía vestirse: «relaja mucho», decía cuando alguien hacía un comentario al respecto, y lo decía, además, sorprendido de la sorpresa de los otros. Y he de resaltar aquí que, en aquellos años, encontrar un hombre con estas características era realmente insólito. El cuarto día, víspera de nuestra partida, yo tenía ya el corazón derretido con su afabilidad, el cuerpo ávido de recibir uno de sus abrazos de oso. Me gustaban sus manos, largas, huesudas, con vellos negros asomando sobre la muñeca; me gustaban sus grandes hombros, su corpulencia de apariencia tierna y confortable; me gustaban sus barbas acogedoras, su olor intenso y resinoso. Por ser la última noche salimos todos a dar un paseo bajo la luna casi llena. Yo me emparejé con él con sagaz habilidad y traté de acoplar mi paso a sus amplias zancadas. Miguel charlaba con eufórico tono, contando maravillas científicas sobre el firmamento con sus fáciles y didácticas maneras de profesor. «Einstein creía al comienzo en un Universo estático, sin principio ni fin», decía, «pero aceptó rápidamente la teoría del matemático ruso Alexander Friedman, que propuso en 1922 la posibilidad de un universo dinámico». La noche colgaba encima de nosotros increíblemente brillante, cuajada de estrellas. Yo trotaba al flanco de Miguel sin apenas escucharle, aunque el tema me interesase. Me sentía obsesionada por lo cercano de nuestra despedida, el tiempo se me escapaba de las manos, debía encontrar un modo de decirle cuánto me gustaba: era una oportunidad única, sin segunda opción. Volví a prestar atención a sus palabras: «...Así es que, tras convertirse en un gigante rojo, momento en que la tierra resultaría abrasada, el sol sufriría un colapso y pasaría a ser un enano blanco, muy pequeño, puede que incluso menor que la tierra; claro que esto no es más que una de las muchas teorías...». Gigante rojo, enano blanco: los términos científicos me parecieron fascinantes, divertidos, casi poéticos. Hace falta una fantasía especial para inventarle a nuestro sol un futuro de enano blanco, un futuro de cuento infantil. Miguel calló durante unos momentos, la noche era terriblemente hermosa, sentí su brazo y su calor junto a mí y, aspirando profundamente una bocanada de fresca oscuridad, decidí lanzarme al vacío:

—Estoy contenta, estoy muy contenta —dije.

—¿Por qué, chiquitina?

Su chiquitina, tan dulce e íntimo, me puso al borde de las lágrimas.

—No sé, porque ha sido un fin de semana maravilloso, me siento feliz... Me da una tristeza espantosa marcharme, sois todos unos tipos estupendos... Pensar que estuve a punto de no venir... Es que resulta raro que seis personas que apenas se conozcan encajen tan bien entre sí, ¿no?

—Sí es raro, sí —comentó—. La verdad es que todos son, sois, una gente estupenda. Y José, con sus increíbles cuentos sobre la funeraria, es un tipo divertidísimo.

Cerré los ojos, aguanté la respiración y lo solté:

—Sí, José es divertidísimo. Y la pareja es muy simpática. Y tú... tú me gustas muchísimo y lo malo es que no sé cómo meterte mano.

—Antonio es también un tipo formidable —siguió diciendo Miguel impertérrito—. Bueno, a Antonio ya le conocía. En realidad, era al único que conocía, es la primera vez que vengo a su casa.

Habíamos seguido caminando y Miguel mantenía su misma actitud amable y tranquila, como si no hubiera oído mis palabras. Miguel tenía entonces treinta y nueve años, me llevaba exactamente diez, y yo había confiado en su madurez para lanzarme. Pero me sentía insegura ante su apariencia serena y adulta, y no alcanzaba a comprender muy bien el significado de su inalterabilidad. Así es que añadí un «sí, yo tampoco conocía a nadie más que a Antonio» con voz ligeramente consternada y me callé. Anduvimos un rato en silencio. Desde unos metros más atrás llegaban risas y retazos de la conversación de los otros. Al fin Miguel se decidió a hablar, en tono casual y sin mirarme:

—Oye, eso que has dicho antes, ¿qué quiere decir?

De repente le comprendí frágil y tímido, y sentí un grato calorcillo en el estómago. Me sonreí en la oscuridad:

—¿Tú qué crees?

—Pues no sé.

—A ver, ¿qué es lo que te he dicho?

—Que no sabes cómo meterme mano.

—¿Y antes?

—Que te gusto muchísimo.

—¿Y qué crees que puede significar eso?

—Lo de meter mano... ¿lo dices en el sentido clásico de la frase, o sea, meter mano de meter mano?

—Pues claro.

Miguel se rió con estruendoso regocijo, murmurando «qué bien, qué bien». Yo también reí, contagiada de alegría y de nervios. Caminamos aún bastantes metros en silencio, sacudidos por repentinos conatos de risa y sin tocarnos. Después, sin previo aviso, Miguel pasó su largo brazo por encima de mis hombros y me espachurró contra su pecho: sentí la aspereza de su chaqueta en mi mejilla y, más allá de la tela, la tibieza de su cuerpo.

—Pues tú a mí, chiquitina, tú a mí también me gustas mucho.

Y yo callé turbada de felicidad y permanecí muy quieta e incrustada en su costado, aunque un botón de la chaqueta se me estuviera hincando junto al párpado.

Había entrado ya en mi calle, y el barrio estaba mortecino, negro y silencioso. Por un instante, agobiada con tanta calma, me sentí único ser vivo en ese cementerio de hormigón. De hecho me encontraba sola en la ciudad, abandonada de mi gente. Mis amigos, mis amores, mi familia estaban fuera. Pensé en mis padres, de viaje en cualquier playa, y cierto placer morboso en el desánimo me impulsó a imaginar un accidente: el tráfico, la aglomeración de las vacaciones, un derrape, una curva mal tomada. Una voz anónima que comunica telefónicamente la desgracia, sus padres, lo siento, sea usted fuerte. Imaginando todo esto me atragantaba de congoja, paladeaba mi triste condición de huérfana futura, como si quisiera prepararme para los dolores venideros, para las muchas y diversas soledades. También doña Maruja tuvo padres, amantes y vida cuando era joven. La noche estaba muy vacía y a lo lejos se oyó una sirena policial. Apreté la marcha, sobrecogida por una vaga inquietud, atrapada por el miedo general, miedo a un asesino sin rostro y sin razón de asesinar, miedo ante la imagen de una doña Maruja tomándose una infusión de insecticida. Hice los últimos metros hasta el portal casi corriendo. El frío me golpeaba la cara y sentí la nariz tirante, escocida, la piel irritada por el sol. Mi piel de pan caliente. Corazón.

14 OCTUBRE

Esta mañana me he sentido mucho mejor tras una terrible semana de insistentes mareos, y, después de comer, María de Día me ha levantado de la cama y me ha obligado a venir a la galería acristalada a tomar un poco el sol. Desde aquí escribo, sentada en un sillón de mimbre que cruje y protesta ante mi más pequeño movimiento. Aunque la verdad es que me muevo poco: me encuentro débil y sin fuerzas, y mis brazos y piernas parecen de plomo.

—Eso es la falta de ejercicio, Lucía —ha dicho María de Día con fingido enfado—. Te estás volviendo muy perezosa, ya no te levantas nada de la cama.

Es mentira. No me puedo levantar porque me caigo. O me caía, porque hoy parecen haber desaparecido de nuevo estos malditos vértigos de Menière. Qué estúpida y engañosa enfermedad. Avanza y retrocede sin aviso, me llena de inútiles esperanzas para luego deshacerlas en un segundo, en ese segundo en que presiento que, una vez más, el mundo va a empezar a girar en torno mío locamente. Aunque en realidad es al revés: no es el mundo lo que gira, sino yo. Son unos mareos extraños, en los que siento que la habitación permanece establemente instalada en el espacio y que soy yo, y sólo yo, quien no puede mantenerse erguida. Y me tropiezo con las paredes, y el suelo deja de ser una noción de horizontalidad. Ha pasado ya un mes entero desde que creí estar curada, a punto de volver a casa. Fue una embriaguez de cándido optimismo. Ya lo dice el médico:

—Tiene que ser paciente, doña Lucía. Esto de los vértigos va y viene, es así. Muy pesado. Hasta que un día, después de una crisis, desaparecen y no vuelven más.

Desaparecen y no vuelven más: ¿habrá llegado ya el momento? Me siento muy bien hoy, debilidad aparte.

—Pues lo mismo sí —me animaba María de Día—. Lo mismo estás curándote ya y para noviembre estás en casa.

Me gustaría creerla, pero sé que no hay que hacerle mucho caso. Mi pobre loquita es más cariñosa que eficaz, más dulce que buena enfermera. Su bonita cabeza parece albergar sólo insensateces. Se sentó un rato junto a mí, aquí en la galería, y gorjeó maldades contra María de Noche. Creo que María de Noche le produce también algo de miedo, como a mí, aunque por motivos diferentes.

—Es una mujer muy... —decía María de Día, deteniéndose con concentrada expresión a buscar el adjetivo adecuado—. Muy rara, eso es. Tan... tan seria, y tan aburrida, está siempre chupada...

—¿Chupada?

—Sí, sí, chupada, chupadísima, es una chupeta. No me digas que no sabes lo que significa.

—Pues no, yo...

—Pues mujer, está muy claro, chuparse, un chupado o una chupada son gente que van todo el día como encogidos, pues eso, chupados, como secos, gente que no ríe nunca, que está siempre de mal humor, como tiesos y tensos... Y cuando te pones de mala leche se dice que te chupas.

—¿Quién lo dice?

—Pues todo el mundo, la gente, es una palabra muy común, no me digas que no la habías oído antes... ser una chupeta o un chupeto, estar chupado... Como lo de medievo, que eso es lo que le pasa a esa enfermera, que es una medieva.

—¿Y eso?

—Bueno, ser medievo es ser medievo, ¿cómo te lo podría explicar?, pues eso, medievo, viene de medieval, esa gente que está todo el tiempo mirando hacia atrás y diciendo que si cuando ellos eran jóvenes tal y cual, esa gente muy antigua...

—O sea, los viejos, vamos, que yo soy una medieva también.

—No, no, no es cuestión de años, hay muchos jóvenes que son medievos y muchos viejos que no lo son, es ser antiguo y estar todo el día protestando del mundo y del progreso y yo qué sé, y no saber de qué van las cosas en el mundo.

María de Día calló un momento en medio de su

disertación lingüística, se quedó mirando pensativa a través de la ventana y luego prosiguió:

—Fíjate si será chupeta esa mujer que en los períodos de paro, en vez de dedicarse a vivir y a descansar, hace cursillos de especialización.

—Pero tengo entendido que los cursillos intercategorías son carísimos, ¿no?

—Sí, pero esa tipa es una bárbara, no hace nada más que estudiar y los ha sacado todos con becas. Bueno, pues con los cursillos ha conseguido ascender a la cuarta categoría, está dos por encima de la mía, fíjate.

Puse cara de sumo interés, aunque sigo sin aclararme muy bien con eso de las clasificaciones profesionales.

—Claro que subir a la cuarta está muy bien, por otra parte, porque tienes más sueldo, y además más libertad de elección, puedes quedarte más tiempo en un trabajo si lo deseas, todo eso —seguía diciendo María de Día mientras se roía una guedeja de pelo—. Pero a mí me parece que no merece la pena, no merece la pena tener que pasarte todos los paros estudiando como una bestia, ¿no? En realidad no vives más que para eso, ¿no? Bah, no me interesa.

—¿Y tú qué haces en los paros?

—¿Yo? —se echó a reír—. Yo me lo paso estupendo. Bueno, en realidad no he tenido más que un paro, por ahora, porque empecé a trabajar hace dos años. Pero me fui a vivir a un polígono al sur de Italia, en la costa, con una playa maravillosa y mucho sol, y con una gente majísima que conocí allí, tuve un par de amigos estupendos y nos fuimos a viajar un poco por Africa y, no sé, me lo pasé gozoso... Fue un año de primera. —Se detuvo un momento y me miró con sonrisa maliciosa—. Y fíjate además de lo que le sirve la categoría. Por estar en la cuarta, le toca hacer turno de noche, porque como hay menos médicos hay más responsabilidad, así es que... No, gracias. No me interesan los cursillos, no señor.

Se puso en pie con gesto decidido, «no te vuelvas a la habitación hasta que yo no venga a recogerte, ¿eh?», me dijo, «que ayer tuviste vértigos, no vaya a ser que te marees y te caigas, ¿eh?», y palmeándome una mejilla con desfachatado gesto maternal, la pequeña María de Día se fue como una flecha galería adelante. Seré obediente y la esperaré, aunque en realidad me encuentro bien, incluso muy bien, cada vez mejor; este sol acristalado me está haciendo casi sudar y me levanta el ánimo.

Además, he recibido carta de Rosa. Una inesperada y afectuosa carta de Rosa desde su granja de Avignon. Carta de Rosa después de tantos años. Me ha sorprendido mi propia emoción al recibirla, casi se me han saltado las lágrimas. Debe ser esta inestabilidad emocional de la convalecencia lo que me vuelve tan llorica, porque objetivamente la carta de Rosa no tiene nada de extraordinario:

> «*Lucía querida:*
>
> *Quizá te sorprenda recibir noticias mías, hace tanto tiempo que no nos vemos. Creo que la última vez fue cuando el concierto en el Real, ¿no? Hace siete u ocho años. Yo sigo en Avignon, como siempre, haciendo mi vida de siem-*

pre. Estoy bien. Envejecida, pero bien. ¿Y tú? Ricardo me escribió y me contó que estás internada en un hospital, me dijo que no era nada importante, pero al recibir noticias tuyas me entraron repentinos deseos de ponerme en comunicación contigo. Resulta tonto perder el contacto la una de la otra como lo hemos perdido, ¿no? Es pura dejadez. Yo te recuerdo muchas veces, Lucía, y me apetecería mucho verte. Cuando salgas del hospital deberías venir a la granja, sería una buena manera de reponerse y nos podríamos divertir mucho recordando viejos tiempos y paseando por el campo. La granja es preciosa (¿llegaste a conocerla al fin?) y la gente es muy agradable y llevamos todas una vida muy tranquila y muy sana, perfecta para una convalecencia. Ahora somos cinco y dos niños. Por cierto, uno es mi nieto, fíjate, soy abuela. El chico es precioso, tiene cinco años y se llama Alain, es precioso, rubito y con rizos, un pillo. Después está Antea, la hija de Carolina, que tiene ya nueve años y es una niña muy juiciosa. Carolina es la pieza fuerte de la granja. Su madre era alemana y Carolina es una mujerona enorme, fuerte, con cuarenta años, la única capaz de poner un poco de orden y de disciplina en la comunidad. Sin ella esto sería el caos, de verdad. Es la que dirige la siembra, la recolección, el cuidado de los animales (¡si me vieras ordeñando, Lucía, te morirías de risa!) y la que lleva la casa. Luego está mi hija Clara, y Lucette, que es la última que ha llegado, no tiene más que veintidós años y no sabe muy bien qué quiere hacer con su vida, creo que no durará mucho con nosotras. Y por último estamos los dos vejestorios, mi amiga Andrée y yo. Ya conoces a Andrée, ¿no?, Andrée Coulet, la violinista. De vez en cuando, Andrée y yo damos algunos conciertos y con eso sacamos dinero suficiente para mantener la granja: las ventajas de la fama. De la fama de Andrée, sobre todo. Clara también ayuda haciendo unas traducciones para Gallimard y ahora acaba de vender unos cuentos, creo que terminará siendo una escritora estupenda, espero que no me ciegue la pasión de madre. La verdad es que nos sobra el dinero, tampoco tenemos grandes gastos. Tienes que venir, Lucía, te gustaría mucho esto, te encontrarías muy cómoda en el "gineceo" (¿te acuerdas?), sobre todo te gustará Carolina, tan maternal. Y llega un momento, cuando te empiezas a sentir vieja, en que vuelves a necesitar de esos mimos maternales. O al menos yo, que ya sabes que siempre he sido bastante débil. Ponte buena pronto y vente a vernos. Y mientras tanto escribe. Un beso muy fuerte.

Rosa.»

Es curioso. Si alguien me hubiera dicho hace treinta años que Rosa iba a terminar triunfando en el mundo de la música no me lo hubiera creído. Era sensible y sabía tocar bien, eso desde luego. Pero no sabía que sabía, cosa que, en este mundo de apariencias, venía a ser lo mismo que no saber. Por eso sus conciertos tenían siempre lugar en un circuito de mezquinas salas, ante disparatados auditorios. Tocaba en círculos diversos e inútiles de amantes del arte, en hermandades de oficios, en casas regionales. Siempre era lo mismo: una sala medio llena de mujeres de edad, cubiertas de pieles y con las orejas taponadas por los rizos artificiales de sus peinados, y Rosa que sale al estrado balbuceante, enrojecida y consternada, disfrazada de pianista con su espantoso vestido naranja de los conciertos: era el único traje que poseía dentro de su guardarropa de perpetuos pantalones. Se lo había comprado a toda velocidad y con una escrupulosa falta de coquetería en unos grandes almacenes tiempo atrás, minutos antes del examen fin de carrera, y seguía usándolo al cabo de los años, aunque el crep sintético estuviera mordido en algunas zonas por la brasa de un cigarrillo y a la falda le hubieran salido unas sospechosas culeras que abolsaban aún más su figura de por sí redondeada. Llegaba a tientas, como ciega, hasta el piano, y comenzaba el concierto con dedos temblorosos. Raro era el día en que no sufría un percance. Como aquella tarde en la que tocó uno de los estudios trascendentales de Listz, el número 10, ese tan vistoso, con final fuerte y brillante; y fue precisamente en el final donde se confundió: con eufórico gesto depositó diez dedos equivocados sobre el teclado, diez notas erróneas a la vez. Vi su gesto de susto, aún recuerdo su expresión desesperada durante esos segundos angustiosos en los que el sonido del último acorde perduraba en el aire patentizando su desatino; al fin se decidió a repetir el final y volvió a aporrear, esta vez con acierto, las diez teclas fatales. Pero en realidad daba lo mismo que Rosa masacrara a Listz con un acorde final diez veces equivocado, trastocado en cada dedo. Al terminar, las aburridas señoras del auditorio aplaudían igual, con el encendido entusiasmo de sus manos llenas de sortijas, para abalanzarse después sobre Rosa en el consabido besamanos, en un acoso de perfumadas damas que la halagaban para halagarse indirectamente a ellas mismas:

—¡Qué mecánica tienes! —exclamaba una con expresión de arrebato.

—¡Cómo metes el pedal! —insistía la de al lado para demostrar que sabía que los pianos tienen pedal.

Más embarazosas y evidentes que estas confusiones musicales eran las otras, las físicas. Como cuando Rosa se pisaba el dobladillo anaranjado al salir al estradillo y atravesaba la escena en un aturullado e imparable traspiés entre el murmullo de conmiseración e incomodidad del auditorio. O cuando le entregaban un ramo de flores al final del concierto, y ella, sujetándolo nerviosamente contra el pecho, se inclinaba a saludar regando los escotes de las señoras de primera fila con el agua del ramo. Pero nada tan triste como sus actuaciones en los asilos de ancianos, en las residencias para la tercera edad. El local se llenaba en esos casos de viejecitas haciendo calceta, de ancianos temblorosos. Rosa anunciaba la pieza que iba a interpretar, iniciaba el concierto, y durante largos minutos, bajo las notas, se oían los penetrantes susurros de la sala:

—¿Qué es lo que ha dicho que iba a tocar?

—Chopín.

—¿Queeeeeé?

—¡CHOPIN!

—Ahhhh, qué bonito... —gritaban con estentóreas voces de sordos.

Al fin terminaba la pieza, los viejos aplaudían con manos debilitadas por la artritis o el parkinson, y cuando Rosa se ponía en pie para saludar, siguiendo el ritual, el público ya había terminado la ovación, porque los ancianos se cansan muy pronto de aplaudir. Así es que Rosa se encaraba a un auditorio disperso, las mujeres se habían reintegrado a su calceta, los hombres liaban un cigarro, y de nuevo se escuchaba el portentoso farfulleo:

—¿Qué es lo que ha tocado?

—Beethoven.

—¿Queeeeé?

—¡BEETHOVEN!

—Ahhhhh, qué bonito...

Eran conciertos imposibles, conciertos para sordos. Ya digo, si me hubieran vaticinado entonces su aceptable triunfo posterior, no hubiera podido llegármelo a creer. Ahora que lo pienso, releyendo la carta de Rosa, me resulta sorprendente que Ricardo le haya escrito. Creí que también él había perdido su pista desde hacía años. Pero Ricardo es tan misterioso, le gusta tanto mantener secretos absolutamente inútiles... Quizá han seguido en contacto desde siempre, puede que incluso sean muy amigos. El imbécil. Lo que me molesta no es que sean amigos, sino que Ricardo lo oculte. ¿Pensará que puedo sentir celos de su amistad con Rosa? Qué narcisismo el suyo, qué desenfrenada vanidad. Demuestra una vez más no conocerme en absoluto. Si hay una persona no celosa en este mundo, esa soy yo. Nunca lo he sido. Ni con Miguel, en nuestros largos años de relación. Y antes tampoco. La vida me educó en esa falta de sentido posesivo, durante muchos años fui siempre la tercera, amante de hombres ya emparejados. Por aquel entonces todos los hombres estaban emparejados, no como ahora; ahora la estabilidad es un valor caduco, propio de viejos y locos, o de privilegiados.

Sigo más tarde, porque llegó Ricardo y dejé el diario. Venía con aire marchito, deprimido, cojeando ostensiblemente. Ha arrastrado un sillón junto al mío y se ha sentado exhalando aparatosos suspiros.

—Qué bien estás aquí, Lucía —dijo quejoso—. He de reconocer que me das envidia.

Venía en pleno arrebato de autoconmiseración, dispuesto a ejercer de víctima y a protagonizar los mimos, cuando la víctima soy yo, que para eso llevo más de dos meses encerrada en este hospital que tanta envidia parece darle. Me enfadó su egoísmo y callé obstinadamente, negándome a preguntar qué le pasaba, sin seguirle el juego. Ricardo se removía en el asiento, incómodo. Suspiró un par de veces más, aumentando progresivamente el volumen de aire exhalado y el tono lastimero del soplido, compuso muecas de desaliento y melancolía a cual más refinada, y al cabo de cinco minutos no pudo resistir mi indiferencia por más tiempo y exclamó:

—Estoy enfermo.

Callé.

—Me encuentro verdaderamente mal —añadió casi gritando.

Permanecí impávida.

Ricardo ladeó la cabeza y se me quedó mirando con cara de pájaro y ojos irónicos y duros:

—Fíjate qué cosas —comentó con desabrimiento—. Después de todo quizá me muera antes que tú. Es un lamentable incidente que suele acaecer, los moribundos crónicos terminan por enterrar a los sanos.

Me levanté del sillón sin decir palabra y me fui pasillo adelante, hacia mi habitación. Al pasar por el vestíbulo encontré a María de Día con una bandeja de medicamentos en los brazos.

—Eh, Lucía, ¿a dónde vas?

Me acompañó hasta mi cama con gesto malhumorado, «si te hubieras esperado diez minutos más te hubiera ido a buscar, es que no te puedes estar quieta», ha sido la primera vez que María de Día me ha regañado y me sentí como una niña pequeña, mejor dicho, como una vieja inútil, un trasto inservible y molesto para todos. María de Día alisó el embozo, encendió el visor con gesto mecánico y me dejó a la carrera, «llevo una tarde horrorosa», farfulló sombría mientras desaparecía por la puerta. Las sábanas estaban frescas y en la pantalla del tele terminaba la película que puse ayer, el video de un viejo film de Huston de los setenta, «Fat City», una película triste y rota que María de Noche me desaconsejó con su neutra voz, «debería ver usted cosas más alentadoras». Observé la punta de mis pies, sobresaliendo a través de la colcha hospitalaria, y experimenté la sensación de que cada día abulto menos, que me encojo por momentos, que apenas hincho ya la tersa superficie de la cama recién hecha. Pensé en Ricardo. No entiendo aún bien por qué me enfadé de tal modo con él. Por qué me envenenó su manera de decir que me envidiaba y su tono quejoso. Tumbada boca arriba, en perfecta inmovilidad y postura faraónica, eché de menos a Ricardo, me arrepentí de no haberle preguntado por su reúma y su melancolía. Me sentía tan sola. Era una soledad de muerto en exposición, y durante diez minutos me esforcé en no moverme, e **intenté reducir al máximo la respiración**, reteniendo el aliento hasta atisbar la asfixia, procurando que no se agitaran las sábanas, que mi pecho no se hinchara, que ni un solo gesto traicionara mi inmovilidad de cadáver pulcro en lecho bien dispuesto. Estaba sumida en tan morboso juego cuando se abrió la puerta de la habitación sin ruido y apareció Ricardo con aire taciturno. Sentí una repentina y sorprendente irritación:

—Vaya... Has tardado una infinidad en decidirte a venir a mi habitación... ¿Has ligado por el camino con María de Día? ¿O estuviste disfrutando de la magnífica galería del hospital, de esa galería que tanto me envidias?

Hay veces que no me entiendo. Un instante antes de que Ricardo apareciera le echaba de menos, me sentía culpable y egoísta por mi falta de atención hacia él, y, de pronto, su sola presencia ponía en mi boca ese tono sarcástico y una agresividad que, en el fondo, me hacía sentir bastante desdichada. Ricardo calló, apoyado en el dintel, manteniendo un gesto neutro que no supe descifrar. Después su cara se contrajo, frunció el entrecejo y se acercó a mí amenazador, adusto, cojeando aparatosamente. Llegó junto a la cama y, sin previo aviso, levantó su brazo derecho. Me agazapé instintivamente entre las sábanas, cerrando los ojos. Y entonces, con el corazón absurdamente acelerado y los párpados aún apretados, sentí su mano acariciándome la mejilla, sus dedos alisándome el pelo tras la oreja.

—Pero boba, ¿creíste por un acaso que iba a hacerte daño?

Le miré. Ricardo me estaba contemplando con divertida sorpresa, casi diría que tiernamente. Se me encogió el ánimo:

—Ricardo —murmuré—. ¿Escribiste a Rosa para decirle que me estoy muriendo?

No sé cómo ni por qué se me ocurrió tal pregunta de repente. Fue un pensamiento que atravesó mi cerebro como un rayo. Y nada más decirlo me di cuenta de lo ridículo que era.

—¿Qué te sucede hoy, Lucía, que estás tan tonta?

Ricardo se había sentado en la cama, junto a mí, y hablaba sin acritud, amistosamente.

—¿Te sientes quizá peor, te duele algo?

Me enderecé en las almohadas y me senté bien erguida, procurando recuperar una actitud honrosa.

—No. La verdad es que hoy me encuentro especialmente bien —dije en el tono más digno que pude.

—Ay, Lucía, Lucía, qué absurda eres...

Al no tener respaldo, Ricardo estaba encorvado sobre sí mismo, y los huesos de los omóplatos sobresalían indecentemente en la escasa espalda. Le miré con detenimiento y le encontré cansado y viejo, con la cara cuarteada de infinitas, diminutas arrugas. Llevaba un jersey de cuello vuelto color gris, cuyo tono apenas se diferenciaba de su piel cenicienta y que se le pegaba a la carne mostrando lo hundido de su delgado pecho y resaltando una tripilla magra y blanda que asomaba tímidamente sobre el cinturón. Era una tripa pellejuda y vergonzante, tripita de hombre flaco. De pronto me dio pena, me compadecí de lo calamitoso de su aspecto. Le cogí una mano:

—Y tú, Ricardo, ¿no decías en la galería que te encontrabas mal?

Comenzó a palmearme el dorso de la mano distraídamente, paf, paf, paf, «lo de siempre, ya sabes, el consabido reúma», paf, paf, paf, «acabaré siendo un perfecto inútil». Hablaba mirando por la ventana, con tono aburrido y ausente, como quien piensa en otra cosa.

—Bueno, no te preocupes. Cuando estés inútil yo te cuidaré lo mismo que tú me cuidas ahora.

Me miró con frialdad.

—Muy agradecido, Lucía, es un apasionante porvenir.

—Perdona, hombre, era una broma... ¿Tan mal te encuentras?

—¿Qué quieres? —dijo—. ¿Pretendes acaso que te egagropile impúdicamente?

—¿Que qué? —pregunté con despiste. Hay veces en que no entiendo a Ricardo en absoluto.

—Que te egagropile. ¿No sabes lo que son las egagrópilas? Y, sin embargo, y si se me permite decirlo, tú tiendes a egagropilar en demasía.

—Pero, ¿qué es eso? —repetí con impaciencia, intuyéndome algo parecido a un insulto.

—Los pájaros, querida mía, comen al cabo del día muchas porquerías. Piedrecitas, pequeñas ramas, todo eso. Estos desechos no van al estómago, sino que se almacenan en una bolsa especial, en una especie de buche. Cuando éste se llena, el poseedor del buche come hierba y con ella envuelve los detritus, produciendo una pequeña bola que entonces regurgita. Y esas minúsculas pelotas son las egagrópilas. Puedes encontrarlas alrededor de los nidos, pequeñas bolitas de desecho. Siempre me cautivó esa afinidad de los pájaros con el hombre. De cuando en cuando también envolvemos en hierba nuestras miserias y las vomitamos sobre el vecino más próximo. Algunos especímenes humanos son particular y enojosamente vomitones. Yo no. Yo soy respetuoso y púdico, y regurgito tan sólo muy de vez en cuando.

—Pero Ricardo, no seas ridículo... ¿Tan complicado es contestarme si te encuentras bien o mal?

No me respondió y se concentró en el esfuerzo de levantarse de la cama. Apoyó las dos manos sobre la colcha, tanteó el suelo cuidadosamente con la pierna izquierda y se enderezó con exasperante lentitud, llenando el aire de ufs y ays. Al fin quedó completamente erguido, frotándose la rodilla vigorosamente:

—Pues no —dijo—. Como puedes observar me encuentro perfectamente bien. Pero como parece ser que la exclusiva de las enfermedades la tienes tú, prefiero callarme honrosamente.

Era risible verle atravesar la habitación tan cojo y desdichado, dirigiéndose a la silla del fondo.

—¿No prefieres sentarte en el sillón y estirar las piernas?

—Ni hablar. Cuanto más bajo es el asiento, peor. Ahí estaré muy bien.

—Pobre Ricardo...

—Sí, pobre Ricardo, pobrecito —dijo.

Y nos echamos a reír. Arrastró la silla junto a la cama, recogió su chaqueta por el camino y me devolvió los folios que le di ayer.

—Ya me he leído el capítulo.

—¿Y?

—Pchisss... No está mal escrito... Pero insisto en que rezuma falsedad.

—Oh, no empieces de nuevo, por favor, ya lo hemos discutido cien mil veces...

—Pero esta vez me estoy refiriendo a una falsedad absoluta. No se trata sólo de que aquello no fuera así, sino de que la vida NO es así. La vida no es blanca y negra, no está compuesta por héroes y traidores. Según tus memorias, Hipólito es de una perversidad total y Miguel parece poseer la exclusiva de la bondad. He de reconocer que me admiras, Lucía. Mantener tal candidez a tu edad no deja de ser un arte.

Me irritó su comentario. Yo no sé si estoy describiendo un mundo de buenos y malos, tan sólo describo el mundo que viví. Hipólito fue así para mí, y yo lo sé mejor que nadie, y también así de dulce fue Miguel. Y además, para qué mentir, me tengo por una persona bastante justa, ecuánime. Por lo menos poseo capacidad autocrítica, cosa de la que Ricardo carece. El se cree perfecto, sin tacha, en perpetua posesión de la verdad. Es un tipo pretencioso e impertinente. ¿Cómo se atreve a decir que mis recuerdos son falsos? El, que miente tanto que cuando dice una verdad se ruboriza... Además, creo que concretamente Hipólito está bien descrito: su deseo de protagonismo, su ambigüedad, su miedo. No en vano pasé meses y meses estudiándole, analizándole, aprendiéndole, intentando descifrarle, con esa curiosidad absorbente y obsesiva que produce el amor pasión. Porque una cree llegar a la posesión del objeto amado a través del conocimiento: si sabes, dominas. A fin de cuentas, es lo que siempre repite Ricardo: no hay que dar jamás todos los datos que se poseen porque se pierde poder.

—Fue todo así —respondí enfurruñada—. Me acuerdo perfectamente.

—Venga, Lucía... No puedo creer que tengas esa memoria milagrosamente exacta... —Ricardo me miraba socarrón—. Tan exacta que incluso recuerdas el nombre del matemático ruso que te mencionó Miguel en la sierra.

A veces Ricardo parece obstinarse en no entender las cosas, se obceca en verdaderas tonterías.

—No seas absurdo —le dije—. Claro que no me acuerdo de lo que me dijo exactamente. Eso lo he copiado de un artículo de divulgación de una revista, de unos cuantos números de *Ciencia 2000* que me trajo María de Día de la biblioteca del hospital.

—Aja —exclamó él con aire de triunfo—. Con que admites estar falseando lo que escribes. Lo de la función Delta lo habrás copiado de un libro de texto, lo de...

—No falseo nada, ¿entiendes?, nada. Lo de la función Delta fue tal cual, de eso me acuerdo perfectamente. Y lo único que he hecho ha sido copiar unos datos de un artículo científico para no escribir una barbaridad, parece mentira que te escandalices por eso, Ricardo, es un recurso normalísimo para cualquier escritor.

Me observó con curiosidad:

—Así es que lo estás escribiendo muy en serio, estás escribiendo eso con pretensiones de novela, de obra literaria...

—¿Y por qué no?

Nos callamos durante unos segundos. Ricardo se balanceaba sobre las dos patas traseras de su silla y ponía gesto de pensar intensamente. Después volvió a la carga con aire belicoso:

—De cualquier forma me sorprende tu falta de memoria social. Quiero decir que no hablas nada del ambiente político en que vivías. Como si tú y tus malditos novios estuvierais colgando del vacío.

—¿Para qué hablar de todo eso? No me interesa nada.

Ricardo abrió los ojos desmesuradamente en una exagerada expresión de sorpresa.

—¿Nooooo? Pero, ¿cómo puedes decir eso? Eran los años del miedo, ¿no te acuerdas?, fueron de fundamental importancia en nuestras vidas.

—Sobre todo en la tuya, que te fuiste del país, que hiciste todo lo posible por escaparte del entorno. Yo me quedé aquí y lo viví, no me hagas recordarlo de nuevo.

Me miró con expresión indescifrable durante largo rato, hasta que el silencio comenzó a hacerse incómodo. Ricardo parecía haber caído en trance, no parpadeaba, no hacía un solo gesto, había detenido incluso el balanceo y estaba rígido y tenso en un petrificado equilibrio sobre dos patas. Entonces descubrí que su mandíbula inferior estaba moviéndose de delante hacia atrás, primero de manera imperceptible, luego con vaivén desaforado. Me inquieté:

—¿Qué pasa? —dije—. ¿Qué tienes?

El no contestó. Su mandíbula iba y venía con desbocado espasmo. Al fin giró el torso sin moverse de la silla y se llevó las manos a los labios. Medio de refilón, vi cómo se hurgaba y manipulaba en la boca, y cómo se sacaba la dentadura y se la volvía a poner.

—Uf. Qué alivio —exclamó una vez terminada la maniobra—. Perdona, pero llevaba varias horas con un residuo de comida hincado en la encía y ya no lo soportaba por más tiempo.

Y me dedicó una espléndida sonrisa llena de espléndidos dientes.

—No sabía que fuese postiza —comenté algo irritada y sin comprender en un primer momento el por qué de mi irritación—. Creí que eran tuyos.

—Pues sí, es una dentadura postiza —contestó risueño—. Hace ya muchos años que la llevo. No tengo ni una miserable pieza mía. Estoy hecho una ruina, la verdad.

Ahora sé por qué me molestó. Me hirió el hecho de que Ricardo no mantuviera conmigo su proverbial coquetería. Que me considere tan ajada como para no importarle revelar su desdentado secreto. No es que Ricardo me interese lo más mínimo, no me interesó nunca y menos a mis años. A decir verdad, casi resulta un alivio que no mantenga conmigo su empalagosa actitud de cortejo. Pero siempre es un poco doloroso admitir que ya has dejado de atraer a un hombre al que de joven gustabas. Porque me consta que yo a Ricardo le gusté mucho durante años.

—Tienes razón en lo de mi escapismo —añadió Ricardo sorpresivamente—. Y en el tuyo. Y en el de todos. Por volver la espalda, quizá, estamos así ahora.

—No estamos tan mal —le contesté, más que nada por llevarle la contraria—. No sé de qué te quejas.

—¿No estamos tan mal? No, por supuesto que no, no estamos tan mal —repitió irónicamente—. Vivimos en la mejor sociedad posible, en el mundo más feliz que pensarse pueda. Es el triunfo del ocio, del placer. Qué maravilla. Lástima, eso sí, que estemos cada vez más solos y embrutecidos. Lástima que no sea cívico mantener una misma casa, una misma pareja, unos mismos amigos, un mismo trabajo durante más de un año. Vivimos en lo efímero —concluyó paladeando la palabra.

—No digas tonterías. No hay trabajo para todos, de manera que es necesario que los empleos roten. Además, no sé de qué te quejas, ¿no es ésta la sociedad del ocio por la que todos luchábamos tanto? Recuerdo que tú siempre decías que querías ser rentista y no trabajar.

—Lo malo es cuando el ocio sólo consiste en consumir tus días delante del tele —dijo señalando los dos metros cuadrados de pared parpadeante, luminosa y vacía tras haberse acabado el video de Huston; su gesto me hizo sentirme avergonzada y apagué el visor—. El televisor, Lucía, con toda su maravillosa extensión de videos, nos ha quemado la vida.

—No es justo eso que dices, Ricardo. Si quieres puedes hacer otras cosas. Yo las hago, tú las haces. Nosotros, por ejemplo, seguimos viviendo en nuestras mismas casas, seguimos haciendo más o menos nuestra misma vida de antes. Yo ni siquiera tengo visor, y tú lo sabes.

—Nosotros seguimos siendo unos pobres viejos, cabezotas, excéntricos, incapaces de acostumbrarnos a los nuevos tiempos, al progreso. En la ciudad no quedamos hoy más de medio millón de personas, de los seis millones que tenía hace veinte años. No quedamos más que los ancianos, los marginados, los inadaptados. La ciudad se hunde, Lucía, el mundo que conocimos se acaba. Hoy lo normal es ser feliz en los polígonos, en esas preciosas cajas urbanas todas iguales. Hoy lo sano es vivir contento y conforme con este superestado policial.

Se encontraba en pleno arrebato declamatorio, muy propio en él. Se había levantado y paseaba por la habitación con andar cojitranco y renqueante.

—Porque se habla mucho de las maravillas de la revolución microelectrónica, sí, todo el día nos están alabando el condenado milagro microelectrónico. Pero, qué casualidad, nadie dice nada sobre el mayor logro de la técnica: haber creado un sistema de represión perfecto. Pobre burocracia de antaño, ¿recuerdas?, la vieja máquina administrativa asfixiada de papeles, esos archivos confortablemente polvorientos, con fichas manchadas del café con leche de media mañana de los honestos funcionarios... Antes los papeles se perdían, las informaciones se traspapelaban y mantener al día la infraestructura estatal era una imposible tarea. Pero hoy, querida Lucía, no hay manera de perderse. Ahí estamos todos, en la COI, convenientemente codificados, transistorizados, perforados. Y es todo tan sencillo, con sólo teclear tu código personal en alguna terminal de la araña microelectrónica, la Central Occidental de Información escupe toda tu vida, todos tus datos personales, el exhaustivo recuento de todos tus comportamientos equívocos. Me temo que en las bandas magnéticas de mi carnet de identidad deben constar hasta mis dientes postizos, por no mencionar mi empecinamiento en seguir viviendo en la ciudad, que debe estar escrito en letras de neón, para un mejor resalte...

Se detuvo. Estaba a los pies de la cama, justo frente a mí. Levantó el rostro y se me quedó mirando con unos ojos turbios que traicionaban su tono frívolo y sarcástico:

—Lucía, ¿no te das cuenta? Tú y yo somos individuos asociales, nos odian, somos sus enemigos.

—No te pongas paranoico. No he tenido nunca ningún problema, y no...

—Es que somos viejos, VIEJOS, ¿no comprendes? Somos la generación perdida del cambio. Saben que tienen que ser pacientes con nosotros, que sólo tienen que esperar a que nos vayamos muriendo... todos esos pobres e inútiles viejos que no han sabido adaptarse... Son condescendientes, nos soportan, sólo eso. Pero si fuéramos jóvenes no nos admitirían, seríamos destruidos de inmediato. Me estremece pensar en el futuro que les espera a los jóvenes que intenten ser distintos.

—Quizá no haya jóvenes que intenten ser distintos. Quizá sean verdaderamente felices así.

Me lanzó una ojeada rápida y aguda. Después se puso a mirar por la ventana, contemplando seguramente el Polígono, y añadió con voz apenas audible:

—Quizá...

Rebuscó en sus bolsillos a la captura de un cigarrillo:

—Y además —dijo volviéndose y sonriendo fríamente—. Y además, por si mis miserias y lacras fueran pocas, ¡fumo! Soy un verdadero peligro social.

Encendió el pitillo y aspiró profundamente. En ese momento se abrió la puerta de la habitación y entró María de Noche.

—¿Cómo? —exclamé—. ¿Tan pronto?

—¿Tan pronto? Son ya las siete de la tarde, doña Lucía. Hora de tomar las pastillas.

María de Día no había pasado a despedirse de mí, como acostumbraba, y me dolió su ausencia. Temo que siga enfadada conmigo por mi desobediencia. María de Noche se metió en el cuarto de baño y oí cómo llenaba el vaso de agua en el lavabo. Al salir tropezó con Ricardo y observó su cigarrillo con gesto adusto:

—No está permitido fumar en este hospital, señor, debería usted saberlo.

Ricardo se la quedó mirando con aire insolente, y soltó una lenta bocanada de humo contra la cara de María de Noche. Me sentí desasosegada e incómoda. Se contemplaron mutuamente en hostil silencio durante unos segundos, envueltos en un halo de humo azul. Ricardo se volvió hacia mí, sonrió señalándome su cigarrillo.

—Es muy tarde ya, Lucía. Y espero que no sea muy tarde para todo. Me marcho, querida, ya seguiremos la conversación mañana.

Y dicho esto desapareció por la puerta con digna cojera.

María de Noche no había añadido palabra. Se acercó en silencio, me dio el vaso de agua y las pastillas, una roja inmensa que siempre me cuesta tragar y dos pequeñas rosadas. Esperó a que terminara de tomarlas, recogió el vaso, lo llevó al lavabo. Al salir del cuarto de baño se detuvo un momento a los pies de mi cama, mirándome con su cara seca y afilada, titubeante, como si quisiera decir algo y no se atreviera. Al fin ladró un «buenas tardes» breve y se dirigió a la puerta. Pero antes de llegar a ella, y como asaltada por una repentina decisión, dio media vuelta y se acercó a mí con una expresión turbada que me sorprendió:

—Doña Lucía, es que... fumar es realmente dañino para la salud... Y desde luego no se debe fumar en un hospital por cuestión de higiene, ¿me comprende?

Callé.

—Pero... —prosiguió—. El caso es que... El caso es que yo también fumo, ¿sabe?, son esas... esas manías que le quedan a una y... En fin, que lo comprendo...

Y en su rostro había un gesto de secreta complicidad, de una complicidad cansada y algo triste, de una complicidad medieva.

JUEVES

Lo peor era que aquella mañana le añoraba muchísimo. Seguía manteniéndose el buen tiempo, con un día soleado aunque menos cálido que los anteriores, y a mí los soles primaverales siempre me han infundido un ánimo especialmente ansioso y ávido de vida, incluso ahora, bajo el amortiguamiento de la edad. Lo peor, digo, era que aquella mañana le deseaba, que amaba a Hipólito profundamente, con una intensidad de sentimientos que hacía tiempo que no experimentaba. No dejaba de sorprenderme lo alocado de mis emociones, ese extenuante vaivén que me hacía ir de una sensación a otra en pocas horas, de querer a Hipólito a aborrecerle, de preferir a Miguel a olvidar su existencia. Me sentía confusa y frágil, como si mi capacidad afectiva fuera un alambre tensado al máximo y a punto de romperse. Pero lo peor era lo mucho que le echaba en falta.

A decir verdad me encontraba obsesionada y sin

reposo. Recordaba la sonrisa maliciosa de Hipólito, los labios suaves y siempre un poco demasiado húmedos de Hipólito. Tenía Hipólito una cara fea de expresión viva e inteligente, de ojos negros y rapaces; sus labios finos desaparecían bajo el largo bigote que siempre mordisqueaba con dos incisivos prominentes y ratoniles, y su barbilla era delicada, huidiza y de poco fiar. Tenía, además, un cuerpo menudo y como a medio hacer pese a sus treinta y seis años, un cuerpo nervioso y larguirucho, de hombros escurridos, de escasa pelambre pectoral. Sólo su cuello, rotundo y fuerte, y sus muñecas anchas parecían pertenecer a su condición de adulto, como si fuera un adolescente detenido en alguna fase de su desarrollo y que todavía no hubiera tenido tiempo de engrosar más que algunas partes accesorias de su anatomía. Era el suyo un cuerpo infame, en suma, que a mí me enloquecía, quién sabe por qué prodigiosa y enamorada ceguera. Sus atractivos se me antojaron irresistibles de repente y en grave riesgo de ser perdidos para siempre. Me preparé un café e Hipólito aparecía sobreimpreso en los azulejos de la cocina, dibujado por mi memoria en una de sus poses más favorecidas. Cogí el periódico y entre sus hojas se asomaba Hipólito, agazapado por mi imaginación y mi deseo. Comprendí que permanecer más tiempo sin verle era algo decididamente insoportable, y comencé a marcar su número de teléfono, cegada por el dolor de la ausencia, que era ya un dolor físico. Colgué a la tercera cifra, sin embargo, en un prodigioso esfuerzo de voluntad: de llamarle estropearía la última posibilidad, arruinaría mi última baza. Comencé a deambular por la casa sin rumbo ni fin. Fui a la cocina y me serví un vaso de agua que no bebí. Fui a la sala, recogí un poco de ceniza que había en el suelo y la deposité distraídamente en la esquina de la mesa. Fui al cuarto de baño y decidí ducharme. En la radio estaban dando las noticias, hablaban de una bomba colocada bajo un autobús de la policía que había destripado reventado destrozado mutilado triturado deshuesado descabezado a veinte hombres. ¿Cómo podrán sobrevivir los escasos supervivientes? ¿Esos hombres sin piernas, sin brazos, sin ojos, con media cara volada, que llegaron al hospital aún vivos y con los intestinos en las manos? Proseguí en mis frenéticos frotamientos de estropajo, porque la ansiedad había impreso en mí un ritmo de ebanista desbastador y me estaba dejando los muslos en carne viva y hechos una pena. Ahora la radio hablaba del hallazgo del cadáver de una muchacha de dieciocho años, tenía las manos atadas a la espalda y la cara machacada por cuatro tiros de pistola. Sobre el pecho de la chica, militante de quién sabe qué grupo de izquierdas, una carta atribuía la muerte al Escuadrón del Orden, «vengaremos así uno a uno a todos los policías asesinados», leía el locutor con voz neutra y anodina. Y una vez más, el escalofrío del horror: el rostro lo tenía destrozado, ¿sólo de los tiros? La mataron, ¿antes o después de machacarla? Y como era mujer, claro está, los tiros fueron en la cara, en la cara, en la cara.

Antes de haberme dado siquiera cuenta de ello me encontré en la calle. La avenida estaba vacía, silenciosa. Por las esquinas se escurrían unos cuantos peatones con cara de sentirse tan únicos habitantes de la ciudad como yo misma. Algunos, aventurando sonrisas de marido sin mujer, me lanzaban miradas náufragas y codiciosas. Me acerqué hasta la terraza del bar de la plaza, sorteando el puente elevado que se extendía perezoso y solitario bajo el sol. En las mesas al aire libre había algunos parroquianos, sobre todo jóvenes, porque el antiguo bar había sido tomado en los últimos años por la progresía. Me senté en una silla bien expuesta al sol y pedí un vermouth. Se estaba bien allí, en esa terraza asfáltica tranquila y caldeada. Esta es una de las cosas que más echo en falta ahora, esos remansos urbanos, esas terrazas abigarradas y bulliciosas. A mi lado había una mujer de unos cuarenta años leyendo una novela, vestida con un grueso traje de lana cuya sola vista me provocó sudores. Más allá un grupo de adolescentes ensayaban coqueteos primerizos entre sí, riendo y chillando alborotadamente. Junto a la puerta del local, una pareja de mi edad se hacía mimos y caricias enamoradas. Al borde del asfalto, un joven grandullón y barbado con una chapita antinuclear en la solapa de pana leía el periódico ensimismado. Y por encima del mármol blanco de las mesas, la imagen de Hipólito revoloteaba tontamente.

Bien mirado, me dije, intentando ser juiciosa, no sé por qué le añoro. Hasta entonces nuestra relación se había limitado a zozobras de amantes, a orgasmos robados en horas impropias y culminados a toda prisa, a muchos silencios y demasiados reproches por mi parte, a una interminable sucesión de despedidas. Me había pasado dos años despidiéndome de Hipólito, había ensayado ya todos los tonos: despedidas cariñosas, despedidas melodramáticas, despedidas con ecos de adiós definitivo, despedidas urgentes, despedidas morosas, despedidas traspasadas de enfado o de indiferencia, despedidas galantes, despedidas viciadas por la misma repetición del despedir. Hipólito era para mí un puro adiós, una premura con piernas, una espalda que se aleja, la visión una y otra vez recobrada en la memoria de su manera de salir empapado de la ducha y ponerse los calzoncillos, y luego los calcetines, y luego los pantalones, y luego los zapatos, y más tarde la camisa, y después el jersey y la chaqueta de coderas, y por último el reloj y ese remate de alisarse el flequillo, «¿estoy muy despeinado?», antes de huir corriendo escaleras abajo. Llegué a cronometrar su ritual vestimentario y tardaba cinco minutos y medio desde el primer calcetín hasta el manotón al pelo, si llevaba botas, y seis y medio si tenía que ponerse los zapatos de cordones, teniendo en cuenta en este último cálculo que empleaba treinta segundos en desatar los lazos, que siempre estaban anudados porque, al desnudarse, urgido por la prisa de su entusiasmo erótico —nos veíamos tan de tarde en tarde—, Hipólito conseguía, no sé cómo, arrancarse los zapatos de los pies sin aflojar los cordones, e incluso hacer el amor con calcetines, única característica de ridícula cotidianeidad, por otra parte, de que gozábamos en nuestro ajetreado enamoramiento. Hay que añadir, además, el agravante de lo sombrío de su humor mientras se vestía. Porque Hipólito pertenecía a esa clase de hombres propensos a sufrir agudas crisis de melancolía post-coito, y, tras habernos acabado el uno en el otro, él solía quedar lacio y como un trapo, preso de rumiantes desalientos y escolásticas tristezas que le ponían particularmente metafísico.

Estaba quedándome un poco amodorrada pensando en todo esto cuando oí el chirrido de los frenos a mi espalda. Me incorporé a mirar. Eran dos coches y un jeep de los que descendían una veintena de muchachos, muy jóvenes, con el pelo muy corto, la barbilla arrogante, el gesto fiero. Y en sus brazos, la enseña verde y negra del Escuadrón del Orden. Era demasiado tarde para escapar. Los muchachos se habían desplegado rápidamente rodeando la terraza, bajo las órdenes de un hombre de mediana edad que iba con ellos. Llevaban cadenas y porras en las manos, y el hombre mayor sacó una pistola. Una pistola muy negra, muy brillante, aterradora.

—Qué, se está bien al sol, ¿eh?

Nos miraban desafiantes, con una provocadora sonrisa entre los labios. Yo, como el resto de los parroquianos, mantuve el comportamiento que aconsejaban las nuevas Normas de Seguridad, es decir, fingimos que no les veíamos ni oíamos. La cuestión consistía en poner cara de imbécil y en procurar pasar inadvertido, que ninguno de los atacantes captara tu mirada, como cuando de niño, en la escuela, ocultabas la vista para que la profesora no te sacara a dar esa lección que no sabías. Había que fundirse con las paredes, adquirir un camaleónico color de asfalto. La mujer siguió leyendo su libro, el chico su periódico, los adolescentes callaron mirándose entre sí con ojos angustiados, los novios bajaron la vista permaneciendo muy agarrados de la mano. Yo opté por seguir fingiendo que dormía, aunque observaba todo a través del tamiz de las pestañas.

El tipo cuarentón señaló con un gesto de la cara al muchacho de las barbas. Cinco o seis del Escuadrón se acercaron a él, le arrancaron el periódico de un manotazo:

—Eh, tú, ¿no ves que estamos hablando?

Le habían rodeado, y el chico levantó la cabeza y se les quedó mirando, en silencio, aún sentado.

—¿Qué haces tú aquí tomando el sol, rojo de mierda? Las ratas como tú tienen que estar en las alcantarillas...

El chico estaba pálido y callaba, la mujer leía eternamente la misma página de su libro, los adolescentes se miraban, los novios se apretujaban las manos y yo dormía.

—Llevas una chapita muy bonita, ¿eh, maricón?, ¿qué quiere decir esta chapita? Anda, a ver si tienes huevos para decirlo, rojo de mierda.

Le echaron las manos a las solapas y le pusieron en pie. El chico sobresalía con mucho en estatura a los del Escuadrón. El que había hablado, un muchacho moreno de unos dieciocho años, de piel adolescente y apelusada, le escupió en la cara:

—¿De qué te sirve ser tan alto, si eres un cagado que se deja escupir?

A partir de ese momento todo sucedió demasiado rápido. El chico de las barbas farfulló un estrangulado «hijo de puta» y dio un puñetazo al que le había escupido, los del escuadrón se echaron sobre él, forcejearon, le inmovilizaron. El moreno de piel niña se levantó del suelo, en su mano había aparecido mágicamente una navaja abierta y sonreía con un poco de sangre sobre el labio. Aún sonriendo hundió la navaja en el estómago del chico barbado, al entrar la hoja en la carne hizo un sonido sorprendente, un tamp seco y apagado como cuando se revienta una tensa membrana de tambor, pero el cuchillo debía haber tropezado en algún hueso porque no se hincaba totalmente, así es que el muchacho apretó y apretó y luego rajó hacia arriba, rasssssss, saltaba la sangre, el chico de las barbas gritaba como un gorrino, la mujer leía su libro, los adolescentes se miraban con ojos ciegos, la pareja tenía los nudillos blancos de tanto apretar y yo seguía durmiendo.

Desaparecieron tan rápidamente como habían venido. El chico alto estaba inmóvil en el suelo sobre un charco de sangre. Apareció el camarero, pálido pero con el rostro imperturbable, «ya he avisado a la policía», dijo en tono neutro dirigiéndose a todos y a ninguno; se inclinó sobre el cuerpo, lo escudriñó un rato, le colocó una sucia servilleta sobre el rostro. Luego se volvió hacia mí, «¿le importaría abonarme la consumición, señorita?», dijo con voz monótona y helada, y al ponerme en pie para marcharme, mientras recogía la vuelta, oí sonar las sirenas de la policía a lo lejos.

Así es que decidí subir a la sierra y ver a Ricardo.

El campo estaba verde, verde, y el viaje fue hermoso. Hacía varios días que no había cogido el coche y disfruté conduciendo por las carreteras vacías y sin tráfico. Me paré en el pueblo antes de coger el camino hacia la piscifactoría y compré pan, fruta y embutidos, sospechando que Ricardo no tendría nada de comer. Me equivoqué. Le encontré con un mandil, trajinando en la cocina.

—¡Qué sorpresa, Lucía! Has venido justo a tiempo para probar el cordero que estoy haciendo.

La cocina de la vieja casa de pueblo olía a leña y a carne asada y especiada. Aspiré el aroma con placer: era un olor doméstico, tranquilo, un protector olor de hogar.

—¿Qué tal van las cosas por la ciudad? —preguntó.

—Como siempre. Mal.

—Observo que continúas padeciendo esa curiosa depresión que te produce el tener dos novios.

—No estaba pensando en mí en estos momentos. Pero eso también va mal.

Ricardo no me prestaba la más mínima atención, así es que callé, desalentada. Se quitó el mandil, comenzó a sacar vasos, platos y una frasca de vino de la alacena, «pon la mesa mientras hago la ensalada».

Fue entonces cuando los vi. Iba yo hacia la sala en avanzadilla culinaria con el mantel y las servilletas bajo el brazo y las manos ocupadas con los platos, cuando encontré al primero, sorpresivamente, a traición, acechándome al otro lado de la puerta.

—¡Ahhhhhh!

Como suele sucederme en los momentos de miedo, el grito apenas tuvo impulso suficiente como para salir de mis labios. Afortunadamente el estruendo de los platos al destrozarse contra el suelo fue lo bastante llamativo como para que Ricardo llegara corriendo desde la cocina en mi ayuda.

—¿Qué pasa?

Ahí estaba, alto, vestido de traje gris, una mano extendida hacia delante como para atrapar inocentes paseantes, con un pañuelo pardo medio cubriéndole la cara y dejando al aire un único ojo, cristalino, azul, ciego.

—Pero bueno —decía Ricardo entre risas—. No puedo creer que te hayas asustado de Pepe. Pepe, saluda a mi amiga.

El maniquí me miraba impasible con su ojo polifémico y media sonrisa de cartón.

—Pero, ¿qué es esto?

—Son mis amigos. ¿No habías visto antes mis maniquís? Los compré en el remate de unos grandes almacenes. ¿No son graciosos?

—Son horribles.

—Mira, aquella es Clara, la rubia, es mi preferida. Esa de allá es Belén, aquél es Manolo, a Pepe ya le conoces y en el estudio está Carlitos, te lo digo para que no te asustes si entras allí.

Estaban distribuidos por la sala, sentados en los sofás, apoyados en la pared junto a la chimenea, con las piernas cruzadas, los brazos tan antinaturales en sus posturas naturales, las cabezas inclinadas-erguidas-ladeadas-abatidas y todas ellas semi-ocultas con trapos y retales.

—Normalmente les cubro la cara porque me molesta que estén todo el día mirando. Aunque a veces, si se portan bien, les destapo un rato. Sobre todo a Clara, que es guapísima.

—Estás loco.

—¿Por qué? Me gusta como quedan... Son inquietantes, ¿verdad? Pero al mismo tiempo hacen compañía... sobre todo en el largo invierno, cuando la nieve acosa...

De modo que comimos acompañados de esos cuatro muñecones, cuatro invitados mudos, cuatro muertos.

—¿Te las tiras?

—¿A quiénes, si no es mucho preguntar?

—A las muñecas. ¿Te haces pajas con ellas?

—¿Y por qué no con los muñecos? —respondió Ricardo riendo—. ¿Tú qué crees?

—No sé —contesté encogiéndome de hombros, un poco incómoda con mi propia broma.

Ricardo engullía vorazmente un enorme plato de cordero y estaba de un magnífico buen humor.

—¿Sabes que de pequeño me hacía pajas con las farolas? —dijo.

—Un poco complicado, ¿no?

—No creas, Lucía, era una magnífica invención. Yo andaría más o menos por los cuatro años, y mi aya, que era una alemana, entonces lo fino era disponer de ayas alemanas, mi aya, digo, me sacaba todas las tardes a pasear por la alameda. Yo, en cuanto podía, me escapaba de su mano y trepaba a la farola más próxima, ¿conoces las farolas de la alameda?, son hermosas, de hierro forjado, con volutas modernistas y el cristal esmerilado. Trepaba, pues, a la farola con la excusa de que me gustaba subirme a las alturas, pero en realidad lo hacía porque en una gozosa y fortuita ocasión había descubierto que frotarme contra aquello me daba mucho gustito. Me acuerdo de que el aya decía con su horrendo acento, «oste chico, hay que verrr cómo le gosta sobirse a todas partes, de mayorr va a ser titirritero».

—No se equivocó mucho.

—Tiempo después, a los quince o así, en plena crisis puberal, llevé un libro de contabilidad de las pajas que me hacía. Cuando eran con pensamiento, dibujaba un pequeño círculo. Y cuando eran sin pensamiento, una raya. Ni qué decir tiene, claro está, que con pensamiento eran doblemente pecaminosas. La religión contribuía mucho al placer de las prohibidas poluciones...

Tras el café salimos a ver los alevines de los tanques, y me enseñó el lago artificial, que estaba casi terminado. Hacía una tarde bochornosa, y unas nubes densas y amoratadas se escurrían de la punta de las montañas hacia nosotros. El lago era una hondonada entre colinas, delimitada en parte por rocas naturales y en parte por un muro de hormigón. Estaba aún muy bajo de agua, y de la superficie sobresalían matas, retamas y cañas rotas.

—Desvié las aguas de un riachuelo cercano, ahora tiene que terminar de llenarse el lago. No te puedes hacer idea del enorme trabajo que me ha supuesto todo esto, porque este terreno era antes tierra pantanosa.

Dimos la vuelta a las rocas entre un zumbido de moscardones que parecían haber enloquecido con la proximidad de la tormenta.

—¿Ves? Aquello de allá, al otro lado del muro de contención, es la continuación del pantano.

Me señalaba una extensión de tierra amarillenta con parches parduzcos y manchas de hierba, de aspecto seco y pedregoso.

—¿Eso es un pantano? —comenté escéptica.

—Y de la peor especie. Parece tierra firme, ¿no es así? Pues no lo es. Tiene zonas más o menos transitables, pero hay hoyas peligrosísimas, verdaderas arenas movedizas que pueden engullir una vaca entera sin que vuelva a verse rastro de ella.

—No me digas...

De repente me asaltó la sospecha de que Ricardo me estuviera contando una vez más alguna de sus mentiras, y me detuve mirándole con suspicacia:

—¿Estás hablando en serio?

—Pues claro. Mira.

Se agachó, rebuscó durante unos instantes por el suelo, apiló unas cuantas piedras a sus pies. Escogió una primera, gruesa y redondeada, tomó impulso y la arrojó hacia el pantano. El tiro resultó corto y la piedra cayó más acá del muro de contención, sobre el agua escasa y turbia del lago. Lo intentó de nuevo, congestionado del esfuerzo. Observé que estaba sudando y en ese momento me di cuenta de que yo también estaba empapada por el bochorno de la tarde, que la malsana hondonada multiplicaba.

—Mira, mira...

Esta vez la piedra había caído en sitio apropiado. Con el impulso del tiro pareció medio incrustarse en la tierra. Allí permaneció durante un instante, en parte enterrada y en parte fuera, y de pronto desapareció como por ensalmo, se hundió bajo la arena parda.

—Increíble —exclamé maravillada.

—Pues aún hay más —dijo Ricardo con satisfacción—. Este pantano tiene una preciosa y tristísima historia. ¿Ves aquellas casas de la colina?

—Sí.

—Pues aquello es el final del pueblo. Aquella del techo de pizarra es la escuela, y la diminuta de al lado, esa casita de juguete de ventanas color verde, es la casa del maestro. Dicen que hace algunos años llegó aquí un maestro nuevo. Y dicen que en el pueblo había una muchacha que se llamaba Engracia y que rondaba la veintena. Ahora adorna en tu imaginación a esos dos personajes con los atributos propios de toda tragedia rural que se precia, o sea, que el maestro era joven, guapo, conquistador y malvado, y la muchacha era hermosa, rolliza, bueno, yo me la imagino rolliza, coloradota y serrana, y además dulce e ingenua. Tan ingenua no debía ser, de todas formas, porque se enamoró del maestro y dicen que por las noches se escapaba de su casa y venía a hacer el amor con él en su casita de caramelo verde. Para no ser vista, Engracia daba la vuelta a la colina y atravesaba el pantano, que ella conocía muy bien, llegando a casa de su amado por detrás, discretamente. Entonces le tiraba chinitas a la ventana, él abría, etcétera, etcétera, etcétera. Estuvieron manteniendo tal relación durante todo un año, pero al curso siguiente el joven sin escrúpulos consiguió el traslado a una escuela en los arrabales de la ciudad, de modo que le dijo a la muchacha que se iba. Ella se aterró ante la idea de perderle, le pidió que la llevara con él. El, claro está, contestó que no, que tenía novia en la ciudad, que se iba a casar con ella, que esa fue la razón por la que pidió el traslado. Engracia lloró y lloró, enflaqueció, le salieron ojeras en esa cara suya que supongo rozagante. Y siguió acercándose a su casa cada noche. Pero el maestro quería terminar con ella, quizá porque pensaba que ya le había hecho mucho daño, o simplemente porque al pobre diablo le asustó la ardiente y enloquecida reacción de Engracia y tuvo miedo de ser descubierto. De manera que la muchacha llegaba todas las noches, le tiraba chinitas a la ventana durante horas, lloraba, imploraba y gemía un poco al relente y después se volvía a su casa sin que el maestro la hubiera recibido. Y así, día tras día durante las dos o tres semanas que quedaban hasta terminar el curso. Por fin, una noche, pocos días antes de que él se fuera, Engracia llegó puntual como siempre y arrojó sus guijarros. El maestro ya se había acostumbrado a estas visitas y ni tan siquiera miró por la ventana. Ella insistió una y otra vez, y otra, y otra. Al fin tiró una piedra que rompió el cristal. El saltó de la cama ante el estruendo y se asomó, temeroso e indignado. Engracia estaba de pie junto a la casa, mirándole fijamente. El maestro debió increparla, susurrarle furibundas quejas. Y entonces, sin contestar, Engracia comenzó a caminar hacia atrás, sin perderle la cara, despacito, muy despacio. El avisó, medroso: cuidado, que vas hacia el pantano. Pero ella seguía imperturbable, muy erguida, marchando hacia atrás, hasta que el lodo empezó a cubrir sus tobillos, luego las pantorrillas, al fin las rodillas, sus anchas rodillas campesinas. Allí quedó parada, muy tiesa, mirándole con fijeza. Y se hundía rápidamente, las arenas le subían por los muslos mientras Engracia intentaba mantener el equilibrio, le llegaban a la cintura, luego a los pechos, y seguía hundiéndose, cada segundo más y más. El maestro gritó, rogó, pidió auxilio. Y Engracia iba siendo engullida por la tierra. Si a todo esto le añades el poético detalle de que era luna llena y noche despejada, tienes el cuadro completo.

—¿Y qué pasó?

—Nada. Que Engracia se dejó morir, el pantano le llegaba al cuello y ella seguía mirándole, a la barbilla y seguía mirándole. Todo en medio de un aterrador silencio sólo roto por los gritos del maestro. Dicen que cuando las arenas le llegaron a los ojos aún los tenía abiertos y fijos en él. Pero esto debe ser ya un simple y bello adorno de la leyenda, porque por muy noche de luna llena que fuese no debía poder verse si llevaba los ojos abiertos o cerrados desde esa distancia.

—¿Y él?

—¿Qué quieres que le pasara? Se casó con su novia de la ciudad y ahora debe tener ya hijos mayores y ser un maestro calvo, gordo y con úlcera de duodeno. En realidad Engracia le amaba tanto que hasta le hizo el obsequio de su muerte: porque seguramente su suicidio es lo más importante que le ha sucedido al pobre diablo en toda su vida.

Contemplé un momento aquella tierra de apariencia seca, grisácea, anodina. Estábamos junto a unos arbustos altos y leñosos, y dos pequeñas orugas pendían de sus hojas, colgando de un hilo tan breve y transparente que parecían suspendidas en el aire. Eran dos menudencias de color tabaco, con apariencia de ramas secas y un montón de patitas diminutas a cada lado. Una de las orugas, la más pequeña, permanecía perfectamente inmóvil instalada en la parte superior del sedal, y la otra, veinte centímetros más abajo, se esforzaba en trepar hilo arriba pacientemente. Para ello extendía la parte superior de su diminuto cuerpo, mordía el hilo con unas mandíbulas minúsculas, y, una vez afianzada, encogía el cuerpo en una onda y se sujetaba al sedal con las patas traseras, para lanzar su cabeza hacia delante como un látigo y volver a morder el hilo unos milímetros arriba. Subía así, con tan costoso esfuerzo, hacia la compañera que permanecía quieta. Y justo al llegar junto a ella, cuando la oruga mayor lanzó su cabeza hacia el cuerpo de la más pequeña, ésta salió de su inmovilidad, agitó furiosamente el sedal y provocó la caída de la oruga rampante hilo abajo, hasta veinte o treinta centímetros de distancia. La oruga detuvo su caída agarrándose al sedal, permaneció un momento quieta como para recuperar fuerzas, e inició de nuevo su esforzada escalada, retorciendo dolorosamente su cuerpecito hilo arriba en su avance, con unos penosos movimientos que me recordaron el renquear titubeante de doña Maruja calle abajo. Y una vez más llegó junto a su compañera, y una vez más se repitió la escena, los mismos estremecimientos defensivos, la misma caída. Las observé durante largo rato, no pudiendo discernir si la oruga grande intentaba hacer el amor o devorar a la pequeña, o si pretendía incluso ambas cosas. Me volví hacia Ricardo, irritada:

—¿Por qué todas las historias de amor que te inventas finalizan con el suicidio de una mujer? Lo de las islas Lípari, ahora esto... Ya va siendo hora de que suicides a algún hombre...

Ricardo se echó a reír:

—¿Qué quieres que le haga? Es que la realidad es así y no puedo cambiarla. Las mujeres parecéis tener mayor capacidad para vivir el amor pasión...

Sobre nuestras cabezas estalló un trueno ensordecedor y el cielo se abrió de repente en lluvias torrenciales. Echamos a correr hacia la casa, resbalando entre las peñas, pero pese a nuestra carrera llegamos empapados. Ricardo se puso a encender el fuego de la sala para secarnos, mientras yo agarraba los maniquís y los sacaba sin miramientos de la habitación, porque con la tormenta eran aún más tenebrosos. Pesaban y se sentían como muertos, en los brazos.

—Lo que no termino de entender, Ricardo, es que hables tanto del amor y que te inventes mil historias cuando precisamente tú estás absolutamente imposibilitado para enamorarte de nadie. ¿Me lo podrías explicar?

Estábamos tumbados frente al hogar sobre una estera de mimbres secos que me raspaba los codos. Ricardo no contestó; permanecía abrazado a sus rodillas como quien acarrea un puñado de huesos y miraba fijamente al fuego. Las llamas se reflejaban en su cara pálida y aniñada y en ese momento sus ojos parecían muy negros, unos ojos de azabache de oso de trapo. Pegué un sorbo a mi copa de coñac y me contesté a mí misma en voz alta:

—Quizá sea precisamente por eso. Porque no haces más que hablar del amor y eres incapaz de vivirlo realmente. Los hombres parecéis tener una capacidad especial para vivir las cosas más a través de las palabras que de los actos. En realidad más que capacidad es una incapacidad. Una incapacidad afectiva, eso es.

Se sonrió, volvió la cara hacia mí, sus ojos habían recuperado su color violeta-añil y eran tan irónicos como siempre.

—Qué bruta eres, Lucía, pero qué lamentablemente bruta. No entiendes nada. ¿Te acuerdas del otro día, por teléfono? Cuando me preguntaste que qué prefería ser, si amante o compañero.

—Y tú dijiste que amante. Y además el único bruto eres tú.

—Sí, sí, amante siempre. El único amor posible es el amor pasión. Lo demás es claudicar y resignarse.

—No es verdad. El amor pasión es un amor adolescente. Tú sí que eres bruto, y además un inmaduro. No has acabado de salir aún de entre las faldas de doña Sagrario, y no te atreves a vivir con una mujer. Qué sabes tú del amor, maldita sea, si en tu puñetera vida has sido capaz de convivir con nadie, si no has mantenido una relación mínimamente estable nunca, si no has tenido el coraje de enamorarte de verdad jamás.

—No he vivido nunca con una mujer precisamente por eso, Lucía, porque busco el amor pasión, porque tengo el valor de escoger únicamente eso. Lo otro son rutinas a las que te agarras por miedo. Y te puedo asegurar que se necesita un especial temple para no transigir, para no engañarse, para permanecer al pie de la pasión. Y, sin embargo, es lo único que hay. La pasión es el impulso creativo que mueve al mundo. Sin pasión no hay arte, sin pasión no hay genio. Y si renuncias a ella, por cobardía, estás siendo derrotado, estás aceptando la monotonía y la rutina.

Me senté, agitada por el calor de la discusión. Como de costumbre, él permanecía frío y sereno y, por lo tanto, doblemente peligroso, mientras yo me sentía ahogada en iras y temblona de furores.

—Eso es una tontería, Ricardo. El amor pasión es intelectual, te lo inventas, te lo imaginas, no arriesgas nada con él. Sufres y gozas sólo tú, es un amor privado. El otro, el amor de cada día, el que te pone en compromiso con los demás, ése es el único real. No me hables de cobardía, por favor. Y no me hables de arte, ni de creatividad, ni de ninguna otra gran palabra. Ahí está el problema, que te emborrachas de grandes palabras y de abstracciones y eres incapaz de vivir de verdad, de vivir lo cotidiano.

—No chilles. ¿Has leído *Lolita,* de Nabokov?

—No estoy chillando. No, no lo he leído.

—¿Y a Robert Musil?

—¡Tampoco!

—Eres lo más inculto que conozco, Lucía —añadió con un suspiro resignado que me sacó de quicio—. No sé ni para qué me molesto en discutir contigo.

—¿Sabes lo que te digo...?

—No chilles. Escucha, para apostar por el amor pasión se necesita ser valiente, muy valiente, valiente hasta rozar la locura. Porque el amor pasión es peligroso y brutal, porque el amor pasión es asocial, porque conduce a la soledad, a la marginación. La pasión es siempre transgresora. Cuanto más prohibida, menos honorable, más imposible sea esa pasión, más agudeza posee, mayor intensidad.

—Muy típico —escupí con todo el sarcasmo ponzoñoso de que pude hacer acopio—. Es muy típico. Te proteges detrás de nombres de escritores, despliegas una serie de novelas ante ti como punto de referencia para tu amor pasión. Magnífico. Lo que pasa es que la vida es la vida, ¿entiendes?, no es una novela. Es patético, resulta que toda tu arrebatadora pasión no es más que un producto de biblioteca. Te masturbas mentalmente con tus libros y tus magníficos conceptos y mientras tanto eres incapaz de la menor ternura real. No tienes ni idea de lo que es la ternura. Estás completamente seco.

—¿Y tú qué sabes? —Ricardo se había vuelto de espaldas al hogar y me miraba fijamente, muy serio al fin—. Querida Lucía, ¿tú qué cojones sabes de mi capacidad de amor? ¿Tú qué sabes de lo que yo he amado? Yo he amado muchísimo —calló un momento—. Yo he... he estado profundamente enamorado de mi hermana.

Hubo unos instantes de silencio algo embarazosos. Ricardo me miraba con tranquilo y triste gesto y yo bajé la vista y me sentí turbada, no ya por la noticia, sino por verle haciendo confidencias por primera vez: me resultaba profundamente impúdico.

—Sí —prosiguió con un suspiro—. He estado profundamente enamorado de mi hermana. Ese es el amor pasión más perfecto, el del incesto. Es el amor prohibido y pecaminoso por excelencia, el amor imposible por definición. Es la locura. Y al mismo tiempo, esa tentadora, embriagadora posibilidad de identidad que intuyes en tu hermana, esa certidumbre de que ella, y sólo ella, que ha crecido contigo, que tiene tu misma sangre, tus mismas vivencias, es la única persona que puede conformar tu otro yo, tu pareja exacta a ti, tu alma gemela... la media naranja de los cuentos... la mujer en la que diluirás tu yo, con la que romperás la soledad —sacudió la cabeza como si la melancolía fuera un moscardón y quisiera espantarlo—. Por eso te puedo decir con conocimiento que lo único que merece la pena es la pasión. Deja el zafio consuelo de la rutina amorosa a aquellos mediocres que se contentan con sucedáneos. Tú y yo pertenecemos a otra clase de gente, Lucía, somos otra cosa.

—Tú, por lo pronto, eres un señorito y un clasista, al decir eso...

Pero me arrepentí inmediatamente de haberle atacado, porque le vi demasiado alicaído, extrañamente triste. Intenté encontrar alguna palabra afable que decirle, cualquier cosa que nos sacara del silencio. Y de repente me acordé:

—Eeeeeeh... ¡Pero si tú no tienes hermanas!

Me sentí enrojecer de indignación, una oleada de ardor interior que se estrelló contra las mejillas calentadas por el fuego. Ricardo se acercó a mí sin levantarse, arrastrándose por el suelo, y me miró tranquilo y serio:

—Sí tenía. Pero murió. Murió de una manera que

la familia consideró poco noble, de modo que no volvió a hablarse jamás de ella.

Callé, confundida. Ricardo prosiguió:

—En realidad... —estaba contemplando el fuego, y cuando volvió a mirarme creí ver una chispa de burla en sus ojos—. En realidad mi hermana era Engracia, la pobre enamorada del maestro.

—Eres... Eres un imbécil. No volveré a creerte nunca nada más.

Ricardo reía a mandíbula batiente, palmeando como un niño. Al fin, secándose las lágrimas entre estremecimientos de regocijo, añadió:

—Pues haces muy mal. Este tipo de cosas es de lo poco que merece la pena creer todavía.

E inclinándose hacia mí, me paso el brazo por el cuello y me apretó contra su pecho, aún agitado de risas.

—Déjame, idiota.

—Eh, eh, ¿no hablabas antes tanto de la ternura?

La verdad es que yo también me sentía divertida y que sólo fingía mi enfado por un resto de pundonor y un mucho de juego. Me dejé abrazar y permanecimos largo rato así unidos, observando el chisporroteo de los leños en silencio. Pensé que quizá Ricardo iba a insinuarse, y no supe si me apetecía hacer el amor con él o no. El calor de la chimenea y el ruido de la lluvia estaban empezando a infundirme una aguda melancolía. Sentí el intenso deseo de estar abrazada a Hipólito, de que fuera su bigote lo que me rozara la oreja y no la lampiña mejilla de Ricardo. Supongo que hice mal, pero hablé antes de pararme a pensar lo que decía:

—Estoy fastidiada, Ricardo, estoy fastidiadísima. Le he mandado una carta horrible a Hipólito rompiendo con él, y desde que lo he hecho no aguanto de dolor. No sabes cómo le quiero, cómo le quiero...

Noté que el cuerpo de Ricardo se ponía tenso. Se separó lentamente de mí: su gesto era neutro, impenetrable. Pasó su mano por mi cabeza en un ademán que era mitad caricia y mitad coscorrón y dio un pequeño suspiro:

—Ay, ay, tus novios, es verdad, faltaban tus novios.

Colgó una fría sonrisa de la comisura de sus labios, «¿no decías que el amor pasión era una mentira y un invento, que no se arriesgaba nada, que ni siquiera se sufría?» Me apresó la barbilla con su mano, se inclinó y me dio un beso en la boca, un beso leve de prueba, separándose a continuación. No dije nada, no hice ningún gesto. El ensayó un segundo beso más largo y luego quedó escudriñándome unos segundos, pensativo. Se sonrió burlón y distante:

—¿Y si nos acostáramos?

Lo pensé. La opción tenía tantas posibilidades a favor como en contra. Pero llovía mucho y fuera soplaba el viento achicándome el ánimo.

—Bueno.

Ricardo ladró una risa corta y aguda:

—No lo dices embargada de entusiasmo, precisamente.

Se levantó y me ayudó a ponerme en pie. Ibamos camino de la habitación, atravesando la sala oscura y sólo iluminada por el fuego, cuando tropecé con el cajón de los discos y me deshice la espinilla: «cuidado», advirtió Ricardo inútilmente mientras yo me rascaba ya la parte dolorida. Me arrastré hacia el dormitorio, me quité los pantalones y observamos el golpe con detenimiento. Me había hecho una pequeña herida, así es que mientras yo me desnudaba Ricardo fue en busca de un desinfectante. La habitación tenía las paredes encaladas, los muros espesos y húmedos, una pequeña ventana con marco de madera empotrada en la gruesa pared. La cama ocupaba casi todo el espacio disponible, porque el cuarto era más alto que amplio, y en la pared del fondo había un baúl cubierto por un tapiz andino de brillantes colores; junto a la cama, una silla vieja cumplía el papel de mesilla. Hacía un frío espantoso, así es que me metí entre las mantas con avidez y cuando Ricardo volvió sólo me atreví a sacar la pierna damnificada de debajo del cobijo de la cama. Me pintó la espinilla con un yodo helado y hubo que esperar a que se secara. Ricardo comenzó a desnudarse mientras yo mantenía la pierna tiesa y congelada en el aire. Le miré: se quitaba la ropa con encogidos movimientos, no sé si por el frío o por una repentina y sorprendente timidez. Le estudié desapasionadamente: tenía un rostro de facciones demasiado pequeñas y anodinas, uno de esos rostros borrosos de los que se intuye que pueden ir ganando con la edad, y sólo sus ojos, hermosos, malvas, fríos, semejantes a los ojos de cristal de un ave de rapiña disecada, resaltaban en la blandura de su cara. Se metió en la cama y nos abrazamos torpemente: tenía un cuerpo pequeño y estrecho pero bien construido, un cuerpo duro de músculos agradablemente repartidos. Permanecíamos agarrotados en un silencio extraño, como si hubiéramos perdido súbitamente la capacidad de hablar. La espinilla me escocía de una manera espantosa y me sentí ridícula, ridícula en esa habitación fría y vacía, ridícula en brazos de un amigo al que nunca había imaginado como amante.

—Bueno, pues aquí estamos —dijo Ricardo.

—Eso parece —dije yo.

Y nos echamos a reír. Empezamos a besarnos con buena voluntad, su cuerpo estaba gratamente cálido. Nos achuchamos con cierta habilidad, dimos unas cuantas vueltas por la cama, ensayamos incursiones manuales en exploración del nuevo cuerpo ajeno, giramos boca arriba, boca abajo y de costado, Ricardo me pateó dos veces la espinilla y yo le metí un dedo en un ojo sin querer. Al cabo nos paramos, jadeantes del trajín.

—Nada —dijo Ricardo—. Que no hay manera.

Descansamos un momento, nos fumamos un cigarrillo, comentamos lo curioso que es eso del sexo, que a veces se niega a funcionar y, bueno, pues que no funciona, y luego Ricardo se lanzó de nuevo al ataque con redoblado frenesí. Nos besamos, nos apretujamos, rodamos de punta a punta de la cama, la manta se nos escurrió al suelo, Ricardo me clavó la uña del dedo gordo del pie derecho en la herida, yo le tocaba de vez en cuando verificando que continuaba arrugadito. Estábamos helados y empecé a cansarme de tanta gimnasia infructuosa. Así es que nos detuvimos de nuevo, encendimos una segunda ronda de cigarrillos y hablamos de las muchas veces que estas cosas pasan, uf, millones, y de que no tienen ninguna importancia, que, en fin, ya se sabe, que no te preocupes, no, si yo no me preocupo, que tú tranquilo porque yo he observado que los hombres más sensibles e inteligentes son más propensos a estas cosas, que sí, que yo estoy tranquilísimo, claro que como es la primera vez te vas a creer que siempre es así, que te digo que no te preocupes, que te digo que no me preocupo, pero que no es así siempre, yo no sé qué os pasa a los hombres, pero cuando sucede algo semejante siempre le dais una importancia brutal, te aseguro que nosotras no lo vemos tan dramático, relájate, si en realidad no pasa nada, claro, claro, si yo estoy muy tranquilo, lo que pasa es que no me sucede casi nunca, que no hablemos más de ello, que cuando el asunto no se levanta, pues no se levanta y ya está.

Ricardo fue a poner música y volvió a la cama con las semivacías copas de coñac. Nos abrazamos bajo las mantas como quien se agarra a la almohada antes de dormir: era un abrazo confortable y asexuado.

—Con este concierto de Mozart —decía Ricardo mientras se mordía una uña con aire distraído— ligué a mi primera novia.

—¿Ah, sí?

—Teníamos los dos dieciséis años. Ella era también una niña de muy buena familia. Solíamos ir a los conciertos del Palacio de la Música, a las matinales. Ya sabes, queda muy bien que el niño o la niña tengan una cultura musical, de manera que nuestros progenitores se esforzaron en inculcarnos la costumbre. Yo la conocía de vista y la adoraba en silencio. Un día un amigo común nos presentó. Naturalmente, yo eché mano de la única baza que poseía: la música. Comenzamos a hablar de música clásica, a hacer recuento de conciertos. A partir de entonces, cada vez que me la encontraba casualmente —es decir, tras pasarme horas en la esquina de su colegio esperando la salida— nos parábamos un momento y siempre, siempre, nos enfrascábamos en tan sesudo tema: Brahms, Carl Off, Schubert, Monteverdi... todos desfilaron en aquellos encuentros, convertidos en nuestros chaperones. La verdad es que éramos todo lo pedantes que se puede ser a los dieciséis años y tras dos temporadas de conciertos matinales. Un día, al fin, me armé de valor y le pregunté si pensaba asistir al concierto del sábado. Me dijo que sí, que le gustaría, que era Mozart, su gran preferido. Así es que le comenté que casualmente tenía dos entradas.

—Lo cual era menttira.

—Por supuesto, pero corrí a comprarlas de inmediato. Que tenía dos entradas y que la invitaba. Y aceptó. De modo que ahí me tienes con ella al fin el sábado en la matinal. Nos habíamos citado en la parada del autobús, y cuando la vi casi sufrí un desmayo: venía arrebatadora, con una rebeca rosa y blusa blanca, con una falda a cuadros tableada, zapatos de tacón y calcetines, aún me acuerdo: calcula la dimensión de mi éxtasis por tan imperecedera impresión. Y, sin embargo, en vez de decirle que estaba bellísima, me puse a hablar de Bach. Llegamos al teatro y aún hablábamos de música. Nos sentamos en nuestras butacas y seguíamos hablando de lo mismo. Empezó el concierto. Yo estaba desesperado. Me importaba un carajo Mozart y me importaba un carajo toda la música del mundo. Estaba harto de diálogos melómanos, lo que quería era besuquearla, decirle que me moría por ella y por sus huesines. Porque tenía unos huesines deliciosos, me enamoré de ella por sus huesos, tenía unas muñecas y unos tobillos frágiles, casi transparentes, unos pómulos agudos y delicados... El caso es que entonces tuve la genial idea.

—La pediste en matrimonio.

—Cogí el programa del concierto y en una esquina escribí: «¿sabes que tienes unos ojos maravillosos? —no me atreví a decirle nada de los huesos por si le parecía raro—. Aunque esto te lo habrá dicho todo el mundo». Y le pasé el programa y seguí mirando hacia la orquesta con aire muy digno, sin escuchar nada, con toda la sangre zumbando en mis orejas. Entonces ella sacó un lapicero minúsculo y roído de su bolso y puso en otra esquina: «me lo han dicho alguna vez, pero esta es la primera vez que me lo escriben». Y me pasó el programa.

—Fascinante. ¿Y entonces?

—Entonces comenzó un furioso carteo en el transcurso del cual acabamos con todos los márgenes del programa de mano, y utilizamos el revés de las entradas, y agotamos todos los papelillos que llevábamos encima. Has de tener en cuenta, además, que el manejo postal debía ser llevado con toda discreción, porque ya los señores que teníamos a nuestro lado nos miraban con ojos suspicaces, y al rebuscar frenéticamente en los bolsillos a la caza y captura de ese mínimo billetito de autobús que yo sabía que tenía en algún lado y que me proporcionaría tres centímetros más de papel amoroso aprovechable, al rebuscar, digo, chocaba irremisiblemente con los codos del vecino. Pero, para resumir, al terminar el concierto nos habíamos declarado, nos habíamos jurado amor eterno, nos habíamos contado nuestras vidas —en realidad eran tan cortas— y habíamos comprendido que éramos dos almas gemelas a las cuales la música les importaba un bledo.

—¿Y qué fue de ella?

—Pueeeeees... —Ricardo se pasó la mano por la cara con gesto de cansancio y me miró burlonamente por entre la rejilla de sus dedos—. Pues lo de esa chica fue una pena. Terminó tirándose a un pantano.

2 DE NOVIEMBRE

Esta noche se ha repetido la vieja pesadilla. Hacía años que no la sufría y, sin embargo, ha vuelto a mí idéntica en todos sus detalles. Me sueño a mí misma durmiendo en una cama pequeña y sonrosada, en una vaporosa cama virginal. Y me sueño despertando, levantándome y asomándome al espejo. Ese es el comienzo del horror: ahí, reflejada en el azogue, me descubro repentinamente convertida en una anciana, como si en el transcurso de la noche alguien me hubiera robado media vida. Me miro y me miro, horrorizada, intento reconocerme bajo las arrugas, bajo la piel decrépita. Sé que si consigo llegar hasta la noche y dormir de nuevo lograré recuperar al día siguiente mi juventud y lozanía. Pero también sé que no tengo posibilidades de llegar, que el día es fatídicamente largo, que tengo ya mi fin agazapado en las ojeras. Entonces me siento en una esquina de la cama infantil y procuro permanecer perfectamente quieta, sin apenas respirar, para ahorrar fuerzas, para no desgastar más mi repentino organismo de anciana, en un intento que yo sé inútil y desesperado por sobrevivir hasta la noche salvadora. Antes, en aquella época en que esta pesadilla abundó en mis sueños, me despertaba sudorosa y agotada, y, durante unos instantes, gozaba de la eufórica certeza de que todo era mentira, de que yo era aún joven y tenía toda la vida por delante. Pero esta madrugada mi despertar ha sido agónico y angustioso, ha sido una simple prolongación de mi delirio. Porque es cierto que la carne se me desploma y se me arruga, porque en realidad me siento enferma y vieja, porque he intuido que mi tiempo se acababa.

Es absurdo, pero tengo miedo.

No he conseguido aún librarme de esa sensación de agonía que la pesadilla me ha metido entre los huesos.

Decir que la vida es una trampa mortal es un burdo, un estúpido juego de palabras. Pero hay ocasiones en que lo siento así, en que la obligatoriedad de mi muerte me envenena el presente de temores. Es como cuando te subes a una montaña rusa, te ajustas el cinturón de seguridad, te agarras medrosa a la baranda del carrito, y el vehículo al fin comienza a moverse lentamente, entre crujidos alcanza la cúspide de la primera onda, ante ti el raíl se colapsa en aguda caída, el carro se detiene al borde del vacío durante un instante, lo justo para suspirar y tragar aire, y después se desploma, se desploma, se desploma, tú te sujetas convulsa a la barra, cierras los ojos, te encoges sobre ti misma y te arrepientes, el horror y el vértigo son tan insoportables que te arrepientes de haber subido, y, sin embargo, con aterrado desespero, sabes que ya es inevitable, que no podrás librarte de ello, que te desplomarás una y otra vez, que has de resistirlo hasta el final, que no hay manera de salir de ahí, de detener la náusea. Y así me siento a veces yo, cayendo, cayendo hacia la muerte.

Tengo miedo.

No es cierto que te resignes o acostumbres con los años a la muerte. Al contrario, cada día empavorece más. A veces me siento estafada y la indignación me quema el ánimo. Estafada por las mentiras en las que crecí, por las mentiras con que me educaron. La serenidad de la vejez. La plácida aceptación del fin. Falso, todo falso. Y qué cruel resulta descubrir la falsedad de esos bálsamos a mis años. Cuando yo era joven, la muerte no existía. Era sólo muerte en los demás, pero yo me creía eterna y fuerte. Por ello mi valor era legendario e insensato, era un valor de ceguera, de inconsciencia. La muerte es como una ecuación al principio ininteligible y que poco a poco va desvelándote su horror: vivir es un ir aprendiendo miedos y pavores. A lo largo de los años mis días han ido llenándose de temores en apariencia absurdos. Aprendí a tener miedo de nadar demasiado lejos de la playa, cuando de niña gobaza perdiéndome en el mar. Aprendí a temer los viajes en avión que al principio nunca me preocuparon. Aprendí a ser claustrofóbica cuando nunca lo había sido; aprendí a asustarme ante las calles oscuras y vacías, ante un pequeño dolor de espalda que tarda en quitarse, ante un conductor de coche demasiado veloz y descuidado.

Es el miedo a la muerte, que va apoderándose de ti, que va mordiendo pedazos de tu vida.

Algo funciona mal dentro de mí, definitivamente mal. Cuando creía estar recuperándome, cuando empezaba a encontrarme bien, sucedió aquello. No he podido recobrarme del terror. No he podido recobrar la confianza. Quedarse ciego es como morir. Ahora me imagino así la muerte, como una ceguera sin sonidos, una ceguera para siempre, un tubo negro e interminable. Aquella mañana me sentía un poco extraña, como si estuviera mareada sin mareo. Y de pronto, mientras hablaba con María de Día, me quedé absolutamente ciega. No sé bien cómo sucedió. Apagaron el mundo de repente. Le grité, «¿qué ha pasado?», y oí su voz sorprendentemente cerca, «¿qué ha pasado de qué?». No te veo, no veo nada, ¿tú me ves?, le decía, estoy ciega, estoy ciega. Recuerdo que María de Día perdió los nervios: exclamó, «no te asustes, Lucía, no te asustes», y lo decía chillando. Yo ni fuerzas tenía de gritar, tan sobrecogida y sola me encontraba. Vinieron los médicos y pulularon en torno mío durante largo rato. Al final me dijeron que sería pasajero, pero no les creí. Permanecí entre tinieblas durante un tiempo infinito, o eso me pareció a mí, y de pronto recuperé la vista nuevamente. A mi lado estaba Ricardo, sujetándome la mano en silencio. Le vi borroso e impreciso, y al cabo comprendí que era a causa de las lágrimas y que yo había estado llorando durante todo el tiempo sin saberlo. Creo que me habían puesto un sedante, todo me resulta muy confuso. A partir de entonces me duplicaron las radiaciones, me cambiaron la medicación. Físicamente ahora no me encuentro mal, pero estoy sin fuerzas, sin alientos. Hay algo que funciona definitivamente mal en mí: no me curo, no conseguiré curarme nunca. Me siento tan cansada. A veces, el mismo miedo a la muerte te hace desear morir. Como doña Maruja. Ahora la entiendo, la entiendo tan bien. Me siento incapaz de soportar nuevamente la ceguera. Cuando cumpla los sesenta comenzaré oficialmente mi vejez, y la perspectiva de un decaer físico me aterra. Antes que perder la vista, antes que quedar inútil, preferiría mil veces la muerte. Pero será mejor que cambie de tema: este morboso pesimismo me hace daño, me empeora, estoy segura.

Ayer el médico joven decidió darme una perorata sobre la enfermedad.

—Mire, doña Lucía, en los canales semicirculares del oído medio hay un líquido que se llama endolinfa, en-do-lin-fa, ¿me comprende?, y en la superficie de ese líquido, como si estuvieran nadando en él, hay estratocitos y estatolitos, que son unas células, ¿no?, y esas células son las que conservan el equilibrio. Cuando la endolinfa, es decir, el liquidito ese que baña el oído, tiene demasiada presión, las células quedan todas revueltas en vez de permanecer en la superficie, que es como deberían estar, y entonces se producen los mareos.

Hablaba despacito y marcando las sílabas, con soniquete de maestro de escuela, como si le estuviera explicando una lección a un niño de cuatro años. Casi pensé que al final me iba a dar un caramelo.

—¿Y la ceguera?

—Ya se lo hemos explicado, doña Lucía, hay que

ver lo miedosa que es usted. En su caso, y esto es lo latoso de su enfermedad y lo que nos trae de cabeza, los vértigos de Menière están provocados por un virus, que es como un bichito que...

—Sé perfectamente lo que es un virus —corté glacial.

—Pues por un virus que afectó momentáneamente los nervios ópticos produciendo esa ceguera de horas. Como un cortocircuito, ¿me entiende? En fin, que no es nada grave, pero, eso sí, doña Lucía, es pesado y largo de quitar. Armese usted de paciencia y déjelo todo en nuestras manos, que nosotros la pondremos como nueva.

—¿Me puede usted alcanzar las gafas?

—¡Cómo no, doña Lucía!

Me las puse y le observé fijamente. Estaba sudoroso, congestionado, nervioso. Enseñó los dientes en un simulacro de sonrisa de médico comprensivo-simpático-eficiente, me palmeó la mano con una de sus manazas blandas, húmedas y frías, y se despidió atolondrado y presuroso. Este chico es un histérico. Desconfío de él. A decir verdad, desconfío de todo el mundo. A veces, incluso, tengo la ridícula sensación de que todos me engañan, que todos, incluido Ricardo, saben que estoy muy grave. Que tengo algo más aparte de los estúpidos vértigos de Menière. O quizá es que el virus me ha infectado todo el cerebro. Lucía, Lucía, no empieces otra vez. Después de tanto tiempo en el hospital estoy irritable e hipocondriaca. Además, el susto de la ceguera me ha dejado débil, predispuesta para creer cualquier barbaridad, para pensar en disparates. Yo soy una mujer fuerte, siempre he estado sanísima, y quizá por esto no sé soportar la enfermedad. Miguel solía comentar que mi salud era insultante. Miguel, mi querido Miguel, mi amigo y compañero. Me has engañado, Miguel, prometiste estar conmigo en mi vejez y no lo estás. Prometiste ayudarme con mis miedos y te fuiste. Miguel me adivinaba, me sabía, me preveía. Miguel me conquistó definitivamente aquel día, a los dos meses escasos de nuestra relación. Por entonces mis períodos eran doloridos y odiosos, el vientre se me hinchaba, las ingles me palpitaban latigazos. Aquel día habíamos quedado a cenar, Miguel debía pasar por casa a recogerme. Yo le esperaba con desaliento y desgana, aplastada en el sofá, ahíta de dolores, maldiciendo la cita y la salida. Entonces llegó él. Cargado de paquetes, de botellas de vino, de comida:

—He calculado que debes tener la regla, ¿no?, te encontrarás fastidiada. Así es que he pensado en hacerte una cena y mimarte un poco, ¿te parece?, mimar esta pobre tripita dolorida...

Y me acariciaba suavemente la barriga, su mano era como un soplo. Se lo repetí muchas veces después y él siempre se reía:

—Tú me conquistaste aquel día que recordaste que yo tenía la regla.

—Pero chiquitina, eso es normal.

—Qué va a ser normal. Los hombres jamás se acuerdan de esas cosas, el período es un problema tuyo, la anticoncepción es un problema tuyo, ellos lo único que quieren es encontrar amantes siempre dispuestas y sin complicaciones... En realidad los hombres no son detallistas, no se preocupan en conocerte, en saber qué sientes, cómo eres, qué te pasa...

—Venga, venga, criatura, los hombres no son así, no generalices de esa manera, tú es que has debido tener muy mala suerte, has debido tropezar con muchos bestias...

Miguel era el frescor, la sombra de un árbol frondoso en pleno agosto. Pero Miguel me ha abandonado y ya no puedo contar con su suave mano para que me frote el vientre y me limpie de dolores. A decir verdad hace ya años que se acabaron esos dolores mensuales, hace ya tiempo que no sangro, que terminó mi regla. La menopausia. De joven yo solía irritarme ante la leyenda negra de la menopausia. Mentira, discutía, todo lo que se dice son mentiras, una mujer no es vieja porque hayan acabado sus períodos, la menopausia no es un trauma, al contrario, casi es una liberación que se termine la embarazable molestia de la regla. No más píldoras, no más diafragmas, no más espirales, no más tampones, no más hinchazón de vientre ni dolores. Todo esto es cierto, sí, y, sin embargo, qué duro llega a resultar. Porque la amargura de la menopausia reside en lo irreversible del proceso, en que tu cuerpo cierra una página de vida y tú no puedes detenerlo. Supongo que la primera menstruación sería tan triste como lo son las últimas, por lo que conlleva de pérdida de infancia, de fin de la primera etapa de tu vida, si no fuera porque en esa agitada y temprana adolescencia no has aprendido aún el significado exacto del verbo perder. Hoy, en cambio, lo conjugo con lamentable precisión: perdí mi juventud, pierdo las esperanzas, perderé mi vida, he perdido a Miguel, (es posible que) perdiera o perdiese la oportunidad de ser una buena realizadora, estamos perdiendo el mundo que conocíamos y en el que crecí.

Por cierto: esta mañana, hojeando los números de *Ciencia 2000* antes de devolvérselos a María de Día, he encontrado un artículo sobre la revolución de la microelectrónica. Me lo he leído por encima. Dice que los computadores miniaturizados se aplicaron experimentalmente en el campo de la relojería alemana de 1975 a 1980, y que en el transcurso de esos cinco años hicieron desaparecer el 70 por 100 de los puestos de trabajo del sector. «A partir de entonces, la revolución microelectrónica, de mayor envergadura histórica que la revolución industrial», dice el artículo, «se desarrolló a velocidad imparable (...). La microelectrónica ha supuesto para la Humanidad, entre otros logros, la realización de dos viejos ideales sociales. Uno, la implantación de una sociedad del ocio (...) en la que los individuos pueden gozar de un año de paro remunerado por cada ocho meses de trabajo (...) y en segundo lugar la desaparición, en la práctica, de las fronteras del mundo occidental, es decir, el utópico internacionalismo de la Edad Industrial, convertido hoy en realidad por la flexibilidad de la sociedad actual y el continuo desplazamiento de los ciudadanos». *Ciencia 2000,* Epoca II, número 84, 10 de julio de 2007. Es decir, de hace tres años. Como la revista es seudo oficial y está patrocinada por el Comité Coordinador de Investigaciones Científicas, no dice que «el continuo desplazamiento de los ciudadanos» se debe a la demanda de mano de obra y al reparto de producción entre las multinacionales que gobiernan la economía europea. Calla también que «la flexibilidad de la sociedad actual» favorece al consumo, y que la población asalariada trashumante cambia así no sólo de polígono, sino también de casa, coche, electrodomésticos, cerebrodomésticos y muebles cada año. Y demuestra ignorar igualmente que es en los servicios centralizados de la policía en donde el internacionalismo parece manifestarse en su más avanzado estado. Qué espanto, estoy hablando ya como Ricardo. Seguro que Ricardo repetirá estas mismas palabras cuando venga y vea el artículo, este magnífico libelo cientifista que he arrancado de la revista para él, para que goce con su indignada lectura, y que

Desastre, desastre. Desastre total y absoluto. Desastroso. Desastroso desastre. Ricardo acaba de marcharse dando un portazo. ¿Cómo hemos podido llegar a decirnos cosas tan terribles? Cuando entró en la habitación parecía de buen humor. Leyó el artículo de *Ciencia 2000,* y aunque me decepcionó un poco que apenas le prestara atención y que sólo soltara algún que otro pequeño exabrupto, todo parecía marchar perfectamente. El problema empezó cuando Ricardo volvió a sacar el tema del último capítulo:

—Ya te he dicho que no me gusta —gruñó.

—Pero, ¿por qué?

—Porque inventas todo, y además inventas mal. He de añadir que lo que más me irrita es lo segundo. A mí, realmente, me haces un retrato lamentable.

Pedante, estúpido, feo e insignificante, impotente, en fin, mi egocentrismo saltaba de gozo al leerlo.

Me eché a reír:

—No seas tonto... No digo eso... Por ejemplo, digo que tú eres el tipo de hombre que mejora con los años.

—Es todo un detalle por tu parte, sí.

—Y tampoco digo que seas impotente... Es increíble... Es increíble la importancia desmesurada que le dais los hombres a estas cosas... A mí nunca se me hubiera ocurrido deducir de la secuencia de la sierra que tú eras impotente, ni se me pasa por la imaginación, y, sin embargo, tú...

—Y si por lo menos —me interrumpió él sin escucharme— si por lo menos hubieras dibujado un honroso pedante, un genio de la pedantería... Pero me has descrito ramplón y necio.

Calló un momento y se me quedó mirando con curiosidad:

—Oye, Lucía, ¿por qué se te ha ocurrido escoger esa semana, y precisamente esa, para escribir sobre ella?

—No sé... Porque fue fundamental en mi vida, supongo. Porque se estrenó mi película. Porque decidí irme a vivir con Miguel. Porque opté por el amor cómplice...

—Y eso —dijo él abrupta y adustamente— eso es lo peor de todo el capítulo. Esas morosas, absurdas disquisiciones sobre el amor pasión y el amor cómplice. Esas tonterías que pones en mi boca. Es un problema inexistente, Lucía. No se puede deslindar, como tú lo haces, el amor cómplice del amor pasión. Todo amor cómplice tiene momentos de pasión, y viceversa. Y además, todo amor suele comenzar pasionalmente para acogerse con el tiempo a la complicidad. Estás clasificando artificialmente cosas inclasificables.

—No pensabas así antes. Digas lo que digas, me acuerdo perfectamente bien de aquella conversación en la sierra, y de muchas más semejantes que mantuvimos. Tú siempre le echaste mucha literatura al amor pasión.

—Lo dudo. Y si era así, no importa. Fue hace treinta años, y con el tiempo transcurrido me he hecho más viejo y más sabio y he cambiado de opinión.

—Y además, Ricardo, la pasión existe, existe de verdad, y no se puede confundir con nada, es algo diferente, una borrachera que a veces te acomete, un día de repente te enamoras, no sabes por qué ni cómo, pero te enamoras y es distinto a otros quereres, es sentir un calor en el estómago, un vértigo...

—Querida... —Ricardo se inclinó hacia delante silabeando lentamente sus palabras—. Yo no sé tú, pero a mí hace muchos años que no me sucede semejante cosa, hace siglos que no padezco excitantes calores estomacales, hace tanto tiempo que empiezo a pensar que no llegó a sucederme nunca...

—Pues lo lamento por ti —contesté con enfado. Después se me ocurrió un nuevo y brillante argumento y proseguí la discusión—. Tienes parte de razón al decir que el amor cómplice y la pasión están mezclados en gran medida, pero la diferencia reside en el punto de partida. La pasión es algo que te acomete súbitamente, tú no eres consciente de estar...

—En realidad, Lucía —me interrumpió nuevamente: Ricardo carece del don de la escucha— según lo planteas tú, la única diferencia está en ti mismo, en lo que buscas, en que claudiques o no.

—¿Cómo claudicar?

—Sí, sí, claudicar. Por lo que cuentas, para ti el amor pasión supone la lucha, la batalla, la independencia, el mantenerte viva, el ser persona. Y lo que llamas amor cómplice, al contrario, supone ampararte en el otro, resignarte a ser menos libre a cambio de la seguridad, de la protección. Eso es precisamente lo que yo defino como claudicación.

—No es cierto.

—De hecho, tal como tú te obcecas en clasificar las relaciones, en el amor pasión tú adquieres las cualidades que tradicionalmente se llamaban «masculinas», es decir, que te mantienes centrada en ti misma, segura, activa, batalladora, independiente, libre. Y en el amor cómplice asumes el papel tradicionalmente femenino, de mujer necesitada de cobijo, de amparo, de protección. En realidad ese absurdo problema que te planteas entre esas dos inexistentes categorías amorosas no es más que una sublimación de tu problema de identidad como mujer: entre la mujer independiente que querías y creías ser, y la mujer «esposa de» que llevas dentro de ti y para lo que fuiste educada.

—No es cierto.

—Pregunta a las muchachas de hoy. Pregunta a María de Día. Verás como ellas no advierten esa diferencia tan tajante entre tus dos amores. Porque la presión social es menor. Porque han crecido en un mundo en el que las diferencias de papeles masculinos-femeninos, aun existiendo, no son tan marcadas.

—No digas tonterías, la situación en ese sentido sigue siendo más o menos igual y...

—Y de hecho, tú claudicaste. Cuando comenzaste a vivir con Miguel te acabaste como persona. No volviste a hacer una sola película.

—Claro que no. La crisis de la industria cinematográfica era tremenda, tú lo sabes bien, y conseguir una película era algo casi imposible. Además, todo era doblemente difícil para una mujer.

—No te engañes: abandonaste la lucha. Era aún más difícil hacer una primera película y, sin embargo, lo conseguiste. ¿Por qué no seguiste después? Porque escogiste el papel secundario, la dulce mediocridad de la seguridad. Porque te convertiste en la compañera del matemático.

—ESO no es cierto, no es cierto.

Sentí un nudo en la garganta, las palabras de Ricardo me estaban causando un dolor sorprendente.

—Yo seguí haciendo mi vida de siempre, seguí trabajando, nunca dejé de hacerlo, no tienes ningún derecho para hablar así, Ricardo, eres enormemente injusto.

—Seguiste trabajando, sí, en esos tristes, lamentables, cada vez más espaciados anuncios publicitarios.

—Y además tú no sabes nada, NADA, nuestra relación no era así, Miguel jamás me impidió hacer nada, al contrario, me animaba, me daba fuerzas.

—No era un problema de Miguel, en todo caso, sino de lo que tú buscaste en la relación. De la vieja costumbre femenina, del ancestro, que te venció. Lo que tú llamas amor cotidiano en realidad no es más que miedo.

Me encontré repentinamente muy cansada, sin argumentos para responder. Y, sin embargo, sabía que no era verdad lo que estaba diciendo, que no tenía razón.

—Déjalo... —dije al fin, acongojada—. Déjalo... Somos dos viejos ridículos, tienes razón al decir que hace años que no sientes ninguna palpitación amorosa... No vamos a discutir esto ahora... No quiero seguir hablando de esto, por favor. El amor es una cosa ya acabada.

—Se habrá acabado para ti, pero no para mí. El que yo diga que hace tiempo que no siento esos extravagantes síntomas amorosos que tú describes no significa que haya prescindido del amor. ¿Ves? Ese es otro detalle más. Tú vas a cumplir sesenta, y lo decente, lo digno, lo ortodoxo, es pensar que a los sesenta la vida se ha acabado y que a partir de ahí el amor es cosa impúdica y obscena. ¿Te das cuenta?, estás llena de prejuicios. Estás vieja, Lucía, sí, tienes razón, pero estás vieja por dentro. Cuando te decidiste por Miguel también te decidiste por las buenas costumbres, te has ido haciendo más y más convencional cada año.

Me callé intentando agotarle con mi silencio y forzarle a abandonar el tema:

—Y otra cosa —continuó fríamente—. Tu Hipólito, tu famoso Hipólito. Te empeñas en decir que te tenía miedo, que éste era el único impedimento. Que te amaba «intensamente» —y al decir esta palabra aflautó la voz en son de burla—, pero que tenía miedo de quererte, porque tú eras una mujer independiente, libre, que le ponía en compromiso... Tonterías. ¿No te das cuenta de que todo es mucho más sencillo? ¿De que la única realidad era que Hipolito no estaba enamorado de ti? Así de simple. Sí, supongo que le debías caer bien. Además, siempre produce cierto orgullo y complacencia que una mujer esté enamorada de ti hasta los huesos, los hombres somos animales vanidosos. Pero no te quería, ¿entiendes? Tú puedes atacarle, insultarle, pero se comportó de forma coherente. Tú puedes ponerte todas las excusas que quieras, repetirte hasta la saciedad que Hipólito temía dejar a su mujer, que le aterraba abandonar su comodidad y su rutina... Mentira. Recuerda, luego sí se enamoró de aquella chica...

—Era una imbécil.

—No lo era. Y aunque lo fuera, eso no tendría la menor importancia, no viene en absoluto al caso. Me asombra que tras tantos años continúes con esos celos infantiles... ¿o es simplemente amor propio? Lo importante, de cualquier forma, es que se enamoró de ella, de ella sí, ¿comprendes?, y en esa ocasión no le importó nada, se separó de su mujer, organizó el gran escándalo, se fue a vivir con la chica...

—Y duró poquísimo. Se terminó a los pocos meses. Hipólito se apresuró a volver al redil familiar, con su esposa y sus hijos.

—¿Y qué? Se acabó porque la chica le dejó. Pero habrás de reconocer que en esa ocasión Hipólito no demostró ninguna de las cobardías que le achacas.

Me dolía, cómo me dolían las palabras de Ricardo.

Me quedé mirándole, con su halo disparatado de resecos pelos grisáceos, con su cara afilada y rapaz, y me repugnó.

—¿Y tú? —salté con furia, con demasiada furia—. Dices que estoy vieja por dentro, ¿y tú? ¿Tú estás joven porque hinchas el pecho y galleas cuando entra María de Día? ¿Es eso a lo que te refieres cuando dices que no prescindes del amor? Eres ridículo, Ricardo, una ruina calamitosa y ridícula.

No me gusto cuando me enfado. Soy capaz de destilar un veneno indecible en mis palabras. Me oigo a mí misma chillona y descontrolada, imagino mi cara retorcida en desagradable gesto, escupiendo palabras envueltas en una baba de histérica ponzoña. Cuando me enfado de verdad se me nubla la vista y me entran ansias asesinas.

—Dime —pregunté aviesamente—. ¿Por qué te has puesto tan agresivo conmigo?

—No estoy agresivo —respondió Ricardo con tensa calma—. Te digo la verdad. Ya va siendo hora de que afrontes la realidad.

—No, no... estás agresivo, como defendiéndote de algo que no sé qué es, como acorralado... ¿será que sientes envidia? ¿Envidia al ver que otra persona amó y vivió? ¿Cómo puedes hablar tú, TU, de todo esto, Ricardo? Tú eres un estéril, un fracasado, un mediocre, una mierda de hombre. Tú lo has dicho antes, sí, y tenías razón, yo creo que eres impotente. Pero no sexualmente, sino en todo; eres un eunuco, no eres ni tan siquiera una persona. Toda tu vida has estado solo, las únicas relaciones que has sido capaz de mantener ha sido con un puñado de malditos maniquíes. Hablando de afrontar la realidad, ¿te has parado a pensar en lo que es tu vida? Es una pena, realmente, un chico de buena familia que prometía tanto, y ya ves... En toda tu vida has ido de fracaso en fracaso. Eres un parásito, un inútil. Nadie te respeta, nadie te quiere ni te ha querido. Te doy envidia, ¿verdad?, es eso. Porque a lo mejor yo he claudicado, como tú dices, pero he vivido. He compartido, he gozado, he amado. ME HAN AMADO, ¿entiendes?, tú no vives más que con la imaginación, con una inútil erudición de Reader's Digest. Te crees el ombligo del mundo y eres patético. Me das náuseas.

Oh, Dios mío, cómo puedo ser tan animal. Ricardo se levantó sin decir palabra y se marchó. Bang, hizo la puerta contra el marco. Se ha ido. Se ha ido. Se ha enfadado. La habitación está tan blanca y vacía sin él. Ricardo, por favor, perdóname. Qué sola estoy. No me había dado cuenta exacta de lo sola que estoy hasta ahora. Si ahora me muriera no me lloraría nadie. Y una muerte sin llantos es como una no muerte. O más aún, es como una no existencia, como haber pasado por la vida de forma invisible. Qué poco segura me siento ahora de todo lo que le he dicho a Ricardo: ¿yo he vivido, yo he compartido, yo he amado? ¿He sido yo, de verdad yo, yo misma? Mis recuerdos me parecen irreales, como vividos por otra persona. Pero fui yo. Fui yo la que aquel día me abracé a Miguel embargada de tristes presentimientos. Acabábamos de hacer el amor, su pecho era tibio, carnoso y muelle. Su pecho era el territorio que mejor conocía yo de todo el mundo.

Enterré mi cara en él, oliendo su calor, ansiosa de detener el tiempo.

—Miguel, no quiero morir sola —dije, no sé por qué.

—Pero boba, qué cosas se te ocurren.

—No quiero morir sola —repetí.

Creo recordar que atardecía y que, fuera, el aire de la habitación estaba helado. Fuera de sus brazos, fuera de su cuerpo, que envolvía al mío en un cobijo caldeado e invisible. Estábamos pegados el uno al otro, le notaba latir bajo mi pecho, sentía en mi vientre la tibieza y los rizos de su sexo, en mi espalda la caricia de sus manos, secas y ardientes. Comenzó a darme besos diminutos sobre el pelo, unos besos delicados y cuidadosos, como si mi cabeza fuera de cristal costoso y frágil, como si temiera dejarme huella.

—No te preocupes, tonta —decía—. Mi pequeña miedosa, pajarito, no te preocupes que yo estaré contigo.

Y yo, sabiéndolo una mentira amorosa, un imposible, quise en aquel momento creerlo como cierto.

[illegible] en el [illegible] su cabeza, [illegible] de detener el tiempo.

—Miguel, no quiero morir sola —dije, no sé por qué.

—Eres boba, qué cosas se te ocurren.

—No quiero morir sola —repetí.

Creo recordar que [illegible] y que [illegible] el aire en la habitación [illegible] helado. Fuera de sus brazos, [illegible] de su cuerpo, que envolvía el mío en un [illegible] invisible. [illegible] pesados, el uno al otro, [illegible] bajo mi pecho [illegible] en mi vientre [illegible] de su sexo [illegible] la [illegible] de sus manos, [illegible] y [illegible] unos besos delgados y cuidados [illegible] de cristal [illegible] y frágil [illegible] huella.

—No te preocupes [illegible] —decía—. [illegible] no te preocupes que [illegible]

[illegible] lo [illegible] imposible [illegible]

4 DE NOVIEMBRE

Ayer no vino Ricardo, y hoy parece que tampoco vendrá ya. Temo que no vuelva más. María de Día me ha preguntado por él, «¿y tu amigo, cómo es que no viene?», y yo le he mentido no sé muy bien por qué, «es que está de viaje». Qué largos se me han hecho estos dos días, esta espera. Sin él la rutina hospitalaria se vuelve atroz. Pobre y roto Ricardo, ¿cómo se me pudo ocurrir decirle que era miserable, cuando en realidad lo es? Su vida es un compendio de ridículos fracasos. Sus imposibles negocios de compra-venta. Sus millares de truchas boqueantes. O aquella aventura tan patética, el diseño de aquel ingenio mecánico, de una grúa diminuta que suspendía a las personas de los sobacos con tiras de cuero y las trasladaba de un lugar a otro, así colgando y pendulantes, a una velocidad media de cinco kilómetros por hora y entre estertores de motor ahogado; estaba en tratos Ricardo para vender su invento a un convento de monjas de clausura, repleto de viejas momias y carente de unos brazos jóvenes que las trasladaran del refectorio a la misa, cuando, en la prueba del artefacto, el brazo mecánico se desencajó y la anciana monja que estaba en trance de levitar motorizadamente se descalabró contra el suelo con gran crujir de tocas almidonadas, entrechocar de huesos con rosarios y retemblor de arrugas. Pobre y roto Ricardo: es la encarnación de la derrota.

No me encuentro bien. Tampoco puedo decir que me encuentre especialmente mal: no hay vértigos, mi salud es lo que se llama clínicamente estable. Pero no me encuentro bien. A mi alrededor todo el mundo parece empeñado en considerarme una neurótica, me dicen que mi malestar es pura hipocondría. Es mentira. Estoy enferma, malamente enferma. Quisiera poder creerme la excusa de mi hipocondría, qué felicidad si fuera sólo eso. Pero sé que se trata de una excusa: mi cuerpo sabe que estoy gravemente enferma. Es eso, Dios mío, va a ser «eso». Y «eso» me está comiendo la cabeza. Me acuerdo perfectamente bien, me acuerdo de aquel crítico de cine que padecía estos dichosos vértigos. Los tuvo durante años, y, sin embargo, hacía su vida normal. Tan sólo de vez en cuando se le movía el mundo. Su vida normal. Y yo llevo casi tres meses atada a esta cama. Todo concuerda fatalmente. La ceguera, tan extraña. La profusión de explicaciones sobre mi enfermedad que todos me dan últimamente, cuando en general la clase médica prefiere mantener siempre un ridículo aire secreto y envuelve sus diagnósticos con enrevesados tecnicismos. El patente nerviosismo que manifiesta el médico joven cuando entra a verme. La pérdida de peso, el quebranto general de mi salud. Los vértigos de Menière no son así, lo sé, no son así, aquel crítico estaba orondo y rozagante. Y el tratamiento. Los rayos G-2 también se usan contra «eso». Es el método más eficaz que se ha descubierto en la lucha contra el cáncer. Cáncer. Dios mío. Ya sé que los G-2 sirven para más cosas. Pero tantas sesiones, tal cantidad de radiaciones sólo contra un inofensivo virus... No les creo. Dios mío, la asiduidad de Ricardo debe ser sólo compasión. Y las repentinas cartas que me manda Rosa. Y quizá la simpatía de María de Día. Todos me engañan, están conjurados contra mí. Qué sola estoy, qué sola y qué indefensa. Dios mío, quisiera estar muerta, tengo tanto miedo de morir.

No tengo ganas de hacer nada. Ni siquiera ganas de escribir. Ricardo fue brutal conmigo el otro día. Empezó él la discusión. La empezó él. Si no viene que no venga. No le necesito. Nadie puede ayudarme, ni él ni nadie. Que no venga más, es lo mejor. No quiero volver a verle. No quiero necesitar nada que esté fuera de mí. No quiero volver a perder nada en mi vida. Ya todo me da igual. Si no quiere venir que no venga. Que no venga. Que no venga.

5 NOVIEMBRE

Dos líneas sólo antes de la sesión de radiaciones: esta mañana apareció la doctora en persona y tuvimos una larga conversación. No tengo tiempo ahora para transcribirla totalmente, pero me siento muy aliviada y satisfecha. Como médico es magnífica. Qué diferencia con el cretino del suplente. Le hablé de mis miedos y de que yo sabía que por unos vértigos de Menière no se hospitaliza a nadie, al menos tanto tiempo. «Mire, doña Lucía, le voy a ser sincera», me dijo, «como usted sabe, los médicos no somos dioses... aunque a veces muchos de nosotros intentemos aparentar lo contrario. De algunas enfermedades sabemos casi todo, de otras sabemos bastante menos, y de muchas no tenemos la menor idea. Cada enfermo, en realidad, es un mundo aparte, y dolencias que creemos perfectamente controlables pueden manifestarse completamente distintas de una persona a otra. Fíjese usted, por ejemplo, en las hepatitis. Hay hepatitis que son víricas y hepatitis que no lo son. Hay hepatitis que duran dos meses y otras que tardan un año en curarse. Hay personas que padecen unas hepatitis tan benignas que, con un poco más de reposo y tratamiento adecuado, pueden continuar haciendo más o menos su vida de siempre. Y, en cambio, hay otras personas que mueren de hepatitis. Con los vértigos de Menière sucede lo mismo... con la ventaja de que nadie ha muerto aún a causa de esta enfermedad.» Es una mujer tan serena, desprende un halo tal de confianza, que me he sentido incluso un poco avergonzada de mis miedos. Y no cabe duda de que todo es aprensión, porque desde que he hablado con ella me siento perfectamente bien, me encuentro animada, fuerte y sana. Además, Ricardo ha vuelto. Apareció este mediodía en la puerta tras un enorme ramo de rosas amarillas. «¿Sigues enfadada conmigo?», preguntó asomando la punta de la nariz entre los tallos. Me eché a reír de pura alegría.

—No, hombre, no, la verdad es que yo creía que eras tú el que se había enfadado...

—¿Enfadado yo? Yo no me enfado nunca, querida Lucía. Además, por mucho que lo intentes, tú no puedes hacerme daño.

No supe si tomar esto como un elogio o un insulto, pero hoy estoy tan contenta que me dio igual. Tan contenta por la vida y por su vuelta que quise a mi vez hacerle un regalo:

—¿Sabes que María de Día me preguntó por ti, que por qué no venías?

—¿Ah, sí?

Se le encendieron los ojos y se irguió automáticamente en la silla, ajustándose con coquetería la chaqueta.

—Sí, sí. Y además —mentí— me dijo que eras un tipo muy interesante, que le caías muy bien.

—¿Sí? —fingió indiferencia—. ¿Qué fue lo que dijo exactamente?

—Pues que eras... eso, que eras muy interesante, con ese pelo canoso y esos ojos de un color tan increíble...

Ricardo sonreía encantado. Se pasó la mano por la cara, en un gesto mitad caricia complacida hacia sí mismo, mitad comprobación de que su rostro seguía estando ahí, que podía ser aún un rostro atractivo.

—Qué graciosa —dijo con afectado tono casual—. Es una chica muy simpática. Muy joven y atolondrada, claro está.

—Claro.

A veces, Ricardo me parece tan cándido y transparente como un niño.

VIERNES

Aquella noche dormí muy mal, cosa extraña en mí. Me desvelé en la madrugada, pero conseguí conciliar el sueño nuevamente. Me desperté otra vez a las ocho, y tras arduos esfuerzos conseguí dormir de nuevo. Volví a abrir los ojos a eso de las diez y media, pero insistí en dar media vuelta en la cama, esconder la cabeza bajo el embozo y perder la conciencia de un día que no me apetecía vivir. Quemar tiempo. Quería quemar tiempo, anular las horas, saltar sobre los días en un soplo hasta llegar al domingo, fecha de mi estreno, fecha de la vuelta de Miguel, fecha, sobre todo, en que vería a Hipólito al fin, inevitablemente. Esto es lo que más me irrita del amor pasión: esa necesidad de consumir el tiempo que media entre un encuentro y otro, esos deseos de dormir indefinidamente hasta poder volver a verle. Al amor pasión le entregas todo tontamente, hasta la propia vida; tus días, tus horas, tus minutos sin él parecen vacíos e indignos de ser vividos. Es una repelente y enfermiza obsesión. En el amor pasión estás poseída por otro yo infinitamente más estúpido que el tuyo real, que queda relegado al último rincón de la conciencia. Desde allí, prisionero de tu atolondrada y mentecata personalidad amorosa, tu «yo» real gime y se desespera: ¿no te das cuenta de que estás haciendo el ridículo? ¿No te das cuenta de que no conviene, que no es hábil, que no es útil, que no es digno actuar así? Pero la Lucía enamorada se obstina en su ceguera. ¿No comprendes que no puedes tirar tu vida por la ventana y amargarte tus días sólo por el hecho de no ver a un individuo tan vulgar como mil otros? El yo real derrocha lúcidos alegatos y razones, pero la Lucía enamorada da media vuelta en la cama y se empeña en seguir durmiendo y en perder la conciencia de la ausencia. Así es que cuando me despertó el timbre de la puerta eran ya las doce y media de la mañana.

Era el cartero. Una carta certificada, señorita. Firmé el libro bajo el «recibido» con mano temblorosa: era una carta urgente de Hipólito. De Hipólito. Urgente. Una carta. Cerré la puerta apresuradamente ante la indignada expresión del hombre, que esperaba una propina, y me apoyé contra la madera sin resuello. ¿Ves?, decía triunfante la Lucía enamorada a la Lucía juiciosa, éstas son las satisfacciones de la pasión, estos momentos de alegría infinita, de emocionada agudeza.

Desgarré el sobre sin ningún cuidado, un sobre gris a juego con el papel (Hipólito siempre tan minucioso en sus cosas), *su* sobre gris, *su* gris, *su* letra en el sobre, *su* sobre con *su* color gris con *su* letra en el sobre. Ah, hubiera besado el papel de gozo si no fuera porque incluso a la Lucía enamorada eso le parecía un arrebato demasiado ridículo e indigno.

«*Jueves, 23 de marzo de 1980.*

Querida:

No guardo más que bellos recuerdos de ti. Y van a serlo todos, incluida tu última carta. Serás una gran directora de cine, ya lo eres, y eso a mí me satisface casi tanto como si el triunfo fuera mío. Pero eres una mala psicóloga: te empeñas en estereotipar el sentimiento humano. No te he mentido nunca más de lo que me he mentido a mí mismo. ¿Debilidad de carácter? Quizá. Reclamo mi derecho a ser débil; y egoísta. Entre mis costumbres —sin duda adolescentes— no me queda en cambio la de juzgar a los demás, y por eso soy bastante benevolente conmigo mismo. Lo que me preocupa es que creas que te manejo y que tengas tan mal concepto de mí. Me preocupa, pero no varía un ápice el cariño que te tengo. Y lamento que para una vez que he sido sincero del todo con alguien el único resultado sea que me llamen mentiroso. En cualquier caso yo no aspiro a la perfección, sino al cariño. Tú me lo diste y he vivido momentos de real felicidad contigo.

Y no alardeo de nada: ni de mis hijos, ni de mis compromisos ni de mis sueños. Tampoco de mis fracasos. Y sin duda he sido un fraca-

so para ti. Pero siempre vas a poder contar conmigo, aunque es obvio lo poco que querrás hacerlo en el futuro.

Hasta siempre. Millones de besos.

Hipólito.»

Me quedé aterrada. Pero, ¿cómo es posible? ¿Acepta mi ruptura, así, sin más? ¿Cómo podía ser tan torpe, tan idiota? ¿Cómo podía tomar en serio mis palabras? Comencé a dar vueltas por la casa con la carta en la mano, sintiendo una angustia agudísima, un ansioso desasosiego que me impedía parar. Quería llamarle por teléfono, insultarle, decirle mil ternuras. El deseo de sentirme rodeada por sus brazos se me hacía insoportable.

«*Querida:*

No guardo más que bellos recuerdos de ti. Y van a serlo todos, incluida tu última carta. Serás una gran directora de cine, ya lo eres, y eso a mí me satisface tanto como si el triunfo fuera mío. Pero eres una mala psicóloga: te empeñas en estereotipar el sentimiento humano.»

Y ese tonillo literario repugnante, esa aparatosa sensiblería, esa mentira de novela rosa que rezumaban todas sus letras. Imaginé a Hipólito escribiendo la carta, era una secuencia de dolorosa claridad, le vi emocionándose más con sus propias palabras que con la situación en sí, observando la lejanía a través de la ventana con expresión transida, jugando a ser Armando, sintiéndose incomprendido, autocompadeciéndose hasta las lágrimas, queriéndose a sí mismo de una manera abominable. Le odie, cómo le odié. Y le amaba, cómo le amaba, qué devastada me sentía interiormente, toda ruinas y cascotes. ¿Qué hago?, me preguntaba enfebrecida, ¿qué puedo hacer, cómo he de reconquistarle, seducirle, castigarle? Recorría la sala frenéticamente de punta a punta, el ceño fruncido y la expresión loca. En ese momento sonó el timbre del teléfono y me abalancé hacia él con acongojada esperanza.

—¡Sííííí! —bramé.

—¿Lucía?

La voz no me sonaba en absoluto.

—Sí...

—Ah, me alegro de encontrarte en casa. Mira, soy Juan Antonio.

—¿Juan Antonio? —repetí perpleja ante su tono de familiaridad y mi total desconocimiento de su identidad.

—Sí, mujer, Juan Antonio Fariño.

Horror de horrores, Fariño.

—Ah...

—¿Qué tal estás? —dijo, y sin esperar respuesta prosiguió—. Mira, te llamaba para una cosa... Es un poco delicado, pero... Creo que contigo puedo hablar con toda confianza...

Callé cautelosa.

—Verás, Lucía, se trata de Dori.

—¿Dori?

—Sí, la chiquita esa que te presenté la otra noche, en la fiesta de Andrés.

La de los morros emborronados de morado.

—Ah, sí, ya me acuerdo.

—Pues resulta que esta niña quiere ser artista, bueno, ya sabes, todas queréis ser artistas, je, je... —bromeó torpemente.

—Ya.

—Quiero decir que... En fin, Lucía, te diré que lo que quisiera es que... ya sabes que yo soy un hombre que va directo al grano... Lo que quisiera es que Dori hiciera el anuncio de las lavadoras.

—¿El anuncio?

—Sí, he pensado que podría quedar muy bien, ya sabes, el de la lavadora con una chica encerrada dentro y luego el nuevo modelo con la chica al lado, Dori es muy moderna, muy impresionante físicamente, muy joven y con impacto, ¿no crees?

—Brluí —farfullé lamentablemente.

—Yo creo que Dori podría quedar perfecta en el anuncio, la verdad, si no no se me ocurriría decírtelo, la niña va perfecta, perfecta, audaz, pero ingenua al mismo tiempo, ¿no?

—Eeeeeeh... psí, pero hay un problema, Fariño, ¿Dori está sindicada?

—¿Sindicada? No, no creo, la verdad... No, no lo está.

—Pues entonces no puede ser —contesté triunfante—. No puede ser, Fariño, se podría armar un lío considerable, si no tiene carnet profesional no puede hacer el anuncio, no querrás que se nos eche encima toda la agrupación de modelos publicitarios, ¿verdad?

—Claro, no había pensado en eso...

—¿Ves? —continúe más confiada—. Es una pena, realmente, porque la chica podría quedar bien, como dices —y recordé a la implacable devoradora de sandwiches con un escalofrío— y me gustaría complacerte, además, pero no es posible saltarse las normas, tú lo sabes mejor que nadie...

—Bueno, pero no te preocupes, Lucía, eso se arregla en un momento. Tengo un par de amigos en la agrupación y el carnet se lo consigo en dos telefonazos, o sea, que por eso no te inquietes. Menos mal que te has acordado, estás en todo, Lucía, eres una joya.

—Sí... —musité lánguidamente.

—Así es que tú déjamelo todo en mis manos, yo sólo quería comunicártelo a ti la primera y ver qué te parecía, de modo que sí, ¿no?, quedamos en que lo hace Dori...

—Eeeee... ejem... sí, claro.

—Perfecto. Cuando arregle lo del carnet ya te llamaré de nuevo. ¿Qué tal estás? —y una vez más sin esperar respuesta—: nos veremos en tu estreno y ya te concretaré detalles. Gracias. Lucía, hasta pronto.

—Hasta...

—Ah —me interrumpió—. Me gustaría, claro está, que esto quedara entre nosotros dos. En fin, ya sabes, mi posición, mi mujer... ¿comprendes, verdad?

—Comprendo —contesté jurándome a mí misma contárselo a todo el mundo.

—Entonces hasta luego.

Dije «adiós» a la línea ya cortada y me quedé con el auricular en la mano escuchando su pitido y sintiéndome refinadamente miserable. Apenas dudé unos segundos. Marqué el teléfono de Ricardo. La señal sonó insistentemente sin hallar respuesta, y recordé entonces que me había dicho que se iba, que quería visitar a su madre. Mi angustia creció. Necesitaba urgentemente hablar con alguien, comentar mis desventuras y desgracias hipolíticas. Rosa. Rosa era la persona idónea, mi amiga Rosa, querida Rosa mía. Tenía que conseguir localizarla en Isla Blanca.

—¿Oye? ¿José-Joe? Mira, soy Lucía, que quería...

Intenté ser rápida como el rayo, pero José-Joe no me dejó terminar la frase.

—Ay, Lucía, qué gusto hablar contigo, ¿qué tal estás?

—Muy bien. Mira, es que quería ver si tú me...

—¿Qué tal el trabajo?

—Muy bien. ¿Sabes donde está Rosa?

—Nos quedan sólo dos días para la fecha clave, ¿eh? Qué nervios. ¿Cómo vas a ir vestida?

—No lo sé, José-Joe, ni me importa, ¿tienes el teléfono de Rosa?

—No me llames José-Joe, mujer. Está en Isla Blanca.

—Ya lo sé, ¿por qué crees que te llamo?

—Oye, Lucía, ¿hablaste algo de lo que te dije?

—¿Tienes su teléfono, sí o no?

—Ya sabes, ¿no?, lo de la campaña de los pantalones «Vampire»... Acabo de ver en una revista americana un reportaje maravilloso con Joe D'Alessandro vestido de Drácula, te lo dejaré porque se pueden aprovechar algunas ideas de ahí, es magnífico, te darás cuenta de que los vampiros están de moda...

Intenté contenerme y moderar mi irritación, haciendo acopio de paciencia y amabilidad:

—Me im-por-tan un ca-ra-jo to-das tus re-vis-tas, tus vam-pi-ros y tus mal-di-tos pan-ta-lo-nes. ¿Quieres hacer el favor de decirme si sabes cómo localizar a Rosa o cuelgo?

—Ay, Lucía, mujer, cómo eres... Pues sí, tengo su teléfono. Espera un momento.

Aguardé durante una eternidad y al fin cogió de nuevo el auricular.

—¿Estás ahí, Lucía?

—¿Tú qué crees?

—Bueno, bueno —dijo conciliadoramente—. Está en el hotel Miramar, es el 4432 de Isla Blanca.

—Gracias.

—Oye, espera, ¿hiciste algo de lo de los pantalones?

—Están todos de vacaciones, es viernes de pascua, ¿o es que no te has enterado? Lo diré la semana que viene, no te preocupes. Adiós.

—Cuando sea famoso, Lucía —dijo entre risas, pero puntilloso— te voy a cobrar muchísimo cuando quieras contratarme para una película.

—Vete a la mierda.

Y le colgué. Busqué afanosamente el código automático y llamé a Rosa. Tras arduas búsquedas por todo el hotel la encontraron en la piscina y al cabo pude oír su asustada voz al otro lado del teléfono:

—¿Qué pasa, qué pasa? ¿Clara está bien?

—Sí, sí, perdona, Rosita, perdóname que te saque del agua, tu hija está estupendamente bien, no pasa nada malo. Lo único que pasa es que estoy hecha polvo.

—¿Por qué?

—Porque he roto con Hipólito.

—Ahhhhh...

—La verdad es que yo le mandé una carta en la que le decía cosas horribles, que no le quería ver, que estaba harta de él... Y él me acaba de mandar otra diciéndome adiós, y que me ha querido mucho, y que ha sido muy feliz conmigo, y bla, bla, bla. O sea, rompiendo, el muy imbécil.

—Pero bueno, Lucía, a ver si lo entiendo, tú habías roto antes, ¿no?, ¿qué iba a poder decir él, sino eso?

—Pero Rosa, no seas boba, todo el mundo sabe que una carta de amor, y más aún si es de despecho, hay que entenderla al revés de como está escrita. Y este cretino se la ha tomado al pie de la letra. Oye, ¿te la puedo leer?

Así es que le leí la carta de Hipólito, y luego le leí el borrador de la mía, y luego le volví a releer la de Hipólito, y luego me quejé amargamente de mi sino.

—¿Qué vas a hacer ahora? —preguntó Rosa.

—No sé. ¿Tú qué crees?

—¿Tú quieres romper con él?

—¡Noooooo! Yo quiero verle, me muero de ganas de verle, es más, creo que le voy a llamar ahora mismo, esto no puede quedar así.

—No seas tonta, Lucía, aguántate. Mira qué rápidamente ha contestado a tu carta. Esa es una buena señal. Déjale que se lo piense y que se angustie un poco, total os vais a ver el domingo, ¿no?

—Sí. Pero ya habrá vuelto su mujer y estará con ella.

—No importa. De todas maneras podrás ver cómo respira. Tendrá que decirte algo, preguntarte si has recibido la carta, por lo menos. No pierdas la delantera.

—Sí... quizá tengas razón. Pero es tan difícil. No voy a poder resistirlo.

—Venga, Lucía, si quedan dos días.

—Me parecen años.

—Anda, anda. No llames, que es peor. Aunque la verdad es que no sé para qué te digo todo esto y para qué me esfuerzo, porque tú luego harás lo que te dé la gana, como siempre. No sé para qué me pides consejo.

—No, no, Rosa, bonita, no sabes lo que te agradezco esto, lo importante que es para mí...

Y realmente me sentía llena de afecto y gratitud hacia ella, y mi ansiedad parecía haber mejorado levemente.

—¿Y tú qué tal estás? —le dije.

—Pues... si te lo digo no te lo vas a creer... He decidido terminar con José-Joe

—No me digas... ¿y eso?

—Porque es una relación estúpida e inútil. Creo que... Voy a intentar ser adulta por una vez en mi vida y...

—Eso es lo que tienes que hacer. Me parece maravilloso, es una decisión acertadísima, no sabes lo que me alegro. Que risa, ¿no?, de repente las dos rompiendo con todo el mundo, es como si nos hubiera dado un ataque. Así es que crees que es mejor que no le llame, ¿no?

—...

—¿Rosa?

—Sí, sí, estoy aquí. Ya te lo he dicho, no le llames, no pierdas la ventaja que llevas.

—Bueno. Lo intentaré. Pero no sabes cómo le añoro, Rosa, es horrible.

Me despedí de ella hasta el domingo y colgué sintiéndome algo aliviada en mi penuria de ánimo. Tras la tormenta de la víspera el día había amanecido despejado y decidí salir a la calle, pese a que me remordiera ciertamente la conciencia por no haber leído siquiera una página de un libro en lo que llevaba de semana, de esa semana que yo pretendí dedicar al reposo y la lectura. Pero la casa se me desplomaba encima y el ambiente se me hacía sofocante, de modo que cogí el coche y me dirigí al centro, a la plaza de la Estrella y la Gran Avenida, deseosa de sentir calor humano y pensando que en el centro no se notaría tanto el vacío de la ciudad.

No me equivoqué: la avenida estaba considerablemente poblada, y las terrazas de los cafés rebosaban de consumidores de sol y aperitivos. A primera hora de la tarde debía pasar una procesión por la plaza y el trayecto estaba delimitado por vallas metálicas. Los espectadores tempraneros habían tomado ya posiciones en primera fila, japoneses con cara de máquina fotográfica, turistas lechosos y congestionados, ciudadanos ociosos en esta ciudad de vacaciones. Tras mucho buscar y gracias a mi especial habilidad en concentrar una mirada enojosa e impertinente en una señora gruesa que había acabado ya su copa y que tenía aspecto de llevar siglos sentada, conseguí mesa en una de las terrazas junto a las vallas amarillas. Recordé que no había desayunado y me acometió una desaforada hambruna, de manera que decidí prescindir de zarandajas alcohólicas y encargué un escalope. A mi lado estaba sentado un tipo de media edad, de calva y abundante cabeza, con un cuello mal afeitado y estrangulado por una corbata estrecha y de color negro parduzco.

—Parece que está cambiando el tiempo, ¿eh? —me dijo con obsequiosa y abyecta sonrisa—. Lo mismo nos llueve...

Le ignoré, pero miré hacia arriba para verificar sus palabras, intentando que mi gesto pareciera casual y sin ninguna relación con su comentario. Algunas nubes inciertas habían empezado a cubrir el sol y galopaban locamente de una esquina a otra del cielo enmarcado por los edificios. Me trajeron la comida. El filete estaba correoso, las patatas congeladas y los guisantes tenían un color verde brillante sospechosamente espléndido. Di dos bocados y aparté el plato con disgusto.

—Hay que comer, hay que comer —comentó el tipo blandamente—. Ustedes, señoritas, siempre intentando guardar la línea... —añadió mirándome el cuerpo con descaro—. Aunque usted no lo necesita, señorita, si me permite decir...

Le lancé una ojeada venenosa. La corbata negra estaba moteada de caspas milenarias. Por unos instantes quedé absorta intentando resolver el problema del origen de esas caspas, tan enigmáticas en un hombre perfectamente calvo.

—¿Es usted de aquí, señorita? —insistió el tipo.

Permanecí imperturbable.

—Yo soy de Barroso, pero llevo muchos años viviendo aquí... ¿Es usted estudiante? ...Cuando usted se sentó en la mesa, me dije, fíjate, Antonio, porque me llamo Antonio, para lo que usted guste mandar, fíjate, Antonio, que chica tan mona y tan simpática que te ha tocado de vecina... No toma a mal que le diga esto, ¿verdad, señorita?...

A lo lejos comenzaron a oírse tambores y platillos, el sonsonete de unos cánticos que se acercaban rápidamente. La procesión, pensé. La gente se agolpó contra las vallas y durante unos minutos me impidieron ver nada. Al fin, por entre los barrotes amarillos, apareció un grupo azafranado. No era la procesión, eran los del Hare Khrisna, uno de los grupos místicos orientalistas que tanto proliferaron en aquellos años. Se acercaban repitiendo machaconamente su salmodia aprovechando la abundancia de gente, la hora punta. Les miré pasar y eran muchos, quizá cerca de cuarenta; nunca había visto tal despliegue de Hare Khrisnas juntos, todos con sus galas primaverales, sus saris, sus trapos orientales, sus cabezas rapadas sobre facciones decididamente latinas, sus coletillas minúsculas empingorotadas en la nuca, sus marcas pintadas en la frente, sus pulseras y amuletos, sus occidentales zapatos de cordones bajo las túnicas naranjas. Avanzaban rítmicamente, dando saltitos y cabriolas algunos, cantando todos, con una beatífica sonrisa pintada en el semblante, alucinando con Himalayas y Nepales en pleno centro urbano. Y de repente le vi.

Iba al final de todos, agregado a la comitiva con la indudable intención de ampararse en su presencia y de aprovecharse de la expectación que causaban. Al principio no le reconocí, aunque su figura me llamara la atención de inmediato. Vestía los pantalones grises y deslucidos de un traje de hombre, pero llevaba un barato blusón de mujer de color verde vómito, con el escote en pico sobre el cuello desnudo y adornado de varias vueltas de perlas. Sobre los hombros tenía un mantón de Manila descolorido y de flecos mellados, y una enorme y tiesa peluca rubia le ocultaba media cara. Caminaba extrañamente despatarrado sobre sus zapatones de tacón de aguja mientras se daba aire desaforadamente con un abanico negro de flores estampadas, y venía en derechura hacia mí, lanzando triunfantes miradas de desafío a su alrededor, los párpados agobiados por el peso de las pestañas postizas, las pálidas mejillas incendiadas de colorete y los labios manchados con un carmín grasiento que se obstinaba en escurrirse hacia la sotabarba. No le reconocí hasta que no le tuve casi encima, y creo que fue su mirada de susto al descubrirme lo que me dio la clave:

—¡Señorita Lucía!

—¡Tadeo!

Se detuvo un instante junto a mí, dudoso, abanicándose con furia (zum, zum, sonaban las varillas de madera al chocar con las perlas), luego me dedicó una sonrisa aguada y llena de dientes tiznados de carmín, y siguió adelante sin añadir palabra, envuelto en el zumbido de sus abanicamientos como un patético y verdoso moscardón. Le vi alejarse, con su gran cabezota globular acrecentada por los rizos sintéticos de la peluca, meneando el culo aparatosamente y taconeando quizá con menos énfasis desde nuestro encuentro. Me volví hacia mi vecino calvo y éste me hurtó la mirada, horrorizado. Lamenté haber visto a Tadeo, o, mejor dicho, lamenté que él viera que yo le había visto. Le recordé caminando hacia mí, con esa peculiar expresión dibujada en su rostro maquillado, un gesto de timidez y victoria al mismo tiempo, un gesto entre arrogante y ruboroso. Y su sonrisa, su triste sonrisa de felicidad, su ufano pavoneo de monstruo aderezado. De modo que ésta era la otra vida de Tadeo, por el día bedel-conserje-botones de la agencia, en sus ratos libres travestí de plumas miserables, esperando la oportunidad de amparo, anonimato y público que le proporcionaban los Hare Khrisna para hacer su desfile triunfal, su caminata por quién sabe qué inventada pasarela de teatro, imaginando quizá ser una estrella acompañada de sus *boys,* de unos singulares *boys* rapados y orientales. En alguna vieja casa de los alrededores debía estar su madre, estrictamente inmóvil, con la frente apuntalada contra el cristal de la ventana. Desde allí quizá podría verle salir, adornado de un mantón de Manila que posiblemente fuera suyo, con su collar de perlas y su abanico de vieja dama digna, quizá desde allí mismo podría contemplar la modesta apoteosis de su hijo disfrazado de ella misma.

Se me oscureció el ánimo y sentí frío, no sé si porque Tadeo había conseguido comunicarme una vez más ese estrecho desconsuelo que produce la miseria, o si es que mis desventuras amorosas me volvían a la mente haciéndome sentir sola en mitad de tal tumulto, o si es que, en fin, se había enfriado el día realmente, porque el cielo estaba definitivamente encapotado con nubes vespertinas y un vientecillo afilado estaba limpiando las terrazas de ocupantes. Llegué a mi casa justo cuando rompían las primeras lluvias, y la tarde olía a ozono fresco mezclado con vapores de alquitrán. Iba tan ensimismada en mis pensamientos que al principio no advertí nada anormal. El ascensor parecía estar roto nuevamente, de modo que subí a pie hasta mi piso, que por fortuna sólo es un segundo. Ya en la escalera noté un trajín y una algarabía poco usuales: en el primero me crucé con dos policías que bajaban hacha en mano hablando de partidos de fútbol y quinielas, y escaleras arriba se oían voces y ruidos extraños. Cuando llegué a mi piso me quedé sin aliento: el descansillo parecía un campo de batalla. La puerta de doña Maruja estaba hecha astillas, y tan sólo un par de tablas rotas y aguzadas permanecían aún prendidas a la bisagra inferior, tablas que estaban siendo concienzudamente machacadas a martillazos por un policía. El portero, la portera, un puñado de vecinos y otros policías formaban un animado y compacto grupo que ocupaba más de la mitad del descansillo. La otra mitad estaba cubierta por los restos de la destrozada puerta, y sobre ellos, en precario equilibrio, había un sillón de viejo terciopelo de color rojo renegrido. Y sentada en el sillón estaba doña Maruja, minúscula, ausente, sonriendo permanentemente hacia el vacío. Los vecinos se quitaban la palabra de la boca para ponerme al corriente del asunto, un accidente, afortunadamente mi marido olió, hubiera podido ser mortal, se ha salvado de milagro, a esa edad ya no se tiene la cabeza en los cabales y claro, así pasa lo que pasa. El descansillo olía todavía a gas, aunque la ventana del patio estaba abierta. Se oyó el ulular de una sirena, claro, comentó el portero, esos deben ser los bomberos, pues a buenas horas mangas verdes, chuleó una vecina, si no llega a ser por estos señores policías que estaban por casualidad en la mismita puerta. Se oyeron pasos apresurados por las escaleras y al poco aparecieron unos cuantos cascos de latón dorado con sus correspondientes ocupantes, «ya está solucionado el incidente», decía sentencioso el cabo de la policía; «pues a ver si nos ponemos de acuerdo», masculló el bombero, «porque si nos vamos a estar metiendo en la competencia de los demás así no hay quien trabaje». El portero se disculpaba, perdone usted, pero es que si no llegamos a tirar la puerta se nos muere y como los señores policías pasaban por aquí. «Sí, pero lo que yo digo, ¿y ahora quién da el parte de esto, vosotros o nosotros?», se empecinaba el tipo del casco; «venga, hombre, no te hagas problemas», insistía el cabo con aire conciliador, y los dos desaparecieron pasillo adelante para supervisar el estado del gas y de la casa. «Esto es suerte, ¿eh, doña Maruja?», chirriaba un vecino, «se puede decir que ha vuelto usted a nacer», y doña Maruja sonreía plácidamente y decía «gracias» con voz escasamente audible. El corro de espectadores comenzaba a deshacerse, los hombres salían ya de la casa y los bomberos desaparecían escaleras abajo. Antes de marcharse, el cabo de la policía se acercó a doña Maruja, «y ahora, abuela», vociferó a dos palmos de su cara con atronador volumen, «a ver si ponemos más atención con el gas que un día nos va a dar usted un disgusto», doña Maruja asentía, sonreía y daba las gracias, tenía la cabeza mojada porque por la ventana abierta del descansillo se colaba la lluvia, y permanecía perfectamente inmóvil sentada en su raído sillón sobre las ruinas de la puerta.

Cuando entré en casa tuve que encender la lámpara de la sala porque la tarde estaba muy oscura, y eso agravó mi depresión: siempre me han producido una angustia especial las luces artificiales encendidas diurnamente, son algo siniestro y mortecino. Llovía furiosamente con apariencias de tormenta veraniega, y las gotas resonaban sobre la calle en un estruendo húmedo que llegaba a resultar temible. Tuve miedo. Miedo no sé de qué, miedo a todo, uno de esos miedos imprecisos y globales que a veces parecen cubrirte como un traje, que se te escurre por entre los dedos cuando quieres retenerlos y paliarlos. Y le quise, le quise mucho, intensamente, me rompí en pedacitos por la ausencia de Hipólito. Nunca he sabido discernir si el miedo es anterior al amor o viceversa.

«Y no alardeo de nada: ni de mis hijos, ni de mis compromisos ni de mis sueños. Tampoco de mis fracasos. Y sin duda he sido un fracaso para ti. Pero siempre vas a poder contar conmigo, aunque es obvio lo poco que querrás hacerlo en el futuro.»

El timbre del teléfono me interrumpió la décima lectura de la carta. Me abalancé hacía el aparato con galvanizado brinco:

—¿Sí?

—...

Sentí un repentino terror a que no me contestara nadie.

—¿Sí? ¿Diga?

—Eh... ¿señorita Lucía?

Tadeo.

—Sí...

—Soy Tadeo, señorita Lucía, de la agencia, ¿sabe quién?

—Claro, Tadeo, claro.

—La he visto esta tarde, señorita.

—Sí, sí, claro, yo también le he visto a usted, nos hemos saludado.

—Sí... Esta mañana hacía un tiempo espléndido, ¿verdad, señorita?, qué pena que se haya estropeado.

Imaginé la secuencia con toda claridad, le vi corriendo hacia su casa, pinchando los charcos con sus tacones zambos, llenándose los pantalones de cascarrias, con la peluca ladeada y empapada de agua y un reguero de rímmel horadando con un surco negro las mejillas espesas en afeites.

—Una pena, sí.

—Esto ...señorita Lucía...

—Diga, diga.

—Mire, yo quería... ¿qué le ha parecido como iba vestido?

Dudé un momento antes de contestar intentando adivinar qué era lo que deseaba oír.

—Llevaba usted un mantón precioso, Tadeo —aventuré al fin.

—¿Sííííí? ¿Le gustó? —por su voz de placer comprendí que había acertado—. Es de mi madre.

—Y las perlas, las perlas eran preciosas.

—Sí, ¿verdad? Parecen buenas, ¿verdad? Bueno, son cultivadas, pero son muy bonitas, ¿de verdad le gustaron?

—Sí, sí, mucho.

Le oí exhalar un profundo suspiro al otro lado de la línea. Calló un rato y luego dijo:

—Es que... Yo sabía que usted me entendería, señorita Lucía, porque usted es artista, sabía que no iba a parecerle mal...

—Pues claro que no, Tadeo —me apresuré a añadir, afectando un tono de total naturalidad—. Usted puede hacer lo que le dé la gana, salir con su bonito mantón de Manila a la calle o lo que sea, faltaría más.

—Sí, pero... Yo quería perdirle que... Bueno, ejem, que, si a usted no le importa, que, hummmmm, que si quisiera no decir nada de esto en la agencia, pues...

—No se preocupe, Tadeo —le corté—. Ni se preocupe, esto queda entre nosotros. Aunque no tiene por qué avergonzarse.

—No, si no es vergüenza, pero... Es que usted lo comprende porque es artista, señorita Lucía, pero la gente es muy mala.

—No les haga caso, Tadeo, no se preocupe de la gente.

Hubo un nuevo silencio y luego dijo suavemente, con lo que me pareció una nota de reproche en la voz:

—Eso es muy fácil de decir, señorita Lucía, pero muy difícil de hacer. A mí me ha hecho mucho daño la gente, señorita, mucho daño, si yo le contara... Cómo no me voy a preocupar.

Sentí repentina vergüenza de mí misma, de mis palabras, dichas con demasiada frivolidad; de mi turbación, de preferir fingir que el problema no existe. Me callé.

—Porque yo... Nosotros éramos felices, sabe, mi padre, bueno, él con sus hermanos, tenían una ferretería, ¿sabe?, pero una ferretería grande, preciosa, no se crea usted que era una tiendecita con cuatro clavos, no, era una ferretería de primera categoría. Yo soy el sobrino mayor, ¿sabe?, y ya estaba de encargado de la tienda, ¿sabe?, se me daba muy bien, aunque esté mal decirlo, pero se me daba muy bien. Las señoras, sobre todo, me querían mucho, y a veces cuando venían a la tienda decían, no, no, a mí que me atienda el chico, el chico era yo, porque yo hablaba con ellas y les preguntaba por la familia, y me las conocía a todas muy bien y, bueno, todo eso. Y entonces fue cuando se murió mi padre, parece que lo estoy viendo ahora, yo tenía veinte años y mi papá estaba en su caja, estaba muy guapo, era joven y alto y estaba en su caja como si estuviera dormido nada más, que parece que lo estoy viendo. Mi padre en su caja en el comedor y toda la familia en el duelo, porque éramos una familia muy unida, y estaban mis siete tíos y las cuñadas y los cuñados y mis primas y mis primos y mi mamá, guapísima con un vestido negro de tafetán con un volante en la falda, abajo, justo por debajo de la rodilla... Y entonces fue cuando sucedió la desgracia, porque las desgracias nunca vienen solas, señorita Lucía, nunca vienen solas. Y es que mi mamá tuvo necesidad de ir al excusado, y, bueno, pues estaba ocupado, y entonces se subió a una silla para mirar adentro por el montante, yo no sé por qué se le ocurrió esa idea de subirse y mirar por el montante, porque yo entonces no... yo antes no... Bueno, se subió y... bueno, pues que, ejem, que nos vio, a mí y a mi primo Julito, que tenía catorce años, y yo estaba abrochándole la, bueno, ejem, la bragueta, ¿no?, y entonces mi mamá no sé qué pensó al verme de rodillas ante él, y se cayó de espaldas y hubo un gran ruido y vinieron todos del comedor, y se oían gritos al otro lado de la puerta, decían que abriéramos, pero estábamos tan asustados que... y entonces tío Julio y tío Antonio tiraron la puerta y tío Julio me dio de bofetadas y se llevó a su hijo, que me parece como si lo estuviera viendo ahora...

Yo le escuchaba en silencio, atónita, reteniendo malamente unos impropios y desconcertantes deseos de reír.

—Y entonces me echaron de la tienda, y nos dieron nuestra parte en dinero, eso si, pero se fue en seguida porque mi mamá se había hecho daño en la columna al caerse, ¿sabe usted?, y fuimos de médico en médico durante años y la operaron, y la escayolaron, y al final así se quedó la pobre, paralítica. Yo no sé qué pensó la pobre cuando nos vio, señorita Lucía, porque yo, se lo juro a usted por lo más santo, se lo juro por mi madre, yo, señorita, no estaba haciendo nada, nada... Sólo quería verle, señorita, porque me sentía tan triste aquella tarde, sólo mirarle quería, sólo eso.

Estallé en carcajadas. Tapé el auricular y reí sin alegría hasta que me dolieron los costados.

—Bueno, señorita Lucía, no quiero molestar más.

—No, si no molesta —balbuceé como pude.

—Muchas gracias por todo y usted perdone.

—No hay nada que perdonar, Tadeo.

—Ah... ¿sabe una cosa? Mi primo Julito ahora es una loca, es más loca que yo, mi primo Julito, fíjese usted lo que son las cosas del destino...

Colgué pensando en lo irreal que podía llegar a ser la realidad. Si yo pusiera un personaje como Tadeo en una película, me dije, si yo rodara una secuencia como la que acababa de vivir, parecería una exageración, un imposible, un invento. Pensé con anticipado regocijo en contárselo todo a Hipólito, le divertiría mucho porque a Hipólito le encantaban las situaciones literarias de la vida. Fíjate, le diría, yo estaba en casa tan tranquila cuando de repente sonó el teléfono y era nada más ni menos que Tadeo... Súbitamente comprendí que no podría contárselo, que mi relación con Hipólito estaba rota, que estaba rota aparentemente para siempre, que no habría ocasión de regocijos, confidencias, confesiones.

La melancolía me abatió de nuevo. Quizá tenga razón Ricardo, pensé sombríamente, en lo que me dijo ayer en la sierra. Puede suceder que Hipólito no me quiera en absoluto, y que su comportamiento sea verdaderamente honesto y coherente. Quizá sea yo la que esté completamente equivocada. Pensando esto, Hipólito se me antojó en ese mismo instante el único hombre digno de ser amado en el mundo. Sentí que sólo en él podría cumplirse el ideal de la pareja perfecta, del alma gemela: entonces era aún lo bastante joven como para querer creer en tales ideales. Los dientes me rechinaban de desesperación y ausencia, y al fin rompí a llorar por el paraíso perdido, por ese Hipólito que sería capaz, él y sólo él, de comprender y apreciar toda mi ternura, todos los repliegues de mis arrugas interiores. Me sentía tan rica, tan llena de cosas que ofrecerle, que después de llorar un ratito por mí lloré otros cinco minutos por él, por las muchas maravillas que Hipólito perdía al no quererme. Cuando ya no tuve más lágrimas me sentí vencida y agotada. Así es que me levanté, cogí el teléfono y marqué el número fatídico.

—¿Hipólito?

—¿Sí?

—Soy Lucía.

—Ah... Hola.

No era un buen comienzo. Su voz sonaba hueca, recelosa y extraña.

—¿Qué... —titubeé— qué tal estás?

—Bien... ¿Recibiste mi carta?

—Sí. Por eso... un poco por eso te llamo, Hipólito. Es que me parece absurdo que las cosas se queden así. Es decir, querría hablar contigo.

—Muy bien. Hablaremos.

—Pero, ¿cuándo?

—No sé ahora, ¿te llamo?

Me horrorizó la posible dilación, el imaginarme de nuevo al pie del teléfono esperando su llamada durante horas grises y mortales.

—No, no, te quiero ver ya —perdí todo pudor e incluso supliqué—. ¿No te podría ver hoy mismo un momento?

—Estoooo... No, no puede ser, lo siento muchísimo. No puedo. Te llamaré un día de éstos, ¿te parece?

Y por si fuera poco, esa sospechosa urgencia en el tono.

—¿Está tu mujer ahí? ¿Ha vuelto ya?

—No, no. Viene mañana por la mañana.

—Pero no estás solo...

—Esa no es una pregunta discreta.

—Me importa un carajo la discreción.

—No tengo por qué contestarte.

Sentí el sudor frío de los celos traspasándome la nuca. La voz se me cerró:

—Muy bien, así es que no estás solo... No sé por qué eres siempre tan ambiguo, por qué te empeñas en guardar estúpidos secretos.

—Ya sabes mi opinión, no debes dar toda la información que posees porque se pierde poder.

—Ya lo sé. Lo repites demasiadas veces. Muy bien, no te molesto más.

Y mientras colgaba, aún le oí decir a lo lejos un «te llamo» presuroso.

17 DE NOVIEMBRE

Mañana hará una semana que empezaron los dolores. No es nada, es sólo un efecto más del virus. Cuando perdí la vista no creí que la fuera a recuperar, como me dijeron, y, sin embargo, fue verdad. Comparado con eso, esto de los dolores no tiene importancia. No tiene la menor, la más mínima importancia. Claro que son tan fuertes. Supongo que un virus puede producir dolores tan fuertes, debe ser normal, porque, ¿qué otra cosa puede ser si no? Pero son tan fuertes. Yo no sabía lo que era un dolor de cabeza hasta que he empezado a sufrir éstos. Ricardo se ríe de mí, me hace burla, mira que armar tal escándalo por una simple jaqueca, dice. Pero no sabe lo que es. Esa presión tras los ojos como si fueran a salirse de las órbitas, y las sienes apresadas en un cinturón de fuego, y sentir un latigazo en cada latido. Era un sufrimiento tal que me impedía pensar, porque hasta pensar dolía. Menos mal que me ponen los calmantes. Tras la inyección noto llegar la paz en frescas oleadas al cerebro, como si una mano interior apagara todas las brasas torturantes; es el éxtasis, eso es exactamente el éxtasis, la repentina ausencia del dolor. Sé que son unos calmantes muy fuertes y temo acostumbrarme a ellos, pero no podría sobrevivir sin esas inyecciones. Y antes de que me acostumbre sanaré. Eso espero. Pero son tan fuertes los dolores. No es normal, no son normales, algo funciona mal, definitivamente mal, lo sé. Calma, calma. Lo de la ceguera era mucho peor y se pasó. No debería quejarme, quizá me traiga mala suerte, es curioso lo supersticiosa que me estoy volviendo últimamente. No debería quejarme porque me encuentro bien, tan sólo padezco esos dolores de cabeza, y ni eso siquiera, porque antes de que alcancen intensidad llega la dulzura, la maravillosa maravilla, el perfecto y mágico invento del calmante. El progreso merece la pena pese a todo, diga lo que diga Ricardo en sus furores, el progreso merece la pena aunque no sea más que por la invención de esa droga prodigiosa. Seguro que es verdad lo que me dicen los médicos, debe ser verdad que estoy mejor. Al fin y al cabo los vértigos han desaparecido por completo, hace ya semanas que no los padezco. El tratamiento está dando resultado, sólo es cuestión de tiempo, hay que tener paciencia. «Es usted muy impaciente», me dice María de Noche con ese tonillo seco y un poco impertinente que la caracteriza. Debe ser eso, impaciencia. Sí, seguramente es sólo eso.

Cuando me he levantado esta mañana para dar mi paseo cotidiano me he acercado a escondidas a la biblioteca del hospital. He buscado mi enfermedad en un grueso volumen de patología médica. Decía:

«Síndrome de Menière:

Concepto: El síndrome de Menière consiste en vértigos, náuseas y, a veces, zumbidos de oídos, sobre la base de una enfermedad orgánica o de un trastorno funcional del oído interno, especialmente de los conductos semicirculares o vías de conducción vestibulocerebelosas. El vértigo es en parte giratorio, algo oscilatorio, viéndose que sus manifestaciones aparecen por lo regular en el curso de una otopatía crónica, tanto del laberinto como del oído medio (éste por acción a distancia). En casos más raros, el síndrome se puede presentar con oídos hasta entonces normales. El diagnóstico del vértigo de Menière exige objetivar una alteración funcional u orgánica del aparato codeovestibular, esto es, en su fracción auditiva y estática, con disminución de la audición. El sustrato anatómico lo constituyen ora hemorragias, ora inflamaciones o hidropesía del laberinto (acúmulo de endolinfa en él) o bien irritaciones o paresias unilaterales de las vías del equilibrio. El síndrome de Menière se presenta también como síntoma en otras enfermedades, en particular en el curso de algunas infecciones, tales como la lúes y brucelosis, la tifoidea y la meningitis, así como en las intoxicaciones (tabáquica); siempre se debe practicar la reacción de Wassermann».

El recuento de horrores continuaba durante un par de páginas, con lenguaje progresivamente incomprensible. Lo he copiado todo pacientemente y lo estudio con minucia, intentando sacar algo de luz de todo esto. Está claro que en esa referencia a «algunas infecciones» entro yo, pero lo que sigue me intranquiliza enormemente. Busqué en el libro el significado de la «lúes», y resultó ser la simple y vieja sífilis. No creo padecerla y por lo tanto mis angustias se concentran en esa terrible mención de meningitis. Mis dolores de cabeza, tan fuertes, ¿son normales? La meningitis se manifiesta por dolores de cabeza. Pero también por rigidez de nuca, creo, ¿o no es así? Quise buscar «meningitis» en el libro, pero se me hizo tarde y tuve que abandonar la biblioteca. De todas formas, mis dolores duran desde hace una semana. Y nada más parece deteriorarse en mi estado. Cuando estoy bajo los efectos del calmante me encuentro bien, perfectamente bien. No puede ser meningitis, es imposible que lo sea. Sin embargo, esos dolores son tan fuertes, son tan raros. Aún hay dos detalles más que me estremecen: no aparece nada sobre cegueras momentáneas y tampoco especifica que las jaquecas sean un síntoma. De todas formas no hay que perder los nervios. También más adelante añade que «el cuadro clínico difiere mucho de un caso a otro», exactamente lo mismo que me contó la doctora aquella tarde. Ya me lo advirtió ella, esto, me dijo, es como las hepatitis, que algunas duran sólo semanas y otras se prolongan por un año. Cuando lees estos volúmenes médicos repletos de dolores, siempre crees advertir todos los síntomas en ti misma. Es pura prevención, hipocondría, es simplemente miedo. Si lo pienso bien hasta es cosa de risa: hace unos días me angustié hasta las lágrimas pensando que podía padecer un cáncer y hoy me aterro nuevamente con la idea de una meningitis. Lo que está claro es que no puedo estar enferma de todo al mismo tiempo. ¿No te das cuenta de que es ridículo? Mañana pensaré que en realidad estoy tuberculosa, yo qué sé. Absurdo. Padezco unos vértigos de Menière, simplemente, unos vértigos provocados por un virus. ¿Por qué me iban a engañar? Qué frío, qué ajeno parece todo escrito en ese libro. Pero no dice nada de cegueras, nada de dolores de cabeza. No volveré a husmear en esos tratados de patología: con ello no consigo más que acrecentar mis obsesiones.

Y para colmo de males, lo de María de Día. Ya sospechaba yo algo últimamente, porque anduvo esquiva varios días. Sonriente y amable, como siempre, pero evadiendo las conversaciones, los encuentros. Ayer me lo dijo al fin. Llegó a las cinco de la tarde y se quedó conmigo casi una hora, adusta y pensativa.

—Me voy a ir, Lucía.

—¿Que te vas?

—Sí, sí, dejo el trabajo.

—¿Y eso?

—Es lo normal, ¿no? —respondió con irritación—. Tengo ganas de dejar de trabajar por un tiempo, llevo casi un año aquí, es demasiado.

Callé, entristecida con su marcha.

—Se te va a echar de menos —dije al fin—, ¿Cuándo te marchas?

—Al acabar el mes.

—¿Tan pronto?

—Daré un junte antes de irme.

—¿Un qué?

—Ay, mujer, un junte —repitió impaciente y malhumorada—. Una fiesta, un encuentro...

Se levantó y comenzó a caminar por la habitación, la cabeza gacha, la mano izquierda en un bolsillo de la bata, chupando el caramelo de su pelo.

—Lucía...

—¿Sí? —dije suavemente, para animarla a hablar.

—No me quiero ir.

—¿Y por qué lo haces?

Se detuvo y me miró furiosa:

—¡Porque no tengo más remedio! Qué preguntas haces... Me han mandado ya dos circulares diciendo que llevo demasiado tiempo en el hospital, que agradecen mis servicios, que debo comprender que se necesitan las plazas para que otros aprendan el oficio... ja —rió con sarcasmo—. Todas las mierdas típicas, ya sabes... todo con un lenguaje muy chupado y oficial.

Reanudó la marcha con ceño fruncido y aire reconcentrado.

—Lucía, ¿tú crees que yo soy rara?

—No.

—No es que quiera trabajar todos los días de mi vida —explicaba mientras se retorcía los dedos de la mano con gesto nervioso—. Al contrario, me encantan los paros, como a todo el mundo. Pero si dejo el trabajo tengo que abandonar también el polígono sanitario, buscarme otra casa...

—Y estás cansada de ir de acá para allá —aventuré, intentando ponérselo más fácil y mostrarme solidaria.

—¿Cansada? ¿Cansada de eso? ¿Yo? —exclamó

con absoluta sorpresa—. Oh, no, no es eso. Viajar es excitante, ¿no? No podría resistir mucho tiempo en un solo sitio... eso es de imbéciles y de viejos.

—Muchas gracias.

—Oh, perdona —se ruborizó intensamente y dio unos cuantos manotazos en el aire como queriendo borrar el residuo de su equivocación—. Ya sé que tú vives en la ciudad, pero eso es otra cosa, cuando yo hablo de viejos estoy hablando de viejos por dentro, lo tuyo es diferente...

—Porque yo soy vieja por dentro y por fuera.

—No, no, porque eres de otra generación, ¿no?, has vivido de otra manera. Y además, supongo que cuando yo tenga tu edad tampoco querré seguir yendo de acá para allá, me buscaré una casita en un polígono en la costa y viviré allí con...

Se detuvo un momento y se mordió los labios.

—Ya sé que suena ridículo, y que es imposible, y que no existe, y que parece romántico y tonto y soplón y antiguo, pero a mí me gustaría tener un compañero para toda la vida, un compañero con el que morir.

—No es ridículo, boba.

—¿No te lo parece? A todo el mundo le suena ridículo, quiero decir... mis amigos dicen que esas son cosas de novelas rosas y que... A mí no me parece ridículo, pero... es imposible que un amor dure toda la vida, ¿no?

—Eso parece. O si no es imposible, por lo menos es demasiado difícil.

Me miró un momento con atención y luego corrió a mi lado, estremecida de emoción, y me agarró una mano, y me la apretujó tanto que casi me hizo daño.

—Lucía, yo lo he encontrado, lo he encontrado.

—¿El qué?

—Ese compañero. No me quiero ir de aquí por eso. No quiero dejar de verle. No puedo dejar de verle.

—¿Es el cardiólogo del que me has hablado alguna vez?

Suspiró y sus ojos se vaciaron en una mirada de embeleso dirigida a la pared.

—Sí, sí... es Javier... Como él es especialista, o sea, de la segunda categoría, puede quedarse todo el tiempo que quiera en el mismo trabajo... y se va a quedar aquí. Ay, Lucía, no puedo perderlo, no puedo soportarlo, me moriré, es el hombre más maravilloso del mundo, jamás encontraré otro como él, con Javier sé que podría vivir eternamente, siempre, siempre...

Me enterneció su juventud, su credulidad aún intacta. El mundo sigue siendo igual, después de todo.

—¿Y él que dice?

—Me quiere muchísimo... Pero tiene su trabajo, tiene su vida hecha. Es mucho mayor que yo, es un hombre mayor, tiene casi treinta años... Dice que ya encontraré otros amores, que el único amor no existe, que me marche y que ya nos veremos de vez en cuando, que puedo venir a visitarle, que seguiremos en contacto...

—¿Qué edad tienes?

—¿Yo? —preguntó María de Día con sorprendido gesto, como si hubiera otra persona en la habitación a quien pudiera ir dirigida tal pregunta—. Yo tengo dieciocho.

Así es que le palmeé la mejilla, intenté animarla, le dije que sí, que en efecto, que Javier tenía razón, que podrían verse de vez en cuando, que de todas maneras encontraría otros hombres. La voy a echar de menos, la voy a echar mucho de menos. Hoy le he contado todo esto a Ricardo, y después le pregunté:

—Tú no te irás, ¿verdad?

—Nunca —respondió él enfáticamente.

—Eso decís todos y luego me abandonáis.

Se echó a reír y encendió un cigarrillo, tosiendo desaforadamente con la primera bocanada.

—Yo no me iré nunca —gemía congestionado entre tos y tos— a no ser que en una de estas aciagas convulsiones escupa un trozo de pulmón.

—¿Por qué fumas, si te sienta tan mal?

—Y tú, ¿por qué lo dejaste?

—Porque me hacía daño. Porque fumar es una estupidez.

—Pues fíjate de lo que te ha servido —dijo apuntándome con la brasa del cigarrillo—. Ahí te ves postrada en una cama de hospital desde hace meses, y yo, en cambio, paseo tranquilamente mis deshechos pulmones por la vida.

Me deprimí:

—Ricardo, ¿tú crees que me pondré buena alguna vez?

—No comiences de nuevo con esas tonterías. Por supuesto que sí. Te lo decía tan sólo con afán de mortificarte un poco. Por cierto, ¿no sabes la noticia? —añadió con tono festivo.

—¿Qué noticia?

—Lo de José-Joe. No sabes nada de él, claro.

—No. ¿Vive todavía?

—Sí, sí, vive aún, pero por muy poco. Ha intentado suicidarse. Se subió a la Torre, al viejo rascacielos de la plaza de la Estrella, y se ha tirado desde la terraza del cuarentavo piso.

—No me digas —comenté con cierto desasosiego.

—Sí, sí. Lo más jocoso de todo es que, hablando en propiedad, José-Joe no quería matarse. Al parecer lleva internado varios años en una residencia del estado porque le fallan las neuronas y cree ser el conde Drácula.

—No es posible.

—Sí, sí... ¿No lo has leído en la prensa? Ha venido en todos los periódicos... Por lo visto se escapó en un descuido del loquero, se apropió de una colcha que se anudó al cuello a modo de capa, se recortó una dentadura artificial de una patata, una dentadura de aparatosos colmillos, se subió a la Torre y se arrojó creyendo que volaba, que era en realidad el personaje que le hizo famoso.

—¿Y no se ha matado?

—No, porque se le enganchó la colcha-capa en los restos del luminoso de la Torre, ¿te acuerdas?, aquél tan grande que había en lo alto del edificio, el anuncio de la Coca-Cola, creo que era. Se quedó enganchado y colgando del cogote, a treinta y nueve pisos de altura, y no le hubieran descubierto durante horas de no habérsele escurrido la dentadura de patata de la boca en uno de sus pataleos. Los dientes cayeron en el escote de una señora, la señora miró hacia arriba y, *voilà,* allá estaba el pobre José-Joe como una polilla atrapada por las alas.

—No es posible, no me lo puedo creer.

—Está bien... lo cierto es que la dentadura de patata no cayó en el escote de una señora, eso ha sido un adorno estilístico por mi parte... cayó a los pies de unos honrados peatones... Pero el resto es verdad. Mujer, si es algo muy común... Ese luminoso ha salvado la vida a varias decenas de suicidas, incluso han formado un club o una asociación o agrupación benéfica, el Círculo de Rescatados del Luminoso, CIRELU, creo que se llama...

—Ricardo, por favor, no me digas que es otra de tus mentiras, es una mentira de particular mal gusto...

Se sonrió encogiéndose de hombros.

—Muy bien, no te lo creas si no quieres. Pero es la verdad. Recuerda que la verdad supera siempre con mucho a la ficción. Tú misma lo acabas de decir en eso que estás escribiendo.

Me callé, dudosa: nunca he sabido discernir cuándo Ricardo habla en serio o cuándo está de broma, hasta dónde llega la verdad en él y dónde comienza la mentira.

—Por cierto —añadió en tono superior—. He observado al leer lo que has escrito últimamente que comienzas a hacerme caso. Eso está muy bien, tu trabajo está mejorando notablemente gracias a mis consejos.

—¿Que te hago caso? ¿Dónde? —respondí picada.

—Bueno... —gesto vago—. En casi todo. Por ejemplo, al introducir tus dudas sobre si Hipólito te quería o no. Unas dudas más que razonables, si se me permite decir.

—Eres insoportable. ¿Crees que eso lo he puesto sólo por aquella discusión que tuvimos? ¿Crees que yo soy, o era, lo suficientemente estúpida como para no ser capaz de tener dudas por mí sola? Una siempre duda de si la otra persona te quiere o no te quiere, Ricardo, no seas absurdo.

—Pero querida, repites casi exactamente las mismas palabras que te dije... Y que tú me discutiste acaloradamente, dicho sea de paso. No niegues la evidencia, no hay ningún deshonor en reconocer que se estaba equivocado, ni siquiera en reconocer que otra persona es más inteligente que uno.

Me reí, pensando que hablaba en broma. Inmediatamente después sospeché que lo decía en serio y

19 DE NOVIEMBRE

El otro día dejé de escribir porque empezaba a dolerme la cabeza y todo me pareció repentinamente inútil. Hoy no. Hoy la vida me resulta hermosa, incluso esta encerrada vida de hospital. Esta mañana me desperté bastante alicaída. Ricardo no vino ayer y ni siquiera llamó para advertirme de su falta, como ha hecho en otras ocasiones. Le estuve esperando todo el día, una mañana entera, cada una de las horas de la tarde. Fue una jornada interminable. En este paréntesis blanco y silencioso de mi enfermedad llego a perder la noción del tiempo. Muchas veces me resulta difícil distinguir si es por la mañana o por la tarde, si he comido ya o no, si hace poco o mucho que me desperté. Tal es la monotonía de las horas, tan iguales son unos a otros los minutos. Pero ayer no: ayer contaba los segundos, esperándole. Ayer le imaginaba libre y sano, atravesando la ciudad, paseando por las viejas calles conocidas, recorriendo espacios que antaño fueron míos y que me vieron crecer. A veces me siento atrapada en una melancolía terriblemente dolorosa, echo de menos aquellas noches de agosto, por ejemplo, la leche merengada golosamente sorbida en una de las terrazas de la calle Nueva. El tráfico, que en aquella época era brutal, se amansaba en esas horas y las calles vacías eran tomadas por los barrenderos. Yo lamía la canela de mi copa y discutía gorjeantes proyectos e ideales con amigos o amores tan jóvenes e intactos como yo. A mi espalda se oía el ruido del agua con que regaban la calzada, y, como las noches se refrescaban de sudores, era un gozo estremecerse levemente y echarse por los hombros un jersey; eran horas que olían a madrugada y a verano, que estaban cargadas de promesas. Pero hoy ya he perdido todos mis precarios paraísos. Aunque no estuviera aquí encerrada, aunque pudiera disponer libremente de mi vida, no podría recuperar la intensidad de aquellas noches. Ya no hay terrazas, ni leche merengada con canela, ni mangas de riego refrescantes. Ya no existe, sobre todo, aquella Lucía bulliciosa. Pensando en todo esto me siento atenazada de tristeza. Porque no hay melancolía mayor que la de recordarse feliz, inerme e inconsciente ante los dolores y soledades venideros. No hay melancolía mayor que la de recordar los propios sueños antes de que se convirtieran en fracasos.

Pero decía que ayer imaginé a Ricardo libre y sano, que le imaginé olvidado de mí, y, lo que es peor, viviendo, mientras yo me consumo en esta inactividad desesperante, en esta quietud incolora. Esta mañana, cuando María de Día me trajo el desayuno, estuve a punto de desfallecer de aburrimiento. Nunca pensé que el aburrimiento pudiera llegar a ser algo tan sumamente insoportable. Estoy hablando de la desgana de los días, de un tedio oscuro que amalgama el presente y lo convierte en algo informe. A veces espero con ansia las pequeñas rutinas cotidianas, el desayuno, la ducha, el paseo por el parque si hace bueno, la comida, la inyección, las píldoras, la sesión de radiaciones, como si estos actos programados fueran mi única razón de vida, como si con ellos pudiera rescatar los días de la irrealidad y la demencia, convirtiéndolos en jornadas aparentemente razonables. Pero en otras ocasiones cada uno de estos mínimos acontecimientos cotidianos me parecen una esclavitud, una condena. En estos casos me siento sin fuerzas para cumplir una vez más la misma rutina, y mi futuro se convierte tan sólo en una eterna sucesión de desayunos, untar las tostadas, masticarlas, tragarlas, servir el café, la leche, el azúcar, remover la mezcla, soplar el exceso de calor... como una repetición infinita de los mismos gestos carentes de significación. Y en esos momentos me invade el desaliento, un desaliento asfixiante que yo creo que debe ser cercano a la locura. Me sentía así esta mañana cuando llegó Ricardo —¿cómo podía imaginarme yo que iba a suceder la maravilla?—, más pronto que nunca, antes de que me acabara las tostadas.

—¡Ricardo! No te esperaba tan pronto, qué alegría.

—Vengo de buena mañana para compensar mi falta de ayer.

Me entristeció un poco la obligatoriedad que parecía desprenderse de sus palabras:

—No te paso lista, Ricardo, no necesitas venir, si no quieres...

—Hummmm, esas tostadas tienen un delicioso aspecto, ¿puedo coger una?

—Todas. No tengo nada de hambre.

Se abalanzó sobre el plato y comenzó a engullir vorazmente, silencioso. Cuando hubo acabado con todas las rebanadas recogió miguita a miguita las cortezas sobrantes y las hizo desaparecer golosamente en su boca de dientes magníficos. Sonrió con satisfacción, se chupó los dedos de mermelada, y añadió:

—No vengo por obligación, Lucía. Vengo porque para mí es un verdadero placer el estar contigo, ¿Qué haría yo sin ti?

Me cogió la mano y la besó con afectada cortesía.

—Qué amable estás hoy, no te reconozco...

—Es que estoy de óptimo humor. Venga, levántate, vamos a dar un paseo por el jardín.

Entré en el cuarto de baño para ducharme y vestirme. Como ya han hecho presa en mí todas las pequeñas liturgias del enfermo, no cerré la puerta, por miedo a sufrir un vértigo, un desmayo. De modo que, cuando de repente se me ocurrió pintarme —movida por quién sabe qué insensata presunción—, hube de guarecerme en una esquina del espejo para que Ricardo no advirtiera cómo me maquillaba. Ya sé que todo esto suena absurdo, pero fue un repentino rapto de coquetería. Me di un poco de color en las mejillas apagadas, resalté mis ojos con una raya de lápiz negro e incluso me quité las gafas. Pero Ricardo ni se fijó en mí cuando volví a entrar en la habitación. Me agarró del codo y me condujo a toda velocidad pasillo adelante.

—¿No te duele la cabeza, te encuentras bien?

—Perfectamente. No corras tanto, Ricardo, date cuenta de que estás con una enferma.

No me hizo ningún caso, creo que ni tan siquiera se detuvo a escuchar mi respuesta. Salimos al jardín: hacía un día fresco y luminoso, y aún quedaba escarcha de la noche en las zonas sombrías. Le obligué a sentarse en un banco soleado porque me sentía asfixiada con su marcha. Mientras tanto, Ricardo hablaba y hablaba con esponjosa verborrea y sus palabras salían envueltas en vapor.

—Y creo que esta vez lo he conseguido. Ayer fue la reunión definitiva y los tipos parecieron mostrarse del todo conformes... Va a ser un éxito, Lucía.

—Pero, ¿de qué se trata esta vez?

—Es una idea genial, para qué nos vamos a engañar, es una idea genial aunque me esté mal decirlo por ser mía. Se trata de un sensor miniaturizado y de elevada precisión que se puede implantar bajo la piel humana sin rechazos y con una sencillísima operación, y que envía señales al cerebro, señales eléctricas que pueden ser convertidas en impulsos luminosos —me miró con gesto de satisfacción—. ¿Te das cuenta?

—No.

—Es un ojo, mujer, un ojo artificial.

—¿Un ojo? ¿Quieres decir que se puede ver con eso metido en la piel?

—¡Síííííí! ¿Te das cuenta de lo que esto significa para los ciegos?

—Qué cosas... —contesté vagamente impresionada pese a todo—. ¿Y dónde se coloca el sensor ése?

—Donde prefieras, en la frente, en... —se detuvo un momento, triunfal, y añadió bajando la voz y mirando alrededor para comprobar si escuchaba alguien—. Eso es lo verdaderamente grandioso, Lucía, puedes colocarlo donde quieras. Y aquí viene lo revolucionario del invento: ¿por qué no tener otro ojo? Todos nosotros, quiero decir, no sólo los ciegos. Al principio pensé en el sensor para los no videntes, pero después comprendí que quedarse sólo en eso era algo mezquino: instalémonos todos un tercer ojo. En la yema de un dedo índice, por ejemplo. ¿Te das cuenta de lo que supondría eso? Si dispusiéramos de un ojo en la punta de un dedo podríamos mirar hacia atrás sin volver la cabeza. Podríamos mirarnos a nosotros mismos, se acabaron los espejos. Podríamos leer en la cama cómodamente, con sólo extender la mano sobre el libro. Y sería algo grandioso para los médicos: los otorrinolaringólogos meterían el dedo, los ginecólogos meterían el dedo, los cirujanos...

Rompí a reír.

—Calla, calla, Ricardo, por favor, estás completamente loco...

—¿Loco? Es un invento prodigioso. En fin, a todos los grandes genios se les ha tachado de locos en su época...

—¿Y eras tú el que despotricabas tanto de los avances de la microelectrónica? ¿No te da vergüenza de aprovecharte tú también de ese progreso del que reniegas?

—Querida Lucía, una vez más demuestras no entender nada. La trampa es creer que hay una sola forma posible de progreso, esa es la trampa. Nos dicen que el progreso es inevitablemente esto, esta sociedad que vivimos, y esa es la mentira. Yo no estoy en contra de los avances técnicos, estoy en contra de la utilización que se hace de ellos.

—Total da igual —añadí burlona—. Eso del ojo me parece una absoluta estupidez.

Me miró risueño:

—Tomátelo a broma, si quieres. Los socios capitalistas quedaron ayer enormemente impresionados.

—No me extraña.

—Y el trato está prácticamente cerrado, ahora el asunto es cuestión de meses. Dentro de un año todos tendremos un tercer ojo en el dedo.

De pronto sentí como si se ensombreciera el día, un presentimiento helado, una intuición de muerte.

—Un año... Un año es mucho tiempo, Ricardo... ¿Y si yo ya no estoy aquí?

Me lanzó una ojeada sorprendida:

—¡Pues claro que no estarás aquí! Habrás abandonado ya este maldito hospital y nos iremos con nuestro tercer ojo convenientemente instalado a visitar a Rosa a la campiña francesa —me cogió del brazo, protector y cariñoso—. Vamos dentro. Tienes frío.

Y realmente estaba estremecida, estremecida de miedo.

Me apresuré a acostarme con un suspiro de alivio, porque los meses y quizá la debilidad me han acostumbrado a sentirme más protegida en la cama, sobre todo en momentos de incertidumbre y de tristeza. Ricardo arrastró la butaca y se sentó a mi lado. Me observó en silencio envolviéndome en una mirada malva y suave.

—Ay, Lucía, Lucía —dijo al fin—. ¿De qué tienes miedo?

—De todo —contesté rápidamente. Y después, en voz baja—: De la muerte.

Cogió mi mano entre las suyas y la acaricio lentamente. Sus manos están arrugadas, cubiertas de pequeñas manchas.

—La muerte no existe más que en nosotros, Lucía. Cuando te mueres todo acaba, deja de ser, no hay nada. La muerte es tan sólo el miedo a la idea de la muerte, porque la muerte no existe, sólo existe, como idea, mientras vives. No vas a arruinar tus días por miedo a una idea, ¿no es así?, por miedo a algo inexistente...

—Me dan igual tus elucubraciones, Ricardo. La muerte existe, existe, no seas absurdo.

—Existe sólo en los demás, en la muerte de los demás. La muerte propia es mentira. Una vez muerto no puedes lamentar el haber muerto. Una vez muerto se ha acabado todo. De modo que sólo existe la vida, porque después no hay nada, porque después tú ya no estás en tu muerte, y por lo tanto tu muerte no es tuya y ni siquiera es muerte.

Me sentí tristísima, al borde de las lágrimas. Intenté bromear:

—Si intentas animarme con tus palabras, lo estás haciendo fatal.

Se sonrió en silencio, me acarició la cara. Yo me agarré a su mano fuertemente; hubiera querido poder permanecer cogida a él por los siglos de los siglos, sentí que podría llegar a ser eterna de conservar el contacto con su mano.

—Ayer te eché mucho de menos, Ricardo —balbuceé.

—Yo también.

Se levantó de la butaca y se sentó en la cama, a mi lado, apoyado contra la cabecera, con las piernas colgando al aire desde la considerable altura del sommier hospitalario. Pasó un brazo por mis hombros y me arrebujó contra él, mirándome durante largo rato con una dulzura que nunca había descubierto en él y que me llenó de feliz congoja.

—¿Sabes lo que te digo? —murmuró—. Que estás muy guapa, Lucía, estás guapísima.

—No te burles.

—No me burlo. Nunca has estado tan bella en tu vida.

Comenzó a deshacer lentamente los lazos del camisón.

—¿Qué haces? —grité alarmada retirándole la mano—. No seas ridículo.

—¿Por qué? —me acariciaba la cara, el cuello, la oreja, con una mano suave y cuidadosa—. ¿Por qué ridículo? Estás hermosa, Lucía, me atraes mucho. Déjame que te toque un poco y te acaricie.

—¡No!

Me erguí en la cama, me arrinconé contra la cabecera alejándome de él, temblando de susto, sintiendo que todo era sucio e indigno. Ricardo se echó a reír, me volvió a abrazar a la fuerza, comenzó a besarme el cuello... ay, mi cuello cuarteado por tres profundos surcos. Sentí terror a defraudarle.

—¡Déjame!

—Pero, ¿por qué? Cualquiera diría que te estoy violando, pareces una ruborosa adolescente.

Yo me notaba en verdad arder, las mejillas sofocadas, el aliento estrangulado de angustia.

—Pero ese rubor te pone aún más hermosa, Lucía, no tienes posible escapatoria...

Me tenía fuertemente sujeta con su brazo izquierdo, y sentí su calor contra mi cuerpo, turbador. Sus ojos chispeaban de regocijo.

—Anda... —dijo con fingido tono pedigüeño—. Anda, mujer, déjame meterme en tu cama un ratito...

—¡Es... estás loco? —me atraganté de horror—. ¿Quieres que nos pille la enfermera haciendo este ridículo espantoso?

Intenté echarle de mi lado y conseguí levantarle de la cama a empujones, pero ante mi espanto comenzó a quitarse las botas sosegadamente.

—No digas tonterías, Lucía querida, sabes bien que hasta la hora de la comida aquí ya no entra nadie...

Dejó caer las botas de forma descuidada y resonaron contra el suelo con un golpe seco que me pareció estruendoso:

—¡No hagas ruido! —gemí.

Empezó a quitarse los calcetines, de lana gruesa y color verde brillante. Así, inclinado como estaba, se le veía la calva de la coronilla, normalmente oculta por el pelo. Me entraron repentinas ganas de reír.

—Pero por Dios, Ricardo, ¿te has mirado? No seas absurdo, ¿a dónde vas? Si ya no debes tener fuerzas para nada...

Ricardo se bajaba la cremallera del pantalón con calmoso gesto.

—Qué dices, Lucía... Estoy en lo mejor de la vida y del vigor... Desde que te internaron en el hospital estoy tomando ginseng preparándome precisamente para esto.

Se apoyaba con una mano en la cabecera y con la otra intentaba sacarse torpemente las perneras del pantalón.

—Pero Ricardo, no me digas que te crees las mentiras que inventan los laboratorios, esas píldoras no...

—¿Quién habla de píldoras? Por supuesto que el ginseng que venden en las farmacias es simplemente una engañifa, un sucedáneo, nada. Pero el ginseng, querida mía, no lo han inventado los laboratorios. Es una raíz china maravillosa y de antiquísimo uso que aumenta la potencia sexual realmente.

Se había quitado ya los pantalones y por debajo de la camisa asomaban unas piernas blanquecinas y flacas.

—En realidad ese no es más que uno de los muchos poderes que posee la raíz, que es mágica. Según el Tao, el ginseng supone la potenciación del yang sobre el yin, es decir, del principio activo sobre el pasivo.

Forcejeaba con un botón de la camisa de franela que se resistía a ser desabrochado.

—El ginseng es una raíz tuberosa, tiene forma de pequeño feto blancuzco, una forma humana. Has de ponerla a macerar, sin partir, en un litro de licor durante tres meses. Transcurrido el tiempo cambias el licor, a ser posible utiliza coñac, rellenas el recipiente con licor nuevo, y vuelves a dejarlo tres meses sin tocar. Hecho esto ya puedes usarla, se cocina con carne de ave, atención, sólo con carne de ave, y se come.

Estaba en calzoncillos, frágil, las carnes escurridas, el abdomen un poco caído, con unos cuantos pelos canosos e hirsutos sobre el hundido esternón.

—Además te diré que el ginseng tiene una historia apasionante... Lo descubrió para occidente un escritor ruso de principios del siglo pasado, un tal Ossendovsky, que era ingeniero de montes además de escritor. Le encargaron hacer una exploración de la zona de Siberia del sur, cerca ya de China y de Corea. Y entonces... déjame sitio, anda...

Se había quitado los calzoncillos en un abrir y cerrar de ojos («hale hop», dijo blandiéndolos en su mano derecha) y se metió en la cama. Me abrazó y le sentí helado. Comencé a frotarle la espalda, y su cuerpo breve y huesudo me llenó de ternura.

—Y entonces ese hombre entró en contacto con los buscadores de ginseng. Es ésta una profesión muy antigua, y los buscadores son a la vez temidos y respetados: se supone que son medio hechiceros, que poseen ciertos poderes, y, por otra parte, se encuentran totalmente desquiciados, y ya sabes que la demencia y la brujería siempre han ido más o menos parejas en la historia.

Hablaba con ceño fruncido y como embebido en la narración, pero sus manos habían comenzado a acariciar mis pechos por debajo del camisón con habilidad y desparpajo. Noté que todo mi cuerpo revivía, que me esponjaba en un hormigueo de placer, pero me avergoncé de lo caído de mi carne.

—Qué estamos haciendo, Ricardo, esto es una locura, estamos tontos y viejos...

—Calla, boba... Como te decía, los buscadores de ginseng atrapan las fiebres de la tundra y enloquecen, o quizá su locura se deba al aislamiento permanente al que se ven sometidos durante meses, o quizá también al consumo excesivo de ginseng, que como te he dicho es una planta con poderes de hechicería de la que conviene no abusar. Además el ginseng es sumamente valioso y muy raro de encontrar, de manera que los buscadores se ven obligados a esconder sus raíces y a enterrarlas en depósitos secretos, y aun así han de permanecer siempre en guardia para no ser asesinados por los ladrones. Como ves, estos pobres hombres llevan una vida durísima... Ya deben quedar pocos, pero alguno habrá, todavía, aullando de soledad y de locura en medio de la tundra helada...

Me ayudó a desnudarme y nos quedamos abrazados, muy pegados el uno contra el otro en la estrecha cama, y comprendí que hacía demasiado tiempo que no me abrazaba a un hombre, demasiado tiempo desde la última vez que noté otro calor anillado al mío, otra piel intercambiando sudores. Me zambullí en su contacto y sentí que eso debía ser algo muy cercano a la felicidad. Su carne suave, sus rodillas agudas y algo frías, sus muslos vientre pecho hombros manos todos míos; me rodeaba con su cuerpo encerrándome en una burbuja de confortable placidez y el aliento cálido de su carne me recordó sueños perdidos, me hizo sentir esa ruborizada emoción, ese anticipado gozo de aventura que a veces experimenté antes de hacer el amor cuando era joven. Le descubrí duro contra mis muslos y me entró una regocijada turbación que casi me cortó la voz:

—Así es que el ginseng funciona, ¿eh?

—No es el ginseng, querida —dijo él suavemente—. En realidad eres sólo tú.

Acerqué más mi cara a la suya para verle con claridad y borrar la bruma de mi miopía. Me miraba callado con unos ojos, cómo podría describirlos, unos ojos inmensamente frágiles. Tenía toda la expresión abierta de secretos, ablandada de ternura, y por debajo de las arrugas descubrí al mismo Ricardo de hace treinta años, conservado intacto para mí. Me acarició y besó el pecho, el estómago, el cuello, las caderas. Yo pasé un dedo maravillado y cauteloso por el perfil de su espalda sin creerme aún que fuera él, que fuera yo. Su cuerpo era un montón de huesos esquinados cubiertos de una piel blanca y blanda, y, sin embargo, me pareció muy hermoso. Me sentí feliz.

—Somos unos locos. ¿Tú has visto cómo estás? —mentí palpándole las costillas con arrobo—. Estás hecho una ruina, lleno de pellejos por todas partes...

Ricardo rió:

—Pues anda que tú, querida mía...

Sentí que se me encogía el estómago con un pellizco de angustia, de miedo, de dolor.

—Sí, ¿verdad? —tartajeé ansiosa—. Sí, yo estoy muy mal, ¿verdad?, ay, Ricardo, estoy enferma, muy enferma.

Me sujetó la cara entre sus manos y se sonrió profundamente serio:

——No, Lucía, no, estás muy bella, eres la mujer más bella que conozco, mi pequeña Lucía, mi querida.

Y comenzó a cubrirme los párpados de besos, unos breves besos delicados. Así, con los ojos cerrados, le sentí penetrarme con dulzura y dejé deshacer mi miedo entre sus labios.

SABADO

Tuve que admitírmelo a mí misma aquel sábado, viviendo ya las vísperas del día señalado: me encontraba nerviosa, muy nerviosa ante el estreno. Me sorprendió descubrirlo tan tarde, tras una semana en la que mi trabajo había sido aparentemente postergado a las urgencias de mis sentimientos. Y fue, además, un descubrimiento ambivalente, puesto que por un lado me llenó de una nueva angustia y por otro aquietó el absurdo dolor de mis amores: fue un placer el encontrarme de nuevo centrada en mí misma y en mi trabajo. Sentí que la insensata Lucía enamorada se batía en retirada, que se agazapaba en un rincón de mí misma entre refunfuños y gruñidos, y que la Lucía juiciosa emergía con un suspiro de alivio entre los labios. Empecé a sospechar que ese paroxismo sentimental que había vivido días atrás no era más que un viejo recurso contra el miedo al fracaso, un refugiarse en amor y desamores para olvidar que en esa semana se decidía probablemente el curso de mi vida, mi futuro como profesional del cine. Me encontré de pronto, en suma, anonadada ante la cercanía del estreno.

De modo que aún era temprano cuando telefonée al productor. No quería decirle nada en especial, tan sólo deseaba sentirme un poco acompañada frente al riesgo. El productor era un viejo león del cine nacional, inculto y sagaz, amable e inflexible. Poseía una especial y ladina habilidad para hacer en cada época aquello que le fuera más rentable, así es que produjo películas ardientemente religiosas en los años del nacional-misticismo, y luego películas históricas de ficticias tramas cuando el Estado las subvencionó, y más tarde comedias de acartonado aire americano cuando Doris Day estuvo de moda, y ahora producía temas feministas y aparentemente marginales, porque con su amoral y fino olfato había comprendido que el país rezumaba insatisfacción por la sociedad oficial. El productor, que había estrenado muchas veces y que, en cualquier caso, no arriesgaba apenas nada con mi película —había salido tan barata, pese a todo—, me dio consejos paternales («no te tomes las cosas tan a pecho, Lucía, ya iras aprendiendo que en el mundo del cine nada tiene verdadera importancia, ni un triunfo ni un fracaso, yo no he visto algo más desmemoriado que el espectador de cine») y me contó que el equipo sonoro del local no funcionaba bien («estas puñetitas pasan siempre, te lo digo para que luego no te lleves un disgusto»), dejándome de lo más atribulada.

Nada más colgarle, el teléfono pareció enloquecer

de repente y comenzó a sonar sin pausa ni recato. Un periodista de la revista *Cinestar,* un buen amigo, en búsqueda de algún chisme último que incluir en una sección de noticias breves, «con esto de las vacaciones no me he enterado de nada y estoy completamente seco», y al que me apresuré a contar el horroroso estado del equipo sonoro del local: «sí, sí, lo he escuchado y no se entiende nada», mentí pensando con desesperación en el difícil sonido directo de mi película, «pon que no hay derecho a que los cines tengan tan mala instalación técnica», insistí curándome en salud. Tres o cuatro amigos y conocidos que telefoneaban para interesarse por mi estado de nervios y en realidad para verificar que tenían entradas para el estreno. José-Joe para preguntarme que a qué hora iba a ir yo, con quién y cómo. Un periodista del televisor pidiéndome que fuera al programa de cine, que se grababa en directo ese mediodía. Ricardo, querido Ricardo mío, dulce Ricardo, llamándome desde casa de su madre para darme ánimos y alientos. Mis padres, para decirme que ya habían regresado y que cómo iba a ir vestida al estreno, que no me pusiera demasiado fachosa como siempre. Y por último también telefoneó Hipólito.

Puedo asegurar que cuando Hipólito llamó yo había olvidado momentáneamente su existencia, así es que, aunque sentí un vuelco en el estómago al reconocer su voz —la fuerza de la costumbre amorosa—, me encontré fuerte, razonablemente libre de él e independiente.

—Oye, Lucía... —dijo dudoso—. ¿Podemos vernos un momento esta mañana?

—Pues no sé —contesté con frialdad, feliz de tener una ocupación real que oponerle—. A la una y media he de estar en el tele porque me tienen que hacer una entrevista.

—¿Ah, sí? ¿Quién?

—Los del programa de cine.

—Qué raro, a mí no me han llamado... Bueno, de cualquier forma nosotros podríamos vernos antes, ¿no?, podríamos quedar sobre las doce, tomar una cerveza en cualquier sitio.

Acepté. La cita era en un pub caro y ridículo que a esa hora de la mañana gozaba de la ventaja de estar abandonado. Cuando llegué, corriendo y arrastrando algunos minutos de retraso, Hipólito ya estaba allí, sentado en el diván marrón oscuro, como único cliente del local. Hojeaba un periódico con aire de fastidio y se le veía delgado y consumido, con el color quebrado y un culposo aire de ratón pillado en falta. Le contemplé desapasionadamente y me regocijé de encontrarle horroroso.

—Siento llegar tarde —dije en tono de no sentirlo en absoluto—. ¿Qué tal estás?

Me miró con expresión húmeda y tristona, dio un largo suspiro y musitó:

—Fatal.

—¿Ah, sí? —comenté burlona, dispuesta a no concederle la más mínima tregua.

Pedí una cerveza, encendí un cigarrillo. Hipólito callaba mientras yo maniobraba con mis más escogidos gestos de mujer de gran mundo.

—Tenemos que hablar de lo de tu carta... —dijo al fin con aire compungido.

—Sí, supongo que tenemos que hablar.

Me dedicó una sonrisa turbia, recelosa:

—¿Cuándo me vas a dejar definitivamente?

—Oh, cállate ya, no empieces de nuevo. Te puedo dejar ahora mismo si sigues así —respondí ásperamente.

Hipólito había hundido sus ojos en la copa de cerveza. Pasó un dedo distraído por el borde del cristal.

—Mi mujer ha llegado esta mañana.

—Qué bien.

—Y ha dicho que quiere que nos separemos.

Me eché a reír, sorprendida.

—No me digas.

—Sí, sí. Está absolutamente decidida a que lo dejemos.

Reflexioné un momento sobre la asombrosa noticia mientras me comía placenteramente una uña.

—¿Sabes lo que te digo? —contesté—. Que la opinión que tengo sobre tu mujer ha mejorado notablemente después de saber esto.

—No te rías... o ríete si quieres, claro, estás en tu derecho... —Hipólito sonreía vagamente con las comisuras temblonas—. Pero yo me encuentro fatal.

—Pero bueno, Hipólito, querido —dije con cruel intención—. ¿No era eso lo que tanto deseabas? ¿No me has dicho muchas veces que no te separabas de tu mujer tan sólo por no hacerle daño?

El parecía un náufrago, ovillado medrosamente en el sofá.

—No me quiero ir de mi casa, no quiero separarme de mi mujer... ¿Tú sabes lo que es haber vivido tantos años con una persona?... Es toda una vida, ¿entiendes?... Y mi casa, y mi despacho, y mis cosas, y mis hijos... No quiero perder todo esto...

—¿En ese orden? —zumbé.

—Yo... por favor, no te pongas agresiva, estoy... estoy muy frágil hoy, yo... No sé si la quiero o no, pero no quiero separarme de mi mujer, no quiero, no quiero.

Me dio asco y pena al mismo tiempo, pero al cabo, quizá por esas trampas del cariño, venció la conmiseración. Le cogí una mano, maternal a mi pesar.

—Lo entiendo, tontito, lo entiendo... Pero no te preocupes, hombre. Esto, esta angustia, no dura más que los primeros días, los primeros momentos, eres muy joven todavía, puedes rehacer tu vida. —Yo era aún tan niña por entonces que cuando me enteraba del fin de algún matrimonio me sentía razonablemente satisfecha. Pensaba en aquellos años que toda pareja estable era una rutina deleznable y que para recuperar la dignidad sólo cabía separarse. Fue después, iniciando ya mi edad madura, cuando comenzaron a entristecerme las parejas fracasadas, los años de convivencia, esfuerzos e ilusiones destruidos—. Hacía tiempo que tu mujer y tú funcionabais mal, ¿no?, así es que ya verás como esto es lo más provechoso para todos, ya verás como en cuanto que pasen estos primeros momentos de estupor y angustia empiezas a encontrarte libre y feliz.

—Estás diciéndome exactamente lo mismo que me dice mi mujer.

Retiré la mano de su brazo y añadí venenosamente:

—Debemos ser almas gemelas.

Permanecimos en silencio unos instantes. Intenté poner en orden mi cabeza, pero antes de conseguirlo Hipólito se volvió hacia mí, me miró con ojos húmedos y exclamó melodramáticamente:

—No quiero quererte, Lucía.

Era, creo yo, la primera vez que me llamaba por mi nombre. En otras circunstancias esa frase hubiera podido hacerme mucho daño, pero aquel día me causó sólo cierta sensación de abulia. Me recosté en el respaldo del diván, crucé los brazos sobre el pecho:

—Bueno —comenté impasible.

Hipólito me escudriñaba atentamente sin alterar su aire de fúnebre transcendencia.

—Creo que me voy a ir —añadió, pausado y trágico—. Me voy a ir del país, me voy a marchar a los Estados Unidos, comenzaré allí una nueva vida, empezaré desde cero, romperé con todo y con todos.

Más que dolerme, empezó a irritarme su comportamiento, la escasa atención que ponía en mí y en mi posible tristeza por dejar de verle.

—No sé si te das cuenta —comenté con frialdad— que diciéndome estas cosas me puedes hacer daño.

Sonrió paternalmente, su sonrisa era pequeña y suficiente, un estereotipado gesto de hombre-acostumbrado-al-sufrimiento.

—¡Qué convencional eres en el fondo, querida! —sentenció.

Me indigné:

—No comprendes nada, es un problema de cariño, no de convencionalismos... Pero tú no tienes la menor idea de lo que es el cariño, por supuesto.

Me hundí en un enfurruñado silencio mientras el camarero nos cambiaba el cenicero. Cuando nos libramos de sus orejas invasoras Hipólito volvió a repetir machaconamente:

—No quiero quererte.

Comencé a sentirme exasperada y dolorida, comencé a perder el control de mí misma.

—Pero, ¿por qué?

—Creo que si termino con mi mujer voy a terminar también contigo definitivamente.

La garganta se me cerró de súbita pena.

—¿Sabes el daño que me estás haciendo con todo esto? —barboté.

Me miró seria y fijamente, como observando la pared a través de mí, como vislumbrando heroicos horizontes.

—No, al contrario. Te hago un bien. Por eso lo digo. Es que a veces hay que remar hacia atrás.

—Sólo cuando tienes una catarata delante.

—Es que a veces hay que remar hacia la catarata —insistió.

—Oh, cállate ya, deja tus estúpidas metáforas —gemí desolada ahogando un puchero.

Me cogió de una mano envolviéndome en una mirada lánguida y añadió:

—Te escribiré una carta desde América...

No pude contener las lágrimas y comencé a llorar, acongojada, intentando mantener una mínima compostura, disimular ante los parroquianos que comenzaban a llenar el local para la hora del aperitivo. Entre hipo e hipo le observé y estaba tranquilo, con una expresión melancólica dibujada en el semblante y una apenas insinuada sonrisa, segura y complacida, que le traicionaba el gesto. Me vi a mí misma, contemplé en un instante de lucidez toda la secuencia desde fuera. Me vi llorando desconsoladamente tras haber llegado feliz a la cita, y le vi a él tan lozano y rozagante tras haber comenzado entre llorosos titubeos. Y comprendí.

—Estás contento, ¿verdad? Ya has conseguido lo que querías, ¿no es así? —dije enfurecida a través de mi calamitoso estado de lagrimeo—. Ya me has torturado lo suficiente como para comprobar que te quiero, como para estar seguro de que me puedes hacer llorar, de que me tienes en tus manos todavía...

Tuve que hacer una pausa para hipar. Hipólito me miraba sorprendido:

—¿Yo? Yo no... —recapacitó un momento—. De todas maneras es curioso, ahora me siento mucho mejor que antes, sí, será quizá por tu inseguridad...

Y me sonreía, amistoso y plácido. Me espachurré las lágrimas con una servilleta de papel que arañó mi mejilla, recogí el tabaco y el mechero, me levanté con fría determinación y, antes de marcharme, le dije:

—Yo que tú no estaría tan seguro de ti mismo.

No era una frase muy honrosa, pero no se me ocurrió nada mejor. Conduje mi coche envuelta en una bruma de furores, rumiando mil secretas venganzas, saltándome semáforos en rojo y sobresaltando a inermes peatones. Estaba llegando ya al edificio del Televisor cuando comprendí que la historia se había acabado, que esta vez sí, que ya era suficiente. La certeza del fin me hizo sentir algo muy cercano a la liberación, aun a pesar de la tristeza. De cualquier forma, cuando llegué a los estudios era más tarde de la hora prevista y me estaban esperando impacientes: no había tiempo para melancolías.

—Rápido, vuela, corre a maquillaje, salimos al aire en diez minutos, qué susto nos has dado, creíamos que ibas a fallar.

Cuando me senté ante el espejo machacado de bombillas quedé horrorizada: tenía los ojos hinchados, la nariz enrojecida. El maquillador me asfaltó la cara con una gruesa capa de crema color carne y remató su obra con un revoloteo de borla de polvos. Hube de reconocer que quedé bastante fea, con la cara espesa, los gestos densos y como envejecidos. La cabeza me zumbaba y me dolía: estaba abotargada, incapaz de hilar un razonamiento en derechura. Antes de que pudiera siquiera parpadear o pedir una aspirina, como era mi intención, me encontré bajo los focos. Alguien me sentó de un empellón sobre una mecedora, junto a una palmera artificial, frente a un tipo encorbatado cuya cara me sonaba vagamente, como de haberla visto en algún lado. Las paredes estaban adornadas con grandes fotos de los mitos de Hollywood. El calor era tan agobiante que parecía aplastarme contra el asiento e impedirme respirar con libertad. El tipo de la corbata hablaba y hablaba, pero yo era incapaz de comprender lo que contaba.

—...Lucía Ramos —le oí decir al fin, como si mi nombre hubiera sido un conjuro mágico capaz de devolverme las entendederas— que estrena precisamente mañana su primer largometraje. Buenas tardes, Lucía, ¿qué tal estás? —añadió volviéndose hacia mí con una sonrisa tan espléndidamente familiar como si me conociera de toda la vida.

—Bi...bien, gracias —tartamudée cogida de improviso.

—Supongo que un poco nerviosa ante el estreno, ¿no? —insinuó el hombre con sagacidad cómplice.

—Pues sí... —contesté insegura—. Bueno, no... —dudé—. Sí, sí, estoy nerviosa —concluí con desdichado énfasis.

—Y dime, Lucía —añadió el de la corbata mientras amontonaba el ceño en profundas cavilaciones—. ¿Has encontrado algunas dificultades en tu trayectoria como director de cine por el hecho de ser mujer? —y pronunciaba la palabra mujer con mayúsculas y apuntando con la barbilla hacia los focos.

—Bueno, es que mi trayectoria como directora empieza ahora, quiero decir que... —me quedé sin voz y carraspeé desesperadamente—. Ejem, ejem, que, vamos, que ahora he tenido las dificultades de toda persona que quiera dedicarse al cine, que son muchas, ejem, las dificultades, digo, las personas también son muchas, las que quieren dedicarse al cine, quiero decir, pero me estaba refiriendo a las dificultades. —Me detuve un momento, perpleja y perdida en el fárrago de mis razonamientos, el maquillaje se me derretía bajo los focos y sentía cómo la pasta resbalaba por mis mejillas—. Bueno, pues yo he sufrido esas dificultades más las propias que llevo arrastrando desde antes precisamente por ser mujer, porque es cierto que todo es más complicado cuando eres...

—¿Cuál era tu anterior trabajo, Lucía? —me cortó él formulando la pregunta en un tono intenso, como si estuviera muy interesado en la respuesta.

—Publicidad. Yo... Yo trabajaba y, bueno, trabajo todavía en publicidad. En el campo de la publicidad.

—Publicidad... —repitió el tipo pensativo mientras revisaba sus papeles—. El título de tu película es, si mal no recuerdo, *Crónicas del desamor,* ¿no es así?

—No... ejem... No exactamente, es *Crónica,* crónica sólo...

—Ah —exclamó el hombre con ligero retintín de molestia—. Bien, Lucía —inquisitivo y como quien va directamente al grano—. ¿De que trata tu película *Crónica?*

—No, no, perdona, me he explicado mal —me apresuré a decir horrorizada de mi propia torpeza—. No es *Crónica,* ni tampoco *Crónicas,* es *Crónica del desamor,* quiero decir, sin el plural, pero con el desamor, o sea... ejem... Vamos, que es *Crónica del desamor*.

—A ver si nos ponemos de acuerdo al fin —comentó el tipo con cierto fastidio—. El título correcto es entonces *Crónica del desamor,* ¿no?

—Sí-í —dije en un gallo, sintiendo la garganta seca y apretada.

—¿Y de que trata tu película? —y añadió audazmente provocativo:— Por el título parecería que es un tema romántico, ¿no?

—No exactamente. Se trata de... —y de pronto me di cuenta de que se me había olvidado por completo el argumento—. Es una... ejem... es una película sobre el amor y la muerte —dije al fin en un salvador arranque de memoria.

—¿Y no son románticos, querida Lucía, el amor y la muerte? —apostilló triunfante el hombre mientras se sobaba complacido la seda de su corbata.

—Bueno, sí, pueden serlo, pero quiero decir que mi película es más una crónica de la vida real, por eso se llama crónica, y el amor y la muerte están tratados de una forma realista...

—Muy bien, Lucía, muchas gracias por haber venido hoy con nosotros al programa y que tengas mucha suerte, que tu película sea ese éxito que todos esperamos —concluyó hipocritón y meloso.

Y mientras el tipo seguía contando a la cámara no sé qué sobre un documental de mariposas tropicales, una mano caritativa y anónima me sacó de la mecedora con sigilo.

Me detuve un momento en el bar de los bajos de mi casa para comer algo antes de subir. Me sentía más sonada que la maraca de Machín, por utilizar una de las frases favoritas de Rosa, que nació en una barriada popular y a veces tiene arranques chulapones. El bar era un cafetín raído y viejo, con una descolorida decoración años cuarenta, un local estrecho y alargado como un vagón de tren. Estaba vacío, como casi siempre, y más aún a causa de la hora ya tardía. Las tres mujeres que atendían el local estaban terminando de comer en una mesa y me miraron entrar con ojos malignos y enfadados. Eran tres venerables ancianas, dos de ellas rechonchas y bajitas, la tercera huesuda y envarada, y nunca se habían caracterizado por su buen humor. Comenzaron a discutir entre ellas de inmediato por ver cuál de las tres habría de levantarse a servirme. Esto era, por otra parte, lo más reconfortante de aquel café: que por mucha antipatía que el consumidor pudiera sentir por parte de las ancianas hacia él, nunca era nada comparada con el odio africano que se profesaban ellas mismas entre sí. Al fin perdió la más vieja, una de las bajitas, que debía estar por los ochenta, y se acercó a mí renqueante y maldiciente mientras las otras encendían sendos cigarrillos con visible y cruel satisfacción, repantingándose en los asientos. Me deshice en sonrisas y disculpas, pero pese a ello no pude conseguir que me tostara el pan del *sandwich,* bajo la excusa de que la plancha estaba apagada. Así es que tuve que contentarme con un emparedado desangelado y frío, de jamón verdoso y lacio. En el momento en que pagaba entró en el café el portero de mi casa. Cuando me vio vino hacia mí en derechura:

—Buenas tardes, señorita, la hemos visto ahora mismo en el tele...

Puse una sonrisa de compromiso mientras me apresuraba a recoger todas las monedas fraccionarias que la anciana había desperdigado aviesamente sobre el húmedo mostrador al darme el cambio.

—Pues estábamos comiendo y de repente la mujer me ha dicho, mira, Pepe, si es la del segundo... Estaba usted un poco nerviosa, ¿no?

—Sí.

Inicié un conato de huida por la izquierda, pero el portero se corrió tapándome el paso con su cuerpo.

—Es que hemos comido hoy bastante tarde porque con esto de la desgracia de doña Maruja...

—¿Doña Maruja?

—Sí, hombre, ¿no se ha enterado usted?

Y pasó a explicarme el asunto con todo lujo de detalles. Fue a eso de las diez de la mañana, yo estaba en la habitación de las calderas, pero mi señora oyó el escándalo y me vino a buscar, así es que salí y ahí estaba en medio de la calle, válgame Dios, me dije, esta señora se ha matado, estaba ahí espatarrada que era un susto mirarla, ya le digo, con sangre en la cabeza, así, a este lado. Así es que llamamos al hospital y nos dijeron que ni la tocáramos, y cuando llegaron la levantaron despacito, dos tipos que, no la exagero, señorita, medían dos metros cada uno, la levantaron como si fuera una pluma, doña Maruja es tan pequeña. Y no se había desmayado, estaba en la acera tirada con los ojos abiertos y entendiéndolo todo, hablar no hablaba, pero entendía, yo le dije, no se mueva que ya vienen los tipos del hospital a recogerla, y ella me miraba y me entendía. Y como no tiene a nadie, pues me fui yo con ella al hospital, por si había que avisar a los hijos esos que tiene en Alemania, y el médico dijo que era un milagro, que aunque hay poca altura desde el segundo piso para esa edad es demasiada y es un milagro que no se haya matado. Se ha roto no sé cuántos huesos, pero ahí la he dejado tan campante, la iban a operar y el médico dice que de ésta sale aunque se quede un poco coja de resultas de lo roto, porque a esa edad la cosa del hueso ya no se junta como cuando eres joven. Y luego me estuvieron preguntando mucho tiempo sobre ella, y yo les conté lo del gas de ayer y fíjese que me han dicho que esto es que doña Maruja se ha tirado, yo no sé qué pensar, a esa edad uno pierde la chaveta, dice el médico que se ha querido suicidar y que lo más seguro es que la internen en una residencia para ancianos para que alguien la vigile y no se mate. Y ya le digo, cuando me vine ahí la dejé tan viva y coleando, no me diga usted que no suena a milagro.

Subí a casa mordisqueando la bazofia del *sandwich* con desgana. Miré el reloj. Apenas eran las cuatro de la tarde. Me sorprendió que fuera tan pronto: sentía como si hubieran transcurrido siglos desde mi desafortunado encuentro con Hipólito. ¿Desafortunado?, me dije a mí misma acurrucándome en el sofá y encendiendo un cigarrillo, ¿no ha sido quizá el mejor encuentro posible, el más útil? Mi indignación inicial había ido enfriándose y condensándose en una resolución serena. Comenzaba a estar segura de mí, segura de que la ruptura con Hipólito era definitiva, y eso me producía un estado de melancolía no exento de placer. Me levanté a poner un disco lo suficientemente triste como para poder regodearme en mi alicaído ánimo, y al pasar junto a la ventana no pude evitar el asomarme y escudriñar el suelo. No quedaba ningún vestigio, ninguna marca, ni la menor señal del grotesco y breve vuelo de muerte de la anciana. Quizá se tiró desde una de las ventanas interiores, no pregunté el lugar concreto. La acera estaba gris azulada, como siempre, y la envoltura de algún dulce, de colores brillantes, revoloteaba frente al portal. Yo había esperado encontrar alguno de los tradicionales residuos que dejan las tragedias, una comadre haciéndose cruces en la esquina, una mancha de color dudoso cubierta piadosamente con serrín. Pero la acera seguía siendo tan neutra y anónima como lo fue siempre, y los peatones pasaban sobre ella sin que sus oídos captaran el crujido aún cercano de esos pobres huesos al quebrarse. Me estremecí y entré en casa nuevamente.

Al volver al sofá observé que había pringado el respaldo con el aceitoso maquillaje televisivo. Fui al cuarto de baño a lavarme, y estaba refrotándome la cara con considerable energía cuando quedé prendida ante el espejo por mi propia imagen. ¿Ves, Lucía?, me dije, tienes treinta años, estás en lo mejor de la vida, eres joven, inteligente, hábil, independiente y atractiva, y vas a estrenar mañana tu película, ¿qué más puedes pedir? Me hice un guiño de entusiasmo y complicidad. Mañana me lavaré el pelo y me haré trencitas para que se rice, decidí con estratégica resolución. Tengo que estar guapísima: irán los periodistas, y todos mis amigos, y todos mis conocidos, y todos aquellos que no son ni amigos ni conocidos, pero que son alguien en el mundillo del cine. Le pediré a Miguel que me acompañe, mi tierno Miguel, Miguel querido. Será la demostración pública de mi cariño, de nuestra inquebrantable relación. Hipólito me verá con él, palidecerá de miedo a perderme. Me parecía estar viendo la secuencia: yo esplendorosa en mi traje de gasa, con el pelo rizado y las mejillas enrojecidas de emoción, presentándoles en el vestíbulo del cine: «Hipólito, ¿conoces a Miguel?», todo dicho con aire muy casual, pero cargado de intenciones. O quizá esta otra escena, Miguel pasándome su brazo acogedor y suave por los hombros, yo felizmente estrechada contra él, estamos los dos en un rincón apartado del vestíbulo y nos decimos arrullos y lindezas. Y al fondo, zoom entre los corrillos formados por el público, Hipólito contemplando nuestro abrazo y nuestro mimo con rostro apagado, con el rictus gris y tenso del perdedor.

Sería mi noche, mi noche de éxito y triunfo. Porque iba a ser un éxito, tenía que serlo, no había dudas. La película estaba bien, casi se podía decir que muy bien, maravillosamente bien para ser la primera que rodaba. O maravillosamente bien incluso sin tener en cuenta eso, para qué íbamos a andarnos con modestias. Repasé mentalmente el argumento. Una mujer de treinta años, Ana Antón (¡qué bien la interpretaba Clara, era una actriz formidable!), soltera, madre de un niño pequeño. Una mujer que ha tenido y tiene una vida muy difícil, que trabaja como periodista en muy precarias condiciones para una revista recién creada y de éxito. Una mujer en plena crisis, con un doloroso pasado sentimental a sus espaldas, con un presente agobiante y rutinario, mordida por la inseguridad de los años del miedo. Ana Antón, en esas condiciones, decide escapar de la realidad y sentirse enamorada de aquella persona que para ella es más inaccesible y más contraria: del editor de la revista. El editor, Soto Amón, es un hombre ambicioso, repentina y casualmente tocado por el triunfo en plena juventud, un tipo narcisista y egocéntrico, un pobre miserable, un cretino: José-Joe. Pero Ana Antón pone toda su voluntad en quererle e inventarle; le ama a distancia, le imagina sensible y delicado, llega a sentir por él una pasión capaz de justificar y rescatar su monótona existencia. Hay una escena crucial en la que se demuestra el tipo de persona que es José-Joe: es un interior, la casa de campo que el editor posee. José-Joe discute con su mujer en un altercado en el que se muestra particularmente feroz y displicente; tras la pelea, José-Joe se encierra en su estudio rodeado de maniquís de celuloide, a los que él dice preferir a las personas porque son los únicos capaces de admirarle en silencio. A partir de ahí la acción se precipita, en un ritmo que creo bien logrado. La mujer de Soto Amón decide separarse de él y él se aterra, se siente inseguro, abandonado y solo. En estas circunstancias coincide en la revista con Ana Antón, con la que apenas ha intercambiado dos palabras desde que se conocen, y la invita a cenar con coqueto gesto. Ana accede emocionada, creyendo que sus ilusiones pueden al fin cumplirse. Pero el Soto Amón real va decepcionándola minuto a minuto a lo largo de la noche, muestra su verdadera condición: su despotismo, su estupidez y su dureza. Creo recordar... hace tanto tiempo del rodaje de la película que ahora me asaltan unas absurdas dudas sobre... si, tras la cena José-Joe la lleva a su casa de campo con la intención de acostarse con ella. Pero Ana está aterrada, dolorida, exhausta. Soto Amón ha deshecho su más preciada invención, su excusa ante la vida. José-Joe quiere convertir ese acto de amor que ella tanto había idealizado en una masturbación acompañada. Han bebido mucho los dos y Ana se siente borracha y confusa. El quiere arrastrarla a la cama, pero ella se excusa, dice que desea salir un momento a despejarse. Da la vuelta a la casa entre el frescor de la noche, está pensativa y agobiada, ignora un cartel, salta una alambrada medio rota, y, de repente, siente que el terreno ya no es firme, que sus pies se hunden poco a poco en una arena movediza. Se aterra, se revuelve, intenta librarse, pero sus movimientos la hunden más y más. Grita, pide auxilio, lanza puñados de arena contra la ventana de marco color verde, y al fin consigue que se asome Soto Amón. ¿Qué haces ahí?, grita él, ¿no has visto los carteles? Soto Amón está molesto e irritado porque la torpeza de Ana ha sacudido su sopor etílico, ha roto su vulgar divertimiento: no te muevas que voy en busca de un cuerda. Al poco vuelve Soto Amón a la ventana y lanza el cabo. Ana está ya comida por la tierra hasta la cintura, sujeta la soga con las manos, José-Joe empieza a tirar y rescatarla, y, de repente (primer plano de ella con una expresión al fin serena, tersa y enigmática) Ana Antón suelta la cuerda, quizá porque piensa que es demasiado tarde para poder ser rescatada del pantano, seguramente porque piensa que es demasiado tarde para todo. José-Joe le grita, le pide por favor que reaccione y se sujete, ruega, maldice, se horroriza. Y Ana Antón, silenciosa y tranquila, se va dejando hundir poco a poco mientras le observa con fijeza, el pantano cubre sus hombros, su cuello, el mentón, la tierra traga sus labios, oculta su nariz, las arenas ciegan lentamente los ojos abiertos de mirada desencajada y fiera, hasta que el suelo se cierra sobre ella en un último plano,

¿era así?, sí, creo que era así, un último primer plano de la superficie del pantano, agitada con burbujas, que al fin se alisa y se aquieta.

Pensándolo bien, me dije, tenía razón el tipo del tele, es una película romántica. Me inquietó el descubrimiento. Yo creía haber hecho una obra realista, una crónica, y ahora esto me parece no serlo. Hay escenas que no encajan en mi recuerdo, me siento confusa de repente, me cuesta seguir mis pensamientos, como si tuviera una niebla fría y espesa dentro de mí que me impidiera razonar. Y, sin embargo, presiento que hay algo que se me escapa de la película, hay algo que equivoca y desconecta mi memoria.

Era un sábado. Un sábado de pascua, una tarde de sábado de hace treinta años, y el sonido del teléfono me sacó con sobresalto de mí misma:

—Hola, chiquitina, ¿cómo estás?

Al escuchar su voz sentí una dulzura que me llenaba toda, un agudo bienestar, como si el mundo recuperara su perfecto orden.

—Miguel, querido mío, qué gusto me da oírte...

Súbitamente comprendí que le quería mucho, que le añoraba, que necesitaba su presencia de forma imperiosa. Era tan fuerte mi emoción que me sorprendió no haberme dado cuenta antes, haber podido resistir toda la semana lejos de él.

—¿Qué tal te lo has pasado?

—Uf... —respondí vagamente: en esos momentos mis últimos desasosiegos me parecían lejanos, irreales—. Ya te contaré... Han sido unos días bastante duros... Ya te contaré. ¿Y tú? ¿Habéis terminado el libro?

—Sí, sí, al fin. Hemos trabajado como leones, estoy absolutamente reventado... Pero, ¿duros por qué, Lucía?

—No sé, he estado bastante sola... Tonterías. Te lo contaré en persona... Porque quiero verte, Miguel, quiero verte cuanto antes, me muero de ganas de abrazarte.

Se rió:

—Y yo también, chiquitina, yo también.

—¿Quieres que vaya a tu casa? ¿O estás muy cansado? —añadí con timidez—. Mira, si quieres en media hora estoy ahí, te hago un té, te doy masajes, te hago mimos, te doy besitos y te acuno para que duermas.

Escuché de nuevo sus regocijadas carcajadas:

—No, no, Lucía, prefiero ir yo a verte, ha venido conmigo uno de los compañeros y se va a quedar en mi casa hasta mañana, porque vive en el norte y era mucho viaje para un solo día. Dame el tiempo suficiente para ducharme y ordenar un poco las cosas y antes de las siete estoy ahí.

Colgué sintiéndome feliz, nerviosa y expectante, y corrí a perfumarme, peinarme, acicalarme. En un rapto de repentina inspiración me quité los pantalones y observé mis piernas con detenimiento: tenía los pelos muy crecidos, unos pelazos negros de evidencia insoportable, y decidí darme una rápida pasada con la maquinilla. Las hojas eran nuevas y mi piel sensible, de manera que, pese al cuidado que puse, me hice sangre en tres o cuatro poros. Restañé las pequeñas heridas de mala gana, maldiciendo el absurdo imperativo social que nos imponía a las mujeres unas piernas tan calvas como culito de bebé, y me sentí ridícula contemplando el destrozo de mi piel. Me puse los pantalones, y, aun con crema, las pantorrillas me escocían ferozmente. Me senté en el sofá de la sala a la espera de Miguel, manteniéndome perniabierta y perfectamente inmóvil para que la tela de los vaqueros no me rozara las piernas y se calmara el ardor. No habían pasado ni veinte minutos cuando llegó. Traía los rizos aplastados, húmedos y recién cepillados tras la ducha, y parecía un niño grande repeinado en mañana de domingo. Me guarecí en su pecho y le olisqueé gozosa, mientras él me acariciaba la cabeza y se reía:

—Pero bueno, Lucía, chiquitina, qué arrebatos de pasión, qué amores te han entrado...

Pero me apretaba fuertemente entre sus brazos y no daba señales de soltarme. Cuando salió un vecino al descansillo y atisbé su mirada airada bajo la axila de Miguel, me separé de él y cerré la puerta. Nos sentamos en el sofá y metí mi mano dentro de la suya, tan grande, tan sabida.

—Qué ganas tenía de verte, Miguelito.

Le miré con detenimiento como si fuera la primera vez que le veía. Sus ojos de color castaño claro, grandes, melancólicos, con el párpado sombrío y las comisuras cuarteadas de arrugas, quizá del mucho sonreír. La nariz recta, un poco demasiado ancha. La boca gruesa, viva, con sus labios espesos asomando entre los rizos de la barba en forma de morro tentador. Le encontré hermoso y absolutamente irresistible. Me dio un beso seco y suave que ardió en mi boca. Sentí que me excitaba y me abracé a él.

—Te he echado muchísimo de menos, querida mía —decía Miguel aplastando sus palabras y sus labios contra mi frente. —Te eché de menos cada día.

—Yo también...

Nada más decir esto me sentí acongojada y culpable. No era cierto que yo hubiera echado de menos a Miguel, al principio incluso me alegró que se marchara. Me encontré mentirosa y miserable, indigna de la ternura desbordante de Miguel, de sus inagotables reservas de cariño. Pensé con estupor en mí misma, en mi obstinado capricho por Hipólito, y me pareció simplemente eso, un capricho superfluo, una obcecación incomprensible: tan ahíta de amor me sentía en los brazos de Miguel, tan poco merecedora de ellos. Me pareció quererle en esos momentos más de lo que nunca había querido a nadie, con un cariño que me hormigueaba en las piernas, en el pecho, en la palma de las manos. Con un cariño pesaroso y distinto que se me mojó en lágrimas.

—Pero Lucía, pequeña, ¿qué te pasa?

Su voz era calma, acogedora. Yo me apreté más contra él, desolada.

—Chiquitina, ¿qué tienes, qué te ocurre?

Intentó separarme de él con suavidad, sujetarme la cara entre sus manos. Pero su dulzura me hacía sentir aún peor, aún más malvada, más culpable y mentirosa. Así es que porfié con él y volví a empotrarme entre sus brazos, con las lágrimas ya convertidas en sollozos.

—Lucía, querida, mi pequeña...

Miguel me miraba llorar con gesto entristecido y

me acariciaba suavemente la cabeza. Nos mantuvimos así en silencio largo rato, y después él puso su mano derecha en mi mejilla y fue recogiendo con el pulgar la huella de mis lágrimas en una dulcísima caricia. Yo pensé que le estaba haciendo un daño inútil, que me estaba comportando vergonzosa y cruelmente, de modo que redoblé mis hipos y gemidos y me sentí completamente desdichada. Aquél fue para mí un día particularmente acuoso.

—Es que... —balbuceé al fin con una voz nasal horrible y cortada de sollozos—. Es que... ¿Tú sabes aquel otro hombre con el que yo mantenía una relación?

Miguel me acariciaba las manos con alentador gesto.

—Sí.

—Pues he roto definitivamente con él y...

Lloré otro poco. Miguel sacó un pañuelo arrugado del bolsillo de la chaqueta y me enjugó las lágrimas con cuidado.

—¿Y le echas mucho de menos, y te duele su ausencia, y lloras por la ruptura? —dijo sereno y cariñoso en un intento de facilitar mis confesiones.

—Noooooooo... —bramé ahogada de congoja ante su tranquilo y generoso afecto, asfixiada de mocos y de lágrimas. Miguel me obligó a sonarme, me apartó el pelo de la cara con desmañado gesto. Me di cuenta entonces de que sus manos estaban temblorosas.

—No, no, al contrario... —conseguí decir al fin—. Es que es muy difícil de explicar... Ay, perdóname, Miguel, perdóname...

—Pero, ¿qué tengo que perdonarte, boba?

—Este número horrible que te estoy montando, todo...

—Pero —exclamó un poco exasperado—. ¿Qué es todo?

—No sé... Es que te quiero tanto, Miguel, te quiero tanto —dije consciente de que resultaba absolutamente incoherente—. Es que... ya sé que suena ridículo todo esto, pero me siento culpable...

—¿Culpable de qué, por Dios, Lucía?

—Culpable de... eres tan maravilloso, Miguel, no había encontrado a un hombre como tú en mi vida... Y cuando me has dicho que me habías echado mucho de menos y yo te he contestado que también... era mentira de alguna manera, ¿entiendes?, porque en esta semana he estado absorbida por la ruptura con el otro... Y he sentido como si te engañara... a ti, que eres la persona más persona que conozco... A ti, que te quiero tanto, Miguel, cómo te quiero...

Me había vuelto a abrazar a él, exhausta, bastante tranquilizada tras la confesión, aunque fuera, yo lo sabía, una confesión sólo parcial. Tenía los párpados pesados y escocidos, y durante unos momentos sólo pensé en el retumbar de su corazón bajo mi oreja. Entonces Miguel me volvió a separar de él, sujetándome por los hombros. Me dió un beso cauteloso en los labios, me miró triste y pensativo:

—No se deben hacer nunca tales afirmaciones de amor, tan repetidas, tan tajantes, ¿sabes? —dijo quedamente—. Porque cuando necesitas decir que me quieres en voz alta y tantas veces es que dudas de ello, es que quieres convencerte, es que las cosas comienzan a estropearse... Las afirmaciones verbales de amor son siempre mentira, o casi siempre...

Me entró una nueva angustia, me sentí casi embargada de terror:

—Por favor, Miguel, no digas eso, te quiero, de verdad, te quie...

Y dándome cuenta de que estaba repitiendo otra vez lo irrepetible me tapé la boca con la mano. Miguel se rió y me apretujó contra él:

—Venga, bobita, es que estás nerviosa ante el estreno y has tenido una mala semana, esto es todo, no te preocupes que no pasa nada. Anda, ve a lavarte esa cara de plañidera que mientras tanto voy a hacer un té.

Mientras intentaba rebajar la hinchazón de mis ojos con agua fría, pensé que Miguel tenía razón, que el estreno me hacía sentir tensiones y pavores. Entre salpicón y salpicón llegué al convencimiento de que mi película era espantosa, que no tenía interés alguno, que era una obra torpe, inhábil y mal hecha, que ni siquiera mi condición de primeriza podría redimirla del fracaso. En esos momentos hubiera querido detener las horas, repudiar la maternidad de la película, impedir que se estrenara al día siguiente, quemar las copias una a una. Volví a la sala consternada y sumida en derrotadas cavilaciones. La tetera estaba humeante y Miguel había encontrado incluso la caja de galletas. Nos sentamos en el sofá, muy juntos y abrazados.

—Con que me ibas a preparar un té y a hacerme mimos y caricias, ¿eh? —comentó él regocijado—. Me parece que como no te mime yo... Qué cara te has puesto, corazón.

Me besó en la punta de la nariz, haciéndome cosquillas.

—Debo estar horrorosa...

—Estás horrorosa, sí, pero también me gustas así.

Me sentí incapaz de resistir su mirada desde la fealdad de mi abotargado rostro, de modo que le saqué el jersey de los pantalones con insegura mano y metí la cabeza por debajo, pegada a su barriga. Ahí dentro se estaba tibio y en penumbra.

—Me vas a dar de sí el único jersey de cuello vuelto que me queda... ¿A dónde vas, gusano gordo?

Yo iba trepándole cuerpo arriba en mi apretado encierro. Metí los dedos entre los rizos de su pecho y comencé a lamerle despacito, tragándome todas las pelusas del jersey.

—Voy en busca del tesoro —respondí con voz ahogada; comencé a descender, marcándole un camino entre las costillas con la punta de mi lengua, hasta llegar a la altura del ombligo.

—Ajá... —exclamé triunfante saliendo al exterior. Entre mis dedos apresaba un ligero grumo de lana extraído del pequeño pozo de su vientre.

—Qué barbaridad —dijo él, jocoso—. ¿También hoy?

—También.

Me quedé un momento pensativa y cecijunta, haciendo una pelotita entre mis dedos con la pelusa lanuda de mi presa.

—¿Y si es un fracaso espantoso? —pregunté al fin con titubeo.

—No seas tonta —contestó él, atinando, como siempre, con la dirección de mis reflexiones—. Será un éxito.

—La película es horrible, Miguel —farfullé con genuina y aterrada modestia.

—Es normal que estés muerta de miedo antes del estreno. Pero la película está bien.

—Lo dices porque me quieres —coqueteé.

—Lo digo porque es verdad. Puede que no sea un éxito. Pero lo que sí te puedo asegurar es que no será un fracaso. Es un trabajo muy digno.

Suspiré algo aliviada. Le miré un instante con aviesa intención y, de repente, presa de súbita determinación, le quité el jersey y me quedé un momento gozando golosamente de la contemplación de su pecho ancho, firme, carnoso. Después comencé a desabrocharle el cinturón, y le fui quitando pantalones, calcetines, calzoncillos. El se dejaba hacer manso y sonriente. Al cabo quedó totalmente desnudo, medio tumbado en el sofá, mirándome con silenciosa expectación. Me arrodillé junto a él y recorrí con la punta de mis dedos su cuello, sus hombros, el pecho poderoso, los costados, el estómago cálido, las caderas, las ingles. Acaricié su sexo, vivaz y arriscado, y al contacto de mis manos Miguel encogió todo el cuerpo, se irguió sobre el asiento:

—Ay, me matas, hechicera, ¿qué artes empleas

para enfermarme así? Ven aquí... No me parece justo que tú sigas tan vestida y pudibunda...

Me sentó sobre sus rodillas y nos arrullamos mientras me desnudaba. Permanecimos un momento abrazados en silencio el uno al otro, emocionados, absortos en el placer de sentir nuestros sudores tan pegados, unidos en carne y palpitar. Me acomodé a él para anular huecos y vacíos, para adaptarme a su anatomía y aumentar hasta lo imposible la superficie de contacto. Nuestros cuerpos tenían unas esquinas muy bien compenetradas y sabían encajarse hábilmente. Me quedé así cosida a él, apretada en el abrazo, deseando poder diluirme, penetrarle por todos los poros de su piel.

—Pequeñita —me murmuró al oído—. Vamos a ir despacio, muy despacio, ¿te parece? Vamos a querernos durante horas.

—Sí, sí —contesté con mimo—. ¿Sabes una cosa Miguelito? Siempre he tenido la sensación de que no he llegado más que a una ínfima porción de lo que es el amor, de que más allá del sexo que conocemos hay un mar infinito de juegos y placeres —recapacité un momento y concluí con ínfulas líricas—: Un océano magnífico aún por descubrir.

—Vámonos de exploración, entonces... aventurémonos por las selvas misteriosas...

Y diciendo esto adelantaba un dedo curioso entre los rizos de mi pubis. Di unos breves suspiritos de gozo y alegría.

—Es como si... mmmmmm... Miguel, es como si todos nos resignáramos demasiado pronto a la mecánica, ¿entiendes? —insistí sintiéndome repentinamente lúcida—. Y esto es algo que nos pasa a todos, ¿no? Siento como si estuviéramos presos, limitados por una forma de amor convencional. No sé si me explico... mmmmm, ay... Digo, el forzoso calentamiento, la forzosa penetración, el orgasmo forzoso que hay que alcanzar... uy... siento que nos falta el juego, como si en general hacer el amor fuera más una especie de prueba, de reto a uno mismo, que una complicidad y un placer.

Se detuvo y me miró con sonriente ternura:

—Juguemos, chiquitina. Pero me tienes que enseñar, me tienes que ayudar a descubrirte, me tienes que decir cómo quieres que te bese, que te acaricie, que te ame.

—Y tú a mí, tú a mí también.

Tenía Miguel un cuello tentador, un cuello rotundo y elástico con suaves rizos apelusados en la nuca que siempre me resultó irresistible. Comencé a besárselo, a recorrer con mis labios ese territorio tibio y dulce, y me detuve un momento en el hueco acogedor de su garganta para beber la resina de su olor que allí tenía acumulada. Miguel me acariciaba toda y sus manos eran tan grandes que recorría mi cuerpo en un momento.

—¿Qué tienes en las piernas, que están tan rojas y tan irritadas?

Me abochorné:

—Si... si te digo la verdad te vas a reír de mí, Miguel, soy idiota.

—Cuenta, cuenta, ¿qué pasó?

—Que no, que me da vergüenza.

—Venga, boba, dímelo que no me río.
—Puessssss... Es que me he afeitado los pelos de las piernas antes de que tú vinieras y... ya ves, me he hecho una carnicería.
Rompió en carcajadas que me agitaron toda, pegada como estaba a él.
—Pero criatura, qué cosas haces...
Escudriñó mis pantorrillas con aire preocupado:
—¿Te escuecen, te molestan, te hago daño?
—No, no, no te preocupes.
—¿Seguro que no?
Comenzó a subir en sus caricias pierna arriba, por la cara interior del muslo, tan sensible.
—Seguro —contesté con turbia y desfallecida voz.
Los dedos de Miguel, alegres y aventureros, exploraban mis rincones con delicado avance.
—¿Te gusta? —musitó—. Enséñame, enséñame a quererte, chiquitina.
—Sí... —suspiré—. Me encanta, me encanta que me acaricies en... en la puntita de... ejem... del clítoris.
Se sonrió con gesto laxo:
—Que te acaricie en la puntita de tu coño, de tu sexo prodigioso, que es como una flor de carne suave, de tu sexo que es como una fuente de agua dulce, de tu sexo de espuma de mar, de pura seda...
Las fuerzas se me fugaban de los miembros, perdí noción de brazos y de piernas, me sentí esponjosa y volátil, toda yo bola de fuego, pozo ardiente. Llegué en mi vuelo al borde mismo del pretil, el vacío era dorado y portentoso, y encerraba promesas de estallidos; y salté, salté al aire fresco cargado de fulgor

y maravilla, salí catapultada al infinito tras abrir las compuertas de mí misma, me desbordé de amor sobre sus manos y a lo lejos me escuché gritar o cantar de tan feliz. Miguel me abrazaba estrechamente, mirándome desde muy dentro con ternura:

—No te puedo querer más de lo que te quiero, chiquitina, te estoy dando todo lo que tengo.

Y mientras me besaba los párpados con entregado gesto, yo me zambullí en la dulzura de su mirada malva y me sentí poseedora de una paz intensa.

2 DE DICIEMBRE

Ayer se despidió María de Día. No, ayer no pudo ser. Fue en noviembre todavía. El sábado, creo que fue el sábado. En el visor estaban poniendo esa serie dramática de «Clásicos de la Edad Industrial». No he acabado todavía de acostumbrarme a la nueva denominación de las Edades. Me parece absolutamente injusto que hayan corrido la Edad Contemporánea, me indigna verme convertida a mis años en un residuo de la Edad pasada. Ya sé que no es más que una convención de eruditos, pero me deprime tontamente el pensar que la Edad Contemporánea en la que creía vivir comienza ahora hace tan sólo diez años, tras la implantación total de la electrónica, y que mi mundo y mi juventud son algo añejo, archivado bajo la etiqueta de una Edad Industrial que se han inventado de repente. Los historiadores y científicos acuerdan Edades cada vez más cortas, y acabarán abarcando una sola generación. Pero eso yo ya no lo veré, me habré ido de este mundo mucho antes. No sé qué me sucede últimamente, qué extraña congoja siento tan adentro, pero de pronto es como si no comprendiera en absoluto lo que es la muerte, como si no entendiera el significado del concepto. Hablo de morirme y no sé lo que es. Sólo se me oscurece la mente en un temor sombrío y sin relieves. Una tarde, de repente, me sentí empavorecida mientras leía una novela, me aterró el darme cuenta de que el autor de aquello estaba muerto. Ahí, en las páginas del libro, permanecían sus pensamientos y sus dudas, aquel hombre palpitaba aún entre mis dedos: y, sin embargo, había desaparecido hacía ya tiempo. Sentí náuseas. Sentí como si tuviera el cerebro de un cadáver en mis manos. Era algo lúgubre, morboso. Debo estar loca, porque no me entiendo. Desde entonces soy incapaz de leer ninguna obra de autor ya fallecido, y ni tan siquiera puedo entretenerme viendo videos, porque las películas se han convertido ahora para mí en un obsesionado recuento de difuntos: ese ya ha muerto, me digo, y ésa, y éste. Es todo una aberración necrófila, un susto, un putrefacto espanto. Les imagino en sus tumbas, todos huesos polvorientos roídos de gusanos. Les imagino escribiendo sus novelas, o rodando sus películas, inconscientes del protagonismo de su propia muerte, desconocedores aún de cuál sería su agonía. Ricardo me trae los últimos *best-sellers,* las novelitas de los jóvenes primerizos con mucha vida por delante, y, con ellos, soy capaz de leer como si conversara. No me entiendo, a veces no me entiendo.

María de Día. Sigo sin recordar cuándo se fue.

Hay veces que siento como si todas mis neuronas se pegasen las unas a las otras, dejándome incapacitada para pensar o recordar. No sé qué pasa, qué me pasa, pero últimamente suelo caer en una especie de sopores, en unos momentos de confusión grises y oscuros. Creo que estoy perdiendo la memoria, el recuerdo se me mezcla y se vacía. Tengo miedo. ¿Será el virus, el maldito virus nuevamente? Pero en el volumen de patología no decían absolutamente nada sobre esto. Puede que no tenga nada que ver con los vértigos. Quizá sea simplemente la vejez. Demencia senil, creo que le llaman. Una demencia senil precoz que empieza a arrasar mi vida y mi cabeza. Dios mío, quizá languidezca así durante años, convirtiéndome en una anciana de cabeza desvaída, en una vieja loca, muriendo un poco por dentro cada día. Entonces me mataré, acabaré de una vez con todo esto, prefiero mil veces escoger un fin rápido y digno, lo mismo que quiso hacer doña Maruja. Es mejor suicidarse que vivir muriendo. Presiento, sé que estoy enferma, muy enferma, no es verdad lo que me dicen, todos me engañan y me animan con palabras inútiles, Dios mío, es el espanto, el vértigo, el vacío, me siento morir ya, la nuca se me está poniendo rígida y helada, helada, esto debe ser morirse, el corazón me asfixia y se desboca.

Calma. Calma. Son tus propios nervios, Lucía, es tu miedo lo que te alucina. Sigue escribiendo. Concéntrate en pensar cómo el rotulador se desliza sobre la hoja. Hoja. Hoja. Hoja. Lo que más me gusta es escribir la barriga de las letras. El papel es muy satinado, el rotulador escribe muy bien. Es un placer dibujar la curva de la jota. Jota. Respira hondo. Relaja tus músculos, seca el sudor frío de la frente. Aspira, expira, aspira, expira. Así está mejor. El corazón vuelve a marchar a su tranquilo ritmo, te das cuenta, son sólo tus nervios. Hay que sobreponerse al pánico, hay que conseguir reducirlo a simple miedo, que siempre es cosa controlable. Escribe. Piensa en otra cosa. María de Día se ha marchado, vino ayer a despedirse. Tengo que distraer mis pensamientos. Soy una histérica. A veces creo que estoy loca, ¿qué otra cosa pueden ser, sino pellizcos de locura, estas crisis de terror que de vez en vez me invaden? Sin preaviso, sin transición: de pronto me lleno de espanto y siento que el suelo se hunde a mis pies. No pienses en ello. María de Día vino a despedirse, tan cariñosa ella, no recuerdo bien qué día fue. Tranquilidad, Lucía, calma. Me gustaría fumarme un cigarrillo, pese a los años que hace que no fumo, le podía haber pedido uno a Ricardo, es una pena. Date cuenta de que es ridículo, desde que estás aquí has pensado que podías tener mil enfermedades diferentes, cáncer, meningitis, y ahora una demencia senil, no seas tonta. Se acabó, no quiero dar más vueltas a todo esto. Tengo que obligarme a pensar en otra cosa. Está despejado, y como el sol anda muy bajo ya, entra de refilón por la ventana poniendo una mancha dorada en la pared. Y lo de los libros, mi náusea por los autores muertos, estoy loca. Concéntrate en cualquier otra cosa. ¿Qué me tocará de cena? A lo peor me traen otra vez hígado. Le voy a pedir un helado a María de Noche. Un helado de vainilla y fresa. Qué rico. Delicioso. Dentro de nada vendrá María de

Noche, encenderá las luces, te traerá la cena y el helado. Verás como desaparecen del todo los temores. María de Día se vino a despedir el otro día, digo. Fue cosa triste, la verdad. Entró vestida de calle, nunca la había visto sin su bata blanca, y me pareció otra persona. Tan menuda, tan delgadita, tan niña. Estuvo animosa, haciendo bromas todo el rato, pero al final cogió mi mano y se emocionó. Yo me sentí como el condenado a cadena perpetua que se despide de su abogado amigo. Le dije, que seas feliz. Y ella me contestó, pero Lucía, si te volveré a ver dentro de nada, te visitaré cuando venga a ver a mi cardiólogo y ya sabes que eso tiene que ser muy pronto. Me apenó mucho su marcha, la echo y la echaré mucho de menos. El nuevo enfermero diurno es un chico joven, larguirucho, que camina abalanzado hacia delante como si tuviera perpetuamente frente a sí un desaforado huracán. Tiene la nariz rota y ojos diminutos y pequeños, y esto le da un aire entre canallita y aniñado. Es tímido, callado y antipático. Creo que se llama Paolo y que es italiano, pero Ricardo ha decidido llamarle Al Capone en honor a su nariz derrengada y su aspecto de gángster aprendiz. Ricardo trajo esta mañana un cucurucho de castañas calientes conseguido quién sabe cómo, y las estuvimos comiendo con placer.

—Qué ricas están —dije con nostálgica gula: las castañas me sabían a invierno, a las ásperas medias de lana del colegio, al viejo de la esquina que vendía palulú en un cesto de mimbre, a mis diez años, a los tirones de pelo en las mañanas cuando mi madre me peinaba las trenzas, yo miraba por la ventana y fuera el día era gris, húmedo y tristón—. Me recuerdan tantas cosas... Había una castañera en la esquina de mi casa... de la casa de mis padres... Hace ya tanto tiempo de esto...

—La castaña de Lucía —bisbiseó Ricardo con la boca llena.

—¿Qué dices?

—Nada. En vez de la magdalena de Proust la castaña de Lucía—. Ricardo repitió su tontería con aire distraído, escupiendo trocitos de piel y cáscara con cuidado—. Por cierto, ¿qué tal van tus memorias? Estarás a punto ya de terminar, ¿no? ¿Qué vas a escribir después?

Me encogí de hombros con cansancio.

—No he empezado el domingo de pascua todavía... No he escrito nada más de lo que ya has leído. Es que... No me encuentro bien del todo, me canso mucho, no sé, de pronto se me borra la cabeza y soy incapaz de concentrarme, es como si sintiera una especie de mareo sin mareo, me entiendes, como los vértigos de antes, pero por dentro, en vez de girar yo giran mis pensamientos, mis recuerdos...

—No me extraña lo más mínimo. Estás harta, aburrida de estar aquí. Estás agotada de la rutina de todos los días. Digamos que es un vértigo existencial. A mí me sucede a veces, pese a no soportar condiciones tan desfavorables como las tuyas. Los médicos lo saben, creo que tienen incluso un nombre técnico para denominarlo, es el síndrome de algo; tras un internamiento prolongado siempre aparece ese agotamiento, esa desgana, esa confusión mental.

—Sí, ¿verdad? —comprendí que Ricardo había

dado en el clavo—. Es cierto, estar tantos meses en un hospital quebranta mucho.

—Por supuesto, querida. Es cosa sabida, entras en los sanatorios perfectamente sano y sales destrozado y achacoso. Yo por eso me resisto.

Nos reímos. Le cogí de la mano.

—Por cierto, Ricardo, no me has dicho nada sobre lo que te pareció lo último que has leído.

—Sí te lo dije. Te dije que me gustaba, que habías conseguido prenderme en la acción y que ardía en deseos de ver cómo acababa la historia.

—Pero no me has hecho ninguna crítica —insistí—. Ahora que lo pienso —añadí repentinamente desconfiada— hace ya mucho que no criticas nada de lo que escribo, ¿por qué?

—Eso no es exactamente cierto, querida, pero es verdad que últimamente te comportas mejor. Quiero decir que me estás haciendo caso, una actitud muy juiciosa por tu parte, dicho sea de paso, y que estás siguiendo todos mis consejos literarios. Y ante una alumna tan aplicada, ¿qué se puede decir?

—Sigues tan fantasma como siempre, Ricardo.

Se inclinó hacia mí y me acarició la frente:

—Envidié mucho a Miguel, ¿sabes?, le envidié terriblemente en eso último que has escrito. Me hubiera gustado poder ocupar ese lugar que él ocupa en tus memorias.

—No te preocupes, tonto. Lo próximo que escriba será un diario de mi estancia en el hospital, he estado tomando unas cuantas notas para ello, y te aseguro que te reservo el papel protagonista.

—¡Al fin! —exclamó haciendo grandes pamemas

y aspavientos—. Yo ya no sabía qué más méritos hacer para conseguirlo...

Me enternecieron sus celos de Miguel, tan a desmano, tan a destiempo. Hace ya siete años que murió Miguel y me parece casi mentira haberme podido acostumbrar a vivir sin su presencia. El primer ataque lo sufrió dando clase: cayó al suelo redondo, sin sentido, y cuando me avisaron estaba ya internado en el hospital. Recuerdo mi primera impresión al verle en aquella cama tan pequeña en la que apenas cabía: él, que nunca había estado enfermo, que era mi fortaleza y mi refugio, convertido de pronto en un muñecón roto, en un ser frágil y asustado. Iba a cumplir sesenta y cuatro años, tenía la misma edad que Ricardo tiene ahora, pero se conservaba mejor, más joven y más sano, aunque esto último, ahora que lo pienso, resulta ridículo decirlo de un moribundo. Estaba un poco grueso, eso sí, porque con los años crió una barriga blandita y cana que llegué a amar enormemente. Pero se mantenía erguido y ágil, muy guapo con su pelo rizoso prematura y gloriosamente blanco, la barba plateada, la expresión vivaz de su cara rubricada por un meticuloso entramado de finas arrugas. Y unos mofletes, esos mofletes de salud, que sobresalían de su rostro graciosamente inflados al reírse. Estaba más guapo que nunca y las mujeres se volvían por la calle a mirarle, y las alumnas le mandaban cartas encendidas: él las leía y sonreía abultando las mejillas con irónico y tierno gesto. Pero aquel día, cuando llegué al hospital, le vi convertido en un anciano. Estaba lívido, un rostro de cera sólo manchado por el borrón tumefacto de la ceja que se había partido contra la mesa al caer. Tenía media cara paralizada y la boca se le torcía para abajo en un extraño rictus fijo que parecía de dolor. Su mejilla izquierda había perdido redondez y el ojo estaba medio cerrado y se escurría hacia la sien. Cuando me vio llegar gimió muy quedo y su miedo me partió el corazón. Metí mi mano en la suya, como siempre, y no pudo ni tan siquiera apretármela. Le acaricié, le conté banalidades, sequé el sudor de su frente, le mimé como una madre puede mimar a un hijo pequeño y asustado, y conseguí diluir un poco el pánico que asomaba por sus ojos. A los dos días se repitió el ataque y los médicos me dijeron que no tenía solución. Lloré tanto que creí quedarme ciega, y cuando se me terminaron todas las lágrimas aún no había empezado lo peor. Porque Miguel estaba fuerte y sano, porque era muy robusto, aún joven. Y resistía. Seis semanas le costó morir, seis semanas y dos días. Al principio, la condena a muerte de alguien tan cercano produce un cataclismo en tu propia vida. Todo se nubla y desvanece, las rutinas se rompen, dejas de comer y de dormir, las horas pierden su significación y no eres apenas capaz de diferenciar los días de las noches. Pero cuando la agonía se prolonga tanto llega un momento en que adquieres una familiaridad siniestra con la muerte, en que adoptas nuevas rutinas y costumbres: recuperas las pequeñas obligaciones cotidianas y eres aterradoramente capaz de seguir sobreviviendo en la normalidad, a pesar de la zozobra. Por eso, cuando murió al fin una mañana cualquiera, lo hizo sin esperarme, murió solo. Cuando llegué al hospital me lo dijeron. La misma enfermera que debía haber comunicado tantas otras muertes para ella anónimas. La misma enfermera con gesto profesionalmente compungido. Una María de Noche María de Dolor, la misma María ajena que le cerró los ojos. Lo único que pude hacer fue entrar a verle. Ver su pobre cuerpo consumido y extraño, tan diferente al Miguel que conocí. Llevaba ya bastantes días inconsciente —me aseguraron que no recuperó la lucidez, que fue incapaz de sentir nada—, pero el no haber acompañado sus últimos momentos me llenó de una amargura medrosa y especial. Miguel, mi dulce Miguel, mi bien amado, cuánto te he echado de menos desde entonces.

Supongo que debí estar pensando en todo esto en presencia de Ricardo, agudizada mi memoria por su comentario, porque al parecer mi gesto se entristeció sin siquiera darme cuenta.

—Eh, ¿qué sucede, querida mía, que estás poniendo esa cara tan compungida?

Le hablé de Miguel repleta de añoranzas, le hablé de Miguel durante largo rato, quizá con poco tacto, y Ricardo me escuchó pacientemente. Después, con voz suave y gesto inocente, comenzó a hacer insinuaciones insidiosas:

—Querida Lucía, yo soy el primero en reconocer que Miguel era un hombre singular. Generoso y afectuoso, sí, poseía un especial encanto. Sin embargo... —dudó—. Sin embargo, Lucía, me temo que estás idealizando su recuerdo.

—¿Idealizando?

—Sí... pareces haber olvidado la verdadera relación que entablaste con él. Recuerdo, recuerdo perfectamente algunas conversaciones que mantuvimos a lo largo de los años. Recuerdo cuando me decías que te aburrías con Miguel. Recuerdo que en ocasiones la convivencia te resultaba desesperante.

—Absurdo. No digas tonterías.

—Estuvisteis a punto de separaros en un par de ocasiones.

—Sólo en una. Y es normal. Escucha, cuando vives más de veinte años con alguien se atraviesan crisis. Crisis que a veces no están originadas en la propia relación, sino en problemas externos. Aquella vez fue culpa mía, llevaba cinco años intentando encontrar un productor, me sentía deprimida, desesperada... Además, ninguna convivencia es fácil... De pronto pensé que me estaba perdiendo a mí misma... No sé, fue una mala racha, un mal momento... Pero se solucionó y continuamos aún más unidos que antes...

—Y le fuiste infiel muy a menudo.

—No es verdad. No le fui infiel nunca. Lo que yo llamo ser infiel. Cuando vives tanto tiempo con la misma persona, ¿qué importa tener otras relaciones pasajeras? El también las tuvo, y eso no alteró la relación en absoluto...

—Miguel te quería mucho.

—Y YO le quise enormemente —respondí irritada—. ¿Qué pretendes insinuar?

Se me quedó mirando un momento con aire pensativo:

—Está bien, querida Lucía —añadió—. Dejemos el tema, no vamos a discutir de esto ahora... Quizá tengas razón y en cualquier caso ya no importa.

Comprendí que estaba algo dolido, maravillosamente celoso de Miguel, y accedí gustosa a cambiar de conversación: querido Ricardo, tan diáfano como un cristal.

—Además —dijo con alborozado aire misterioso— tengo que contarte algo que puede divertirte bastante.

—¿Ah, sí? ¿Qué es?

—Adivina...

Se recostó en el respaldo con una sonrisa de placer anticipado colgada de los finos labios.

—Venga, Ricardo, no seas pesado, ¿qué es?

—He visto a Hipólito.

—No me digas. ¿Has hablado con él? ¿Dónde?

—No, no, no he hablado con él. O no me ha reconocido, o no me ha querido reconocer, o simplemente no me ha visto, porque habré de decirte que está más ciego que un topo, lleva unas gafas de este grosor —y señalaba entre sus dedos índice y pulgar una franja de aire de anchura imposible.

—Pero, ¿dónde le has encontrado?

—Verás, ha sido una escena de lo más ridícula. Cuando salí ayer de aquí me metí en una cafetería del polígono, aquí cerca, para comer algo. Y de pronto comencé a escuchar una absurda conversación a mi espalda, así es que, ya sabes que soy más bien curioso, me di media vuelta discretamente para ver quién era, y cuál no sería mi sorpresa al descubrir a Hipólito.

—¿Estás seguro de que era él?

—Segurísimo. Estaba pegado a mí, justo en la mesa vecina, y además estoy harto de verle en el tele: le reconocí de inmediato.

—¿Estaba solo?

—No. ¿No te digo que escuché una conversación? Esa era la cuestión, estaba con una muchacha muy joven y que tenía cara de susto o de inmenso aburrimiento. Hipólito se mantenía pegado a ella, volcado encima de la mesa y metiendo la pechera en el café, para verla con claridad sin ayuda de sus gafas o llevado por el calor que ponía en conquistarla, no sé bien.

—Pero, ¿la estaba conquistando?

—¿Tú qué crees? Le decía con una voz susurrante pero atronadora, le decía, «nena...».

—No es posible.

—Calla, espera. Le decía, «nena, puedo apoderarme de tu mente...».

—No es posible.

—Y más aún. Decía, «me llamo Hipólito, nena, de Hipolitus-Hipoliti, pero te considero una amiga íntima, nena, y mis amigos me llaman Hache».

—¿Que le llaman cómo?

—Hache.

—No es posible.

—Y continuaba musitando insensateces, «nena, no quiero engañarte, estoy casado», y «nena, me inspiras, tú sabes que yo soy un escritor muy conocido», y «nena, estás muy distraída...».

—¿Y ella?

—Pues eso, distraída, o, por mejor decir, alucinada y con cara de querer salir de allí corriendo.

—No me lo puedo creer, Ricardo, estás mintiendo, Hipólito era mucho más inteligente que todo eso —comenté recelosa, pero regocijada.

—Pues así ha sido. Y mientras tanto, entre susurro y susurro, Hipólito daba unas cuantas boqueadas, medio asfixiado, y se aplicaba inhalaciones de un pequeño pulverizador contra el asma.

—Así es que sigue ahogándose... Qué barbaridad... ¿Y qué pasó?

—Nada. Que la muchacha dijo un «perdone» en un momento determinado, que fue lo único que la oí decir en todo el tiempo, por cierto, y se puso en pie de un salto lanzándose a los brazos de un chico que acababa de entrar en la cafetería.

—¿Y qué hizo Hipólito?

—Se ahogó un poco, hizo dos o tres inhalaciones, tanteó la mesa a la búsqueda de sus gafas, se las puso y se fue.

—Pero, ¿cómo no hablaste con él, hombre?

—¿Para qué?

Recapacité un momento:

—Ricardo, es mentira —dije al fin—. Es mentira. He visto a Hipólito por el tele muchas veces y no usa gafas, ve perfectamente bien.

—Es que es coqueto, querida, y para salir en público representando su papel de escritor triunfante se las quita... Es un miope coqueto...

Me eché a reír; me sorprendió sentir aún un pequeño y malévolo placer ante la decrepitud de Hipólito. Hacía años que no pensaba en él. Creo que el escribir mis memorias ha refrescado mis recuerdos y mis emociones.

—Pobre Hipólito... —exclamé burbujeante.

Ricardo me escudriñó con gesto malandrín:

—De manera que aún te alegras de su decadencia... —dijo—. Eres una mujer sorprendente, Lucía... Han pasado tantos años... ¿Y si te digo que todo lo que te he contado es mentira? ¿Que era sólo una trampa para comprobar la irracionalidad y perdurabilidad de tus rencores?

Sentí despecho e irritación por haber caído nuevamente en sus redes:

—Ya te lo dije, ya me parecía que no era verdad, que estabas inventándotelo todo... Eres incorregible, no sé qué ganas mintiendo en cosas tan absurdas...

Se echó a reír:

—Pues te han vuelto a fallar las intuiciones, querida mía, porque la anécdota es rigurosamente cierta...

Y me miraba con una burlona y tierna chispa de complicidad bailándole en el malva de los ojos. Cómo me gusta Ricardo. No sé por qué nos ha costado tanto conocernos, cómo hemos podido pasar más de treinta años permaneciendo tan indiferentes el uno al otro. Esta penosa etapa de hospital me está sirviendo al menos para algo, para reencontrarme con Ricardo, para querernos bien. Cuando salga de aquí no quiero vivir sola. Le voy a proponer que envejezcamos juntos. La posibilidad de empezar una nueva vida, a mis años, me parece un milagro, un regalo del destino: me llena de ánimos y fuerzas. No me había sentido tan viva desde que murió Miguel. Pensando en ello mis miedos me resultan ridículos y tontos, se debilitan y diluyen.

Acaba de entrar Al Capone a ponerme la inyección y me he extrañado de no ir antes a la sesión de radiaciones. Me ha dicho que no vamos, que parece que ya no me van a dar más rayos, que por lo visto me van a cambiar de tratamiento. Me he asustado. Es absurdo, lo sé, pero una pequeña alteración de las rutinas del hospital me asusta y descompone. ¿Por qué no me van a dar más sesiones? Al Capone dice que debe ser que he mejorado, pero que él no sabe nada. Este pobre idiota no se entera nunca de las cosas, la verdad. Mañana vendrá a verme el médico, la doctora en persona, me ha dicho, y ella me explicará todo. Pero a mí todo esto me da miedo. Un cambio de tratamiento debe significar que la enfermedad también ha cambiado. ¿Es una evolución positiva o negativa? Quizá dejan las radiaciones porque no consiguen acabar con el maldito virus. Quizá mi enfermedad sea incurable. El nuevo tratamiento puede ser doloroso. Aún más, empiezo a temerme lo peor, empiezo a sospechar que tendrán que operarme. Trepanar la cabeza. Cortan el cráneo con un láser. He releído las notas que tomé del libro de patología: «El tratamiento de la enfermedad de Menière grave, que en su forma más intensa constituye un transtorno incapacitante, debe ser quirúrgico. Existen varias técnicas para destruir el laberinto, pero llevan inherentes el peligro de dañar la audición, lo que supone una gran desventaja (...) se recomienda la sección intracraneal del componente vestibular del octavo par». Intracraneal. Cortan el cráneo con un láser. Me dejarán sorda. No hay nada más ridículo y exasperante que una vieja sorda. Las operaciones me dan miedo. Cortan el cráneo, rasssss, con un láser. No saldré jamás de aquí, jamás. Dios mío, me parece insufrible tener que esperar en esta duda hasta mañana. Y Al Capone no sabe decir nada, o no quiere. Al Capone, por cierto, es el nuevo enfermero diurno. Con estos sobresaltos casi se me olvida hablar de la despedida de María de Día, que al fin se ha ido. Vino a decirme adiós, muy cariñosa y amable, vestida con su ropa de calle: es curioso lo que cambian las personas con los trajes, sin la bata blanca parecía aún más niña. Estuvo parloteando como un lorito, atolondrada y nerviosa, y después me cogió la mano al despedirse. Me emocioné. Envidié su libertad, su juventud. Estoy segura de que no voy a volver a verla jamás. Así es que, cuando ya estaba en la puerta, me permití una venganza. Le dije, «que seas feliz», y ella palideció, farfulló no sé qué excusas. Qué duro, qué angustioso es todo esto.

9 DE DICIEMBRE

El tiempo está hermoso y despejado. Brilla un limpio, frío sol de invierno, y la brisa te corta las mejillas. Estuve paseando un rato por el jardín y llegué a olvidar por un momento todo. La tierra está agostada por los hielos, pero guarda dentro de sí el germen de nuevas hierbas, de ese cérped joven que nacerá la primavera próxima. La mañana era tan bella que me dejó sin aliento y fui casi feliz. Intenté abrir todos los poros de mi cuerpo y atrapar en ellos el aire y la mañana, hubiera querido derretirme bajo el débil sol, detener el instante entre mis dientes. Pero las piernas me flaquean y me agoto, tuve que regresar de nuevo a la cama. Pese a todo siento en mi cuerpo tal avaricia de vida que me maravillo de mi insensibilidad de antaño, me maravillo de no haber sido capaz de calibrar en lo debido el gozo infinito que es tener un futuro ilimitado. Si pudiera recuperar todo aquel tiempo que he vivido embrutecida y sin conciencia de vivir, si hubiera ahorrado todos los días que despilfarré y quemé en el tedio, ahora tendría muchos años de tregua por delante. Pero eso es imposible porque me estoy muriendo.

Escribo que me muero y no siento nada o casi nada. Es increíble la capacidad de anestesiarse que tiene el ser humano. Hablo de mi muerte como si no existiera, como si no fuera la mía, vaciando de comprensión mi conciencia. Claro que luego está el horror, ese horror que me acecha de continuo, los pozos negros de espanto en los que a menudo caigo, cuando alcanzo a comprender mi muerte. Es curioso, pero, al principio, cuando la doctora me lo dijo, no lo pude creer. Mi mente entendía las palabras, pero mi cuerpo se negaba. Me sentí por un instante suspendida en el aire, paralizada de estupor, como atrapada en un mal sueño. Podría asegurar que el corazón se me paró, que todas las células de mi cuerpo detuvieron su actividad durante unos segundos. Y después comencé a comprender. A comprender que me muero. Que hay algo extraño en mi cabeza que me devora poco a poco. En mi cabeza, en la mía, aquí dentro. Me la toco, noto las orejas suaves y calientes. El pelo, un poco áspero. El cráneo. Duro. Bajo el cráneo está mi cerebro, vivo, VIVO, pensando, palpitando. Y en algún lado ese monstruo se agazapa, me devora. A mí. Aquí dentro. Me mata. Matar. Desaparecer. Yo. Soy yo. Terror. Temblor. Oscuridad. No puedo. Es el espanto mi espanto mi muerte yo muriendo yo morirse muerte yo muriendo sola yo completamente sola yo ante mi muerte.

Ya pasó. Me tiemblan las manos y el rotulador se

estremece. Pero ya pasó. Pasó el sobrecogimiento, el pozo negro. Y es negro de verdad porque el espanto es de color oscuro. Cuando me ahoga el pánico todo se hace irreal y soy incapaz de distinguir mi entorno. Es como si la habitación se ensombreciera, como si me quedara ciega de terror. En esos momentos angustiosos el cuerpo me tiembla con violencia, como si intentara escaparse de mí y de mi destino. Pobre cuerpo mío, maldito cuerpo que me mata.

Son las cuatro y cuarto. Ya son las cuatro y cuarto de la tarde. Ya. Esta mañana, tan bella y soleada, se acabó. Se pasó. Se escapó entre mis manos. Este correr del tiempo me enloquece. Son las cuatro y veinte. He perdido cinco minutos. Cinco minutos más. Las cuatro y veintidós. Me volveré loca si sigo así. Piensa en otra cosa. Escribe de otra cosa. Por favor.

Ricardo sabía lo del tumor desde hace tiempo. Eso sí, no supo la rapidez del desenlace hasta hace poco. La rapidez. Ricardo aconsejó que me dijeran todo. A veces llego a aceptar su decisión como acertada, pero casi siempre le maldigo. Mi vida ha sido tan distinta desde que lo sé. Miro hacia atrás y esta última semana me parece interminable. Y, sin embargo, el tiempo se me escapa tan aprisa. Las cuatro y veintisiete. Lucía, Lucía. Supongo que prefiero haber conocido la verdad, tener la oportunidad así de aprender a bien morir. Mentira, eso jamás se aprende. La muerte es una aberración, una injusticia. Ricardo permaneció días enteros a mi lado, estuvimos en silencio durante horas, agarrados de la mano, y tan sólo la intensidad de mi apretón podía darle la clave de mis interiores vaivenes de terror. Después recuperé el habla y el vivir: somos mucho más fuertes de lo que pensamos. Ricardo viene todos los días, se sienta a mi lado, me cuenta anécdotas y chismes, me embarulla las entendederas con su charla. A veces se me olvida. Y luego, en mitad de una frase, vuelve a mí, como un pellizco, la conciencia de mi muerte.

—Lucía, querida mía, no te dejes ahogar por el terror. Relájate, la muerte no es algo tan horrible, no puede serlo —dice Ricardo—. Todos nos morimos, Lucía, todos, desde el principio de los siglos. Billones y billones de seres vivos han tenido que morir, miles de personas están muriendo cada día, ahora mismo. La muerte es algo natural, tan común a nosotros, tan cotidiano, que no puede ser algo terrible, Lucía, no lo es. Intenta rebuscar por los rincones de tu cuerpo. Seguro que encuentras por algún lado la naturalidad, la costumbre de la muerte. Tienes que permanecer serena, Lucía, olvida que vas a morir como lo olvido yo mismo, que también moriré. Intenta vivir sin miedo cada día, porque la muerte es una función natural y te irás preparando naturalmente para ella.

A veces sus palabras me alivian, me consuelan, me hacen intuir algo que debe parecerse a la resignación. Pero en otras ocasiones todo lo que me dice me resulta absurdo e inútil. A veces le miro y pienso: él habla así porque no lo tiene. No tiene el tumor en su cabeza. No en la suya. Ya son las cinco menos cuarto.

Por lo menos, gracias a las inyecciones, será una muerte sin dolor: me lo ha prometido la doctora, lo ha jurado. Será un apagarse suave, una niebla, una confusión progresiva, un ir perdiendo pie en el mundo. En realidad eso es una suerte. Como dice Ricardo, debería sentirme más tranquila y serena que las demás personas. Porque yo domino mi muerte, la conozco, y ellos están expuestos al azar.

—Ya sabes que yo pienso que el conocimiento da el poder —dice Ricardo— por eso jamás debes de decir todo lo que sabes.

Qué absurda me resulta la vida, vista ahora. ¿Para qué me he esforzado, para qué he sentido, amado, odiado, sufrido? ¿A dónde irán a parar todos mis recuerdos, todo lo que sé, toda la vida que tengo metida en la cabeza? Los libros que he leído, las películas que he visto, los conocimientos que adquirí con duro ahínco, la madurez, la experiencia. Me ha costado tantos años el construirme como soy, y ahora todo eso desaparecerá, se desintegrará sin residuos. ¿A dónde iran a parar todos los instantes que sólo yo viví y que sólo yo recuerdo? ¿Y mis sensaciones, mis debilidades, mis amores? Al morir no sólo muero yo, desaparece también mi vida entera. Desaparece aquel muñeco de peluche que tuve siendo niña y al que tanto quise. Desaparece la ternura de Miguel en mi memoria. Desaparece la casa en la que nací, que fue derruida hace tiempo y que sobrevivía guardada en mi recuerdo. Dentro de muy pocos años, cuando mueran Ricardo, y Rosa, y pocos más, nadie sabrá de mi existencia. Será como si no hubiera nacido tan siquiera. Qué estúpida sinrazón la de la vida. Tengo que terminar de escribir mis memorias, tengo que conseguirlo. Para que quede algo de mí, para salvar parte de mí misma de la nada. Para fijar en el tiempo aquellos días en los que existí intensamente, los instantes agudos de mi función Delta. He de terminar mis memorias, he de sobrevivirme. Aunque, en realidad, ¿qué importa todo eso? Es un esfuerzo inútil el escribir unos papeles que no existirán para mí cuando yo no exista.

Empieza a atardecer, Se me va el sol. Se me va el día. Pronto entrará María de Noche con la cena. No sé por qué, pero tengo antojo de chanquetes. Churruscados, salados, diminutos. Deberían servirme mis platos preferidos, deberían preguntar por mis deseos, como hacen con los condenados a pena capital. Fresas. Ya no volveré a comer fresas. No alcanzaré la temporada. Fresas rojas, fresas jugosas, fresas fresas. Con nata. Con zumo de naranja y mucho azúcar. Dios mío, daría cualquier cosa por poder comer fresas. Solía comprar los primeros cestillos del mercado. Aparecían de la noche a la mañana, adornando repentinamente los puestos de frutas callejeros con su apretado borrón granate. Allí estaban, apiladas las unas contra las otras, reventando primaveras, oliendo, oliendo a perfume de verano. Maldita sea la vida, malditos sean todos.

Si fuera valiente me habría suicidado. ¿De dónde sacaría doña Maruja tal fuerza, tal coraje? Yo no soy capaz. Suicidarse supone saber que este minuto que vives es ya el último. El último. Lo más horrible de todo es esta sensación de estar despidiéndose de una misma. Sería mejor que alguien me matara, que me mataran sin que yo supiera nada sobre ello. Que alguien me matara mientras duermo. Me acuesto hoy, y alguien me asfixia por la noche. No, asfixiar no. Alguien me pone una inyección. Lo mejor es que mezclen el calmante de la noche con un veneno retardado e indoloro. Yo me duermo creyendo despertar y ahí se acaba todo. Pero no, no quiero, no quiero que me maten, quiero vivir mañana, quiero seguir viviendo.

Les odio. Cómo les odio. Están sanos, no están condenados como yo lo estoy. ¡Si lo hubiera sabido! ¿Por qué nadie me advirtió en mi juventud de que me iba a morir? Esto que acabo de escribir es absurdo, ya lo sé. Siento la cabeza confusa y creo que empieza la jaqueca. Pero yo no sabía que me iba a morir. Cuando era joven me creía eterna. ¡Si alguien me hubiera dicho cómo era esto! Hubiera huido. Qué tonterías pienso. Huir, si se pudiera huir. Huir a una isla interior, huir del miedo y de una misma. Si me hubieran dicho que iba a morir hubiera vivido diferente. Lucía, pobre Lucía, pobrecita mía, pobre.

Lo peor, lo verdaderamente horrible, fue cuando me quitaron todo el tratamiento. Qué desolación. Qué crueldad la suya. Crueldad de seres sanos. Me quitaron las radiaciones, los medicamentos. Era admitir abiertamente que todo estaba perdido y acabado. Por qué no me engañaron, por qué no fingieron que aún había esperanzas. Me han abandonado, me han abandonado todos, me han dejado aislada en una barquita que hace agua en mitad de un mar de tiburones. Ahora sólo es cuestión de tiempo. ¿Dolerá mucho la mordedura de un tiburón? ¿O me ahogaré antes de que el monstruo me devore? No deberían haberme dicho la verdad. Se creen que soy fuerte y adulta. ¿Por qué tengo que ser fuerte? Soy débil. Me siento tan débil. Frágil, frágil. Hundiéndome en el mar. Nadie puede ayudarme. Tengo miedo. Me siento igual que aquella primera noche que me quedé sola en casa. Mis padres habían salido al cine, o a cenar. Me desperté de pronto entre tinieblas, todo a mi alrededor se está llenando de susurros, sé que estoy sola y que nadie vendrá a socorrerme. Me siento en la cama. La noche pesa por encima de mí. Abro mucho los ojos intentando traspasar la oscuridad. Es una oscuridad aterradora, densa, cuajada de roces y ruidos sospechosos. Tengo tanto miedo que salgo corriendo y alcanzo entre traspiés el dormitorio de mis padres. Enciendo la luz de la mesilla. Es una lámpara pequeña, de pie de bronce y pantalla de gasa fruncida. Da un resplandor rosado y tibio. La habitación parece diferente de tan sola. Tengo los pies helados. Tengo unos pies chiquitos, tersos, blancos. Cuando juego a calzarme los tacones de mi madre, los pies me bailan, diminutos, en el enorme barco de los zapatos de adulto. Pero hoy no quiero jugar, hoy siento miedo y tengo los pies completamente helados. Estoy sentada en la cama, junto a la lámpara, la espalda contra la pared, vigilando la oscuridad que me acecha más allá del débil círculo de luz. No sé por qué, extiendo la mano y cojo el frasco de perfume de mi madre, un frasco de Maderas de Oriente que siempre me ha parecido mágico y hermoso. Abro la caja de cartón y saco el pequeño pomo. Está medio lleno de un líquido de color caramelo, y flotando dentro de él hay dos maderitas perfectas, dos pequeñas astillas atadas entre sí con un bramante color rojo. Quito el tapón de cristal rectangular y el aroma, delicioso aroma dulce, me tranquiliza un poco. Permanezco así durante horas, protegida precariamente por la delicada coraza del olor materno, atisbando con pavor la boca horriblemente negra de la puerta. No me atrevo a moverme, no me atrevo casi a respirar, permanezco con los ojos bien abiertos. Y, sin embargo, creo que me he dormido, de pronto unas manchas se inclinan sobre mí, me sobresalto, la botellita de perfume se estrella contra el suelo, grito, alguien me abraza y me acaricia, reconozco a mi madre, huele maravillosamente bien a carmín de labios, colonia y piel caliente, y su traje de seda hace fru-frú cuando me roza. Entre sus brazos el mundo se serena, las tinieblas dejan de ser tinieblas y los miedos se acaban y deshacen, ni tan siquiera me regañan por haber roto el frasco de perfume y mi padre me regala las maderitas atadas con bramante que huelen tanto a ella. Qué profunda calma, qué alivio tan intenso.

11 DE DICIEMBRE

Once de diciembre. Releo las últimas anotaciones de este diario y me asfixio de vértigo al constatar que han transcurrido ya dos días desde que escribí aquello. Recuerdo cómo dibujé las letras en el papel «qué alivio tan intenso». Punto. Y ya han pasado dos días. O mejor dicho, he perdido desde entonces cuarenta horas, porque ahora son las once de la mañana. Ahora me siento bien, tranquila, despejada, lúcida. No siento ni inquietud ni miedo, sólo ira. Me enfurece morir, me indigna, me exaspera. No soporto la idea de que el mundo siga existiendo sin mí, la idea de no ver a Ricardo nunca más. Qué suprema estupidez acabo de escribir: es Ricardo quien no volverá a verme, compréndelo, Lucía, tú te acabas. El problema es que no consigo imaginarme el no ser, la nada, el fin total. Pienso en la muerte como si fuera un negativo de mí misma, me veo flotando en un vacío negro, mudo y ciego, y, sin embargo, sé que no será así, sé que no seré, que nada será nada. Imposible, incomprensible.

Por fortuna se me ha pasado ya el miedo a leer autores muertos. Creo que aquella angustia estaba dictada por mi cuerpo: mi cuerpo sabía que se moría y me advertía así. Ahora que todo está ya muy dicho y muy llorado, releo con especial avidez los libros que más me gustaron a lo largo de mi vida, y me recuerdo en ellos a través de sus páginas, y me hago guiños con los insignes difuntos, y, a veces, intento buscar en sus palabras la clave de sus agonías, su truco, su recurso, su fortaleza, su posible habilidad para morir. Porque tengo que aprender a morir y no me queda demasiado tiempo para ello.

Es curioso, pero en estos últimos días he desarrollado un placer morboso en lo siniestro, en hacerme preguntas tenebrosas, en imaginar mi agonía. A veces me detengo el aliento a media tarde y contemplo mis manos, mis muslos, mi dedo meñique. Mi pequeño dedo es blanquecino y rosado, está cubierto de finas arrugas y tiene unas pelusas en la primera falange. Mi dedo meñique se mueve, está caliente, se dobla, se retuerce, me rasca la oreja, palpita, tiene músculos, se mantiene erguido. Mi dedo meñique será dentro de nada pasto de gusanos. Gusanos verdes (¿de qué color serán los gusanos carroñeros?) atravesarán esta carne blancarrosa que veo y toco ahora. La piel se cuarteará, rajará, pudrirá, toda yo me descompondré entre olores nauseabundos. ¿Y las uñas? ¿Comerán uñas también esos gusanos voraces? ¿O caerán al fondo del ataúd como diez blandos cuarzos, brillando opacamente junto a los huesos descarnados? Al

Capone está aterrado. Es demasiado joven y no puede soportar la visión de una muerta que aún habla, que aún se empeña en moverse, comer y rezongar como yo lo hago. Esquiva mi mirada y entra en mi habitación con movimientos fantasmas y retemblor de náusea en sotabarba. Supongo que debo parecerle algo impúdico e indecente. Yo a veces me permito alguna venganza ante su insulsa salud, ante su zafia juventud, ante el horror que le inspiro y que me resulta tan irritante. Ayer, observando la lluvia a través de la ventana, le dije: «¿tú crees que escampará? Me gustaría morir en un día de sol, y como no cambie pronto el tiempo no voy a poder hacerlo», y el pobre imbécil giró los ojos en las órbitas, abrió y cerró la boca un par de veces con ahogado boqueo y salió despavorido.

He pedido que me dejen marchar a mi casa. No soporto la idea de no salir ya más de aquí, de no volver a ver las paredes que me acompañaron durante años, los pequeños objetos, los recuerdos. No es norma del hospital, pero tampoco el mío es un caso normal y al fin han accedido. Ricardo se ha comprometido a ponerme las inyecciones, a cuidarme. Se lo dije ayer, tras una tarde tranquila y casi sin angustia:

—No quiero morir sola, Ricardo.

Me apretó la mano con esa sonrisa calma que es capaz de mantener ante el horror.

—Estaré contigo.

—Prométeme que no vas a acostumbrarte a mi muerte —insistí—. Que aunque esto dure meses no me dejarás sola, como yo dejé a Miguel.

Volvió a sonreír, muy dulce, muy tranquilo.

—No te preocupes, Lucía, mi querida.

Pero al ver su seguridad comprendí todo:

—Sabes que va a ser rápido, Ricardo, ¿no es eso?

Y se me estranguló la voz y llegó el miedo.

Creo que al fin me dejan ir mañana. Mañana por la mañana. Volver a ver la ciudad y reencontrarme con mi casa me llena de una alegría irrazonable. Qué pena no haber repintado al fin la sala, ahora estaría más bonita, más amable. Ya no me dará tiempo a hacerlo, tampoco podré encargar la nueva estantería. ¿Qué será de mis muebles, de mi ropa y mis cosas? Voy a firmar todos mis libros, todos mis discos y cassettes, todos los videos que poseo, y los voy a regalar así firmados, para que cuando los vean, los oigan o los lean me recuerden. A veces me siento al borde de las lágrimas cuando recuerdo que hubo una época en la que fui joven. Creo que por eso hace tanto que no escribo mis memorias, porque me duele verme de nuevo treintañera, llena de ilusiones, tan inerme en mi pasión de vivir, tan ignorante de dolores futuros. En esos momentos de tristeza me quiero muchísimo, me quiero a mí misma como sé que nadie ha llegado a quererme jamás. Qué absurdo: siento como si estuviera despidiéndome de mí misma, y acabo de descubrir que yo soy mi mejor amiga, tengo la ridícula sensación de que me voy a echar mucho de menos.

Pero ánimo, Lucía. Mañana podrás volverte a sentar en tu sofá, salir a la terraza, contemplar otra vez el viejo puente elevado. Voy a tirar mi tarjeta de Amigos de la Resistencia, ese club de ancianos solitarios que se comprometen a acompañarse las muertes mutuamente. Me inscribí en un momento de debilidad y angustia, tras la desaparición de Miguel, pero nunca fui capaz de ir a velar una agonía anónima las tres o cuatro veces que los Amigos me llamaron. El club era sólo un paliativo contra el miedo, pero ahora está Ricardo. Ricardo vendrá a vivir conmigo y será como si empezara todo nuevamente, una hermosa y breve vida doméstica, una vida entera, dure lo que dure.

Anoche sufrí una nueva acometida de pavor. Las noches son terribles, ominosas, están preñadas de muerte y desamparo. Me revolví en la cama, acorralada, e incluso creo que llegué a gritar. De pronto se encendió la luz, sorprendiéndome con la visión de un mundo que aún se mantenía en su sitio, de una habitación que seguía conservando su mismo y sólido orden. Era María de Noche quien había encendido, quien se acercaba a mí callada y rápida. Inclinó sobre mí su rostro envejecido y me secó la frente con caricia suavísima, con dulce y protectora mano maternal:

—Calma, Lucía, calma.

Sus palabras eran un murmullo quedo y su mirada serena apagaba mi zozobra: esa honda mirada de testigo, agudizada tras haber visto muchas muertes, muchos miedos.

—Calma, Lucía... sabes, yo he asistido a muchas personas en tu misma situación —musitaba con apacible tono—. Hombres y mujeres, jóvenes y viejos... Y, sabes, siempre me ha impresionado el hecho de que, cuanto mayor es el paciente, más miedo manifiesta en la agonía. Se me han muerto jóvenes de apenas veinte años, aquí, entre mis brazos, fui yo quien les cerré los ojos. Muchachos que llegaron a aceptar el fin con calma, que se resignaron a morir. Y en cambio, qué angustias, qué terrores he visto en ancianos moribundos, incluso en aquellos que ya habían cubierto con mucho su cuota de vivir. Calma, Lucía, calma. Sólo es cuestión de recuperar la inocencia, esa naturalidad de la juventud ante la vida. Los viejos vamos llenándonos de temores artificiales que hay que desechar. En realidad, Lucía, morir es muy sencillo...

Sus dedos acariciaban mi frente como un aire fresco. Recordé mis antiguas prevenciones hacia ella, la lejanía en que siempre la sentí, y supe que la había reencontrado en la otra orilla. Y lloré, lloré aliviada en mi derrota, acogida a la sabiduría de sus manos, comprendiendo que antes no había sido capaz de conocerla. Comprendiendo al fin que María de Noche es en realidad María del Ultimo Momento.

DOMINGO

Apenas pude conciliar el sueño en toda la noche. Me había pasado las horas contemplando la espalda de Miguel y admirando su sueño reposado, sin sentir por ello, cosa extraña, ninguna irritación; y me refiero a esa agresividad irracional que se suele padecer cuando estás condenada a una vigilia forzosa y quien está a tu lado duerme en pacífica ignorancia de tu tortura. Aquella noche, sin embargo, yo gocé de la presencia de Miguel, y cuando empezó a tronar de madrugada me acogí mimosa a su costado y recibí con placer las torpes caricias y los besos somnolientos que me regaló desde la profundidad de su dormir. A las ocho sonó el despertador porque Miguel debía regresar pronto a su casa para despedir al huésped matemático, y tuve que arrojarle literalmente de la cama y llevarle a la ducha para revivirle, compadecida y gozosa ante su rostro de párpados hinchados, ante su gesto de niño dormilón. Envuelto aún en los vapores de la noche, Miguel no hacía más que repetir que me volviera a la cama y siguiera durmiendo, pero yo estaba hastiada de las desveladas sábanas y opté por quedarme ya en pie. Salí a la puerta a despedirle, observé cómo desaparecía escaleras abajo dando tumbos contra las paredes, y a las ocho y media me encontré sola en mi casa, con un tazón de café entre las manos, y nerviosa y agitada como pulpo recién sacado de las aguas.

El día había amanecido frío y abundante en lluvias: estaba claro que el tiempo había cambiado justo para la noche de mi estreno, que no podría ponerme el vaporoso traje que tenía previsto y mucho menos las sandalias. Suspiré con fastidio, pero en conjunto me sentía contenta, instalada en un razonable entusiasmo, viviendo las vísperas de mil sorprendentes maravillas: gozaba de un futuro inmenso, intacto, de un futuro que, sin embargo, se consumió tan deprisa. Estaba yo asentando la desazón estomacal de mi insomnio con el café caliente cuando sonó el teléfono, estridente y chillón a horas tan tempranas. Era Hipólito. Le reconocí sin sorpresa y con desgana, y me enorgullecí de mi absoluta frialdad:

—No te habré despertado... —preguntó cauteloso.

—No.

—Es que temía que te marcharas de casa y no poder comunicarme contigo. Verás, resulta que ayer me llamaron los de la productora, me dijeron que te habían estado intentando localizar, pero que no contestabas...

Recordé la noche anterior con Miguel, sus dulces

besos y caricias y aquel teléfono machaconamente insistente que nunca descolgamos, y me sonreí gozosa:

—No, no estuve en casa.

—Pues me encargaron que hablara contigo, resulta que tenemos que ir una hora antes al cine porque van a hacernos una entrevista para los informativos del tele, y también algo de la radio, de no sé qué programa. El caso es que han quedado con un montón de periodistas en el cine una hora antes de la proyección, te lo digo para que vayas.

—Muy bien. ¿Algo más?

Calló un momento Hipólito al otro lado del auricular, desalentado quizá por mi tono cortante.

—Por cierto —añadió al fin—. Me he... He hecho los paces con mi mujer, nos hemos dado un plazo de tres meses para probar de nuevo...

—Perfecto. Enhorabuena —comenté, verificando que la noticia me dejaba indiferente.

—Oye... Perdona lo de ayer, Lucía, estuve pensando después en ello y realmente no me comporté de una manera muy brillante. Lo siento, es que me sentía muy mal.

—No te preocupes. Hasta la noche, entonces.

—Estooo... ¿quieres que quedemos para ir juntos a la entrevista?

—¿Y tu mujer? —pregunté malévolamente.

—Tiene que dar la cena a los niños, irá después al comienzo de la película.

—Ya veo que empiezas bien los tres meses de tregua...

—Mujer...

—Pues no, Hipólito, no puedo. He quedado con un amigo e iré con él.

—Bueno, bueno, pues entonces nada —se apresuró a añadir—. Hasta luego, Lucía.

—Hasta luego.

Colgué y me quedé pensativa, mirando a través de la ventana. Comenzaban a regresar los primeros ciudadanos de su éxodo vacacional, y un tráfico ligero, pero más abundante que en días pasados, atravesaba el puente con grandes chapoteos, levantando sucios surtidores al pisar los múltiples charcos, casi lagunas, que cubrían el paso elevado en cuanto que caía algo de agua. Siempre estuvo mal construido ese puente, siempre fue defectuoso hasta el virtuosismo, porque virtuosismo parece el conseguir que la lluvia se estanque en una superficie que no es plana. Ahora, con los años transcurridos y sometido al deterioro de la ciudad, el puente está convertido en una ruina: el pretil roto, el asfalto deshecho, dejando ver a trozos, como a través de llagas, su estructura metálica interior. Nadie se atreve ya a cruzarlo y permanece ahí, inútil, alicaído, recordando viejas glorias. Pobre puente, intuyo que vas a sobrevivirme poco tiempo, que te derrumbarás cualquier día. Serás una ruina más en esta ruina urbana, víctima de la pobreza y pequeñez de un ayuntamiento que carece de personal y medios para mantener el enorme cuerpo herido de esta ciudad que se muere. El presupuesto municipal llega a duras penas para adecentar mínimamente el viejo centro urbano y algunos edificios antiguos y notables, en un intento de mantener los ingresos del turismo. Pero la ciudad se acaba poco a poco, y su agonía es tan palpable que he podido constatar el avance del destrozo a mi regreso, tras estos meses de ausencia. Ricardo me paseó en coche durante horas, recorriendo los viejos sitios, los rincones, mis calles tan queridas. Pude ver de nuevo los setos secos, los jardines abandonados, los árboles abatidos, el asfalto desmigándose bajo nuestros pies. Hacía un día particularmente huracanado y frío, y el viento aullaba por las calles desiertas arrastrando papeles, matas secas y basuras, haciendo golpear los batientes de las casas abandonadas, colándose por las lunas rotas de los escaparates y ventanas. De vez en cuando se oía el estallido producido por un pedazo de cornisa desprendida al estrellarse contra el suelo, regando la calle de fragmentos de escayola. Los escasos peatones se apresuraban a ganar la calzada para caminar por el centro de la calle, obedeciendo las normas municipales de seguridad: los bomberos no dan abasto para tirar los aleros peligrosos y la ciudad nos llueve encima lágrimas mortales de ladrillo y yeso. Esta pobre ciudad medieva se hunde, se deshace, y casi me alivia el pensar que también ella va a morir conmigo.

Llamaron a la puerta y era Rosa. Rosa con un ramo de claveles, más pecosa que nunca, morena de recientes soles.

—Enhorabuena anticipada, Lucía. Como estoy segura de que va a ser un éxito, te he traído ya las flores del triunfo.

Me alegró mucho verla. Me alegraron sus flores, la timidez que siempre le hacía proteger su presencia con regalos. Me alegró su sonrisa, su afabilidad, su afecto. Al verla de nuevo, tan gordita y azarada, con su siempre solícita preocupación por mí, comprendí que no la merecía, que mi relación con ella era despótica, que nunca respondí a Rosa con el mismo cariño que ella me dedicó. Me sentí culpable y egoísta y me apresuré a preguntarle por su ruptura con José-Joe para paliar mi mala conciencia.

—Sí, Lucía, esta vez lo he decidido de verdad. He pensado mucho en estos días, estuve completamente sola y con mucho tiempo libre. Voy a romper con él porque la relación es un desastre, es ridícula, es como tener otro hijo además de Clara, un hijo particularmente egoísta.

—Me parece maravilloso —le comenté animadamente—. No sabes la alegría que me das. Hay compañías que son mil veces peores que la soledad, y, además, la soledad no es cosa tan terrible.

—¿No? —pregunto escépticamente.

—Míralo de otra manera: la soledad no nos gusta a nadie, pero es algo que está ahí, hay que afrontarla, tienes que acostumbrarte a vivir con ella.

Rosa me escuchaba hablar mientras se pellizcaba pensativamente sus labios gordezuelos. Tenía unas manos hermosas, grandes, huesudas, unas manos que no parecían corresponder a su cuerpo sin esquinas.

—No, Lucía, no creas que lo tengo tan claro —añadió al fin—. Lo de la soledad, digo. Me horroriza esta sociedad en la que cada vez vive más gente sola, en la que cada día estamos más aislados. Quiero dejar de vivir con José-Joe, y dejar de engañarme con relaciones absurdas de este tipo, pero no pienso quedarme sola. Tiene que haber otra forma de relacionarse, Lucía, otras maneras de vivir que sean mejores. Yo no quiero vivir sola y no lo haré.

Me quedé pasmada: era uno de los discursos más largos y más enérgicos que le había oído nunca.

—Pero... ¿entonces? —pregunté desorientada.

—No sé... ¿Y yo qué sé? —dijo casi con irritación—. Por lo pronto, creo que me voy a cambiar de casa y que voy a coger un piso grande con Olga. Ya sabes, mi amiga Olga —añadió con sonrisa tímida y tono de disculpa—. Una de las del gineceo, como tú dices.

—Bueno... —resoplé—. Estás loca. ¿Vas a compartir un piso con otra, como si fuerais dos estudiantes adolescentes? Qué barbaridad. Ahora que podrías aprovechar para disfrutar al fin de tu casa, de tu espacio...

—No sé... —la firmeza de Rosa se había derrumbado nuevamente y volvía a tropezarse en las palabras, a musitar titubeos—. Yo... Seguramente será una cobardía y un huir de las cosas, pero no quiero vivir sola. Y además, no lo veo necesario.

—Pero Rosa, no me puedo creer que te guste vivir en manada... ¿Eres de verdad feliz en esa granja, rodeada de tantas mujeres y sin tiempo apenas para ti?

—Sí, Lucía, soy bastante feliz.

¿Qué quiere decir ser bastante feliz? ¿Estar sano, estar acompañado, estar libre, disponer de tu vida a tu antojo? Envidio su felicidad, su carta a destiempo me ha hecho daño.

«Querida Lucía:

No sabes lo que me alegra que te encuentres mejor y que ya haga mucho tiempo que no sufres los dichosos vértigos. Y los dolores de cabeza, ¿qué tal van? Tienes que curarte en seguida, aquí estamos esperándote todas, y Carolina piensa prepararte una deliciosa tarta de manzana (¿sigues siendo golosa?), es una receta alemana que ella hace de maravilla, y piensa preparártela para festejar tu llegada. Dice Carolina que los hospitales son un horror y que con sus cuidados ya estarías nuevamente en marcha, y estoy segura de que tiene razón. Ahora el campo está nevado y hace mucho frío, pero está hermoso. Por las noches encendemos un buen fuego de leña y toda la casa huele a pino y resina. Prepara las cosas para venir en primavera, y si no te dejan marchar del hospital escápate. A partir de abril esto está maravilloso, estoy segura de que te curarías del todo sólo de pasearte por aquí y de que te diera un poco el aire. Me has dejado maravillada con lo que me cuentas de Ricardo. Es muy tierno Ricardo, yo le aprecio mucho. Es un hombre raro y difícil, pero yo creo que todos somos difíciles y raros. Habrá que probar lo del ginseng, de todas formas, por muchas mentiras que Ricardo diga. Yo hace tiempo que no practico "los placeres de la carne", pero tampoco creas que tanto, esto es tranquilo, pero siempre hay amigos de visita. Cuida mucho a Ricardo y dile de mi parte que te cuide, aunque me parece que ya lo está haciendo, y muy bien. Dile que se venga contigo, sería algo estupendo y en casa hay sitio para todos. Sí, Lucía, soy bastante feliz. La vida aquí es muy simple y yo me siento rodeada y protegida con mi gente. Claro que tenemos nuestras discusiones, nuestros encontronazos, momentos en los que nos parece odiarnos, horas bajas. A veces, en algún atardecer especialmente hermoso, me invade como una desazón, la melancolía de no tener un hombre a mi lado, de no haber envejecido junto a un compañero, junto a ese compañero idéntico a ti misma y capaz de conocerte hasta la médula. Ya sabes, ese futuro ideal que siempre deseé. Pero eso, Lucía mía, es solamente un sueño.

Te dejo por hoy. Alain se ha torcido un pie (nada grave, no te preocupes) jugando en el desván y se aburre muchísimo en la cama, así es que lleva horas llamándome a gritos para que le cuente un cuento: los inconvenientes de tener un nieto. Sigue escribiéndome, tus cartas me encantan. Y prepara las maletas para la primavera. Un beso de parte de Clara y otro mío especialmente fuerte.

Rosa.»

Yo también he sido feliz, feliz a ratos. Aquel viaje que hice con Hipólito, cuando nuestro amor estaba limpio y era primerizo, cuando aún no había sido arruinado de rencores y toda la magia flotaba entre nosotros. Era pleno verano, andábamos a la búsqueda y localización de exteriores para mi película, y yo me sentía embargada de entusiasmo ante el proyecto del rodaje. El campo estaba calcinado de agostos, un horizonte desierto y plano, aplastado de trigos resecos. Habíamos salido de madrugada para evitar calores agobiantes, y por las ventanillas abiertas entraba una brisa fresca que olía a verano, a menta y moscardón. Conducía yo y el coche se deslizaba con silenciosa facilidad sobre el asfalto, sobre un asfalto color plata aún derretido de los soles de la víspera. El cielo estaba azulísimo y el aire tenía esa densidad umbrosa de las tempranas mañanas agosteñas. Campos malvas, campos rosas, campos de dorado mate ante nosotros, nuestros cuerpos guardaban aún los sudores del amarnos en la noche y se estremecían de gozoso frescor al vientecillo. Hipólito callaba, nos queríamos, volábamos libres y poderosos sobre el país dormido y yo me sentí rozar la plenitud.

No volveré a ver esos campos, esos amaneceres, no volveré a sentir la lasitud, el bochorno del verano. Agosto está tan lejos de mí como la eternidad. Recuerdo que un día, siendo aún muy niña, intui por vez primera las aterradoras dimensiones de lo eterno. Estaba no sé dónde, desde luego un sitio montañoso, y quizá era otoño o primavera. Había un mirador que colgaba sobre el precipicio y yo me acerqué sola al pretil, que era alto, enorme, un muro inmenso de piedra y cal que mi estatura apenas remontaba. En el mirador había una fuente, un caño que salía entre rocas salpicando de brillos la pileta. Metí la mano y el agua estaba congelada y me pareció más húmeda que cualquier otra agua conocida. El sol estaba muy alto y destellaba de plano sobre mí, pero su calor no conseguía contrarrestar la frescura cortante del aire. La sierra se extendía amenazadora e inmensa, gigante en alturas y en abismos, como un muro irregular de metal gris azulado. Más allá del sonido frío del agua no se oía nada, sólo el silencio de los montes, que es un silencio que tiene un ruido especial, como de ventiscas y ecos inaudibles. Miraba yo los riscos, tan enormes, ocultando nuevos picos por detrás, implacables moles de granito, y de pronto lo vi. Vi la inmensidad de la cordillera, luego de la tierra, y después la interminable extensión del universo, y entonces rocé la eternidad, y en el fogonazo del éxtasis me sentí toda yo universo, toda yo cordillera fuente helada, y al momento sufrí un vértigo indecible, un terror que me retorcía el pensamiento, la sensación de desplomarme hacia arriba. Me agarré al pretil para no caer, su tacto era frío y rugoso. Sin pararme a pensarlo saqué la lengua y lamí las ondas de cal. El sabor terroso, no sé por qué, me fue devolviendo poco a poco la serenidad, entré de nuevo en las dimensiones de mí misma y olvidé el miedo. Y, sin embargo, a partir de entonces fui distinta, ya no pude volver a ser tan niña como antes. El sol brillaba encima de mí y yo me comprendía diferente. Mis recuerdos de la intensidad, no sé por qué, son siempre soleados.

Rosa me miraba en silencio, oyéndome pensar. Rosa siempre poseyó el don de la comprensión, era capaz de escuchar con religiosa atención no sólo las confesiones sino también las reflexiones.

—¿En qué piensas? —dijo al fin con suavidad.

—En montañas, en campos secos y en eternidades.

La miré. Redonda, redonda toda ella, la piel suave y confitada, las pecas traviesas y los labios abultados y pueriles. Y la admiré. Admiré a Rosa por vez primera en mi vida, admiré su dulzura y sus silencios.

—¿Sabes una cosa? —dije—. Creo que tienes razón.

—¿Que tengo razón? —repitió asombrada—. ¿En lo de la soledad, en vivir con otra gente?

—Bueno... —recapacité—. No es eso exactamente, porque... A mí me parece, me sigue pareciendo que, con todo, la soledad está ahí, que no hay más remedio que aprender a convivir con ella, que no saber soportarla te obliga a hacer demasiadas concesiones. Pero creo que tenías razón en muchas cosas. En tu forma de relacionarte con los demás. En tu gineceo del que me he reído tantas veces. Creo... creo que tú sí has sabido querer a las personas, y escucharlas, y conocerlas de verdad. Como a mí. Creo que yo nunca te hice el generoso caso que tú me hiciste a mí. Te perdí yo, yo tuve la culpa de que nos distanciáramos.

Rosa sonrió con gesto turbado, las pecas sobrenadando en súbito rubor:

—No digas tonterías, Lucía, quién se acuerda de eso ahora, después de tantos años...

Se apresuró a cambiar de conversación, atragantada de placer y timidez, y me preguntó amablemente por mis desventuras amorosas mientras se martirizaba el labio entre sus dedos. Le hice un extracto de los últimos acontecimientos, le hablé de mi conversación con Hipólito en el bar, de mis lágrimas culposas con Miguel.

—Miguel es un hombre maravilloso —comentó, sabiendo quizá que era exactamente eso lo que yo quería oír.

—Sí lo es —respondí embriagada de gratitud hacia ella, hacia Miguel, hacia el mundo en general—. Yo también lo he decidido, ¿sabes? Hipólito se ha acabado definitivamente. Creo... creo que esta noche le voy a proponer a Miguel que vivamos juntos.

Lo dije sin pensar, y al escuchar mis propias palabras me di cuenta de lo que encerraban y desmayé de miedo y de deseo. Deseo de compartir y convivir, miedo a perder mi identidad, mi territorio, la frágil libertad que encierran estas cuatro paredes de mi casa. Mi casa está absolutamente silenciosa. Ricardo ha salido a comprar comida y yo me siento asfixiada cuando me falta su presencia. A mi lado, sobre la colcha, está el teléfono, esa modesta caja mágica que contiene voces, este aparato salvador que me puede poner en comunicación inmediata con el supermercado, en busca de Ricardo, o con Berta, la anciana Berta, mi única vecina, porque ya sólo quedamos nosotras dos en este edificio abandonado. Berta es mucho mayor que yo, mucho mayor, y, sin embargo, está sana, está viva. Qué ironías, ella fue quien me convenció para que me inscribiera en los Amigos de la Resistencia y ahora yo muero y ella me sobrevive, arrugada y entera como un galápago enigmático.

A mí, en cambio, la enfermedad me come. El tumor crece en mi cabeza devorando todo lo que soy. He empezado a tener dificultades en el habla. Es una cosa rara, pienso las palabras en mi mente claramente y, sin embargo, se trabucan y enredan no sé cómo en su camino interior hacia mi boca. Y la vista. De nuevo problemas con la vista. Manchas repentinas, borrones fugaces, a veces la realidad adquiere coloración extraña de cromo mal pintado. Terminaré quedándome definitivamente ciega, quizá definitivamente muda, quizá definitivamente inmóvil, paralizada en mi agonía. No importa. Quiero seguir viviendo como sea. Coja, paralizada, inútil. Quiero seguir viviendo. Ahora soy yo la doña Maruja de este edificio abandonado. Soy aquella ruina a la que yo contemplaba con lejano horror cuando era joven. Ahora soy doña Maruja, pero no tengo fuerzas para serlo. No comprendo sus deseos de morir. No comprendo que nadie se suicide. Yo quiero vivir, quiero seguir viviendo. Aunque me quede ciega. Aunque me quede inválida. Aunque me duela.

Me cuesta mucho escribir y concentrarme. La realidad se mezcla y se confunde. Pero he de seguir, he de terminar estas memorias, he de finalizar el recuento de mi vida. Oscurece muy deprisa, apenas entra ya luz por la ventana, y parece como si toda yo anocheciera por dentro. Quizá la muerte sea semejante a esto, un apagarse del mundo poco a poco. Tengo los pies helados, pero me fatiga la idea de levantarme a coger la manta que está sobre el sillón. Ni ánimos tengo para encender la luz de la mesilla. Que extraño, de pronto siento deseos de dormir, o mejor dicho, siento como si ya durmiera y todo esto fuera un sueño. Pero he de combatir la somnolencia, tengo que seguir escribiendo, rescatar aquella semana del olvido de mi muerte. Mi muerte. Ayer, o quizá fue esta mañana, no sé cuándo, he sido feliz. Escuchaba música y cerraba los ojos de cuando en cuando para irme preparando a la ceguera. Escuchaba a Schubert y el día estaba nublado, pero la habitación resplandecía con una luz de color dorado gris, quizá porque el sol empujaba a las nubes o quizá porque mi tumor me regaló ese matiz de oro en el ambiente, haciéndome ver tonos inexistentes. A veces pienso que el tumor debe tenerme algún cariño, después de tanto nutrirse de mi cuerpo. Escuchaba a Schubert y recordé cómo lloré cuando aquel primer novio me dejó, nunca volví a ser capaz de un dolor de semejante y limpia intensidad, era tan niña que estrenaba intactas mis angustias. Recordé el abrazo sin espacio ni tiempo de Miguel en el que me sentía rescatada de lo inútil, y el verano con olor a menta y moscardón, y el chorro de la fuente brillando al sol como un cristal helado, y la mano con aroma a canela de mi madre, y cómo me arrullaba, de pequeña, en su regazo de amorosa solidez, rodeándome de su grato calor olor mortal y suave. Recordé cuando me aprobaron el último examen de colegio, leí los resultados en el tablón del instituto y salí a la calle brincando de alegría sobre mis primeros zapatos de tacón, el aire de aquella primavera era un éxtasis y yo me sentía muy adulta, absolutamente dueña de mi vida. Recordé mis primeras tristezas puberales; mi cuerpo dejaba de ser mío para convertirse en otra cosa, mi pecho se hinchaba apretándome el vestido, mis caderas se espesaban día a día, y con los cambios de mi carne llegaron también unas extrañas nostalgias de algo aún no vivido, unos arrobos de desconsuelo y congoja para mí entonces incomprensibles y que eran, ahora lo sé, simples intuiciones de la melancolía humana, de la melancolía del sexo, de la melancolía de la muerte y del amor. Y aquel lejano viaje a Holanda, éramos todos espantosamente jóvenes, dormíamos en sacos en mitad de un parque, rodeados de verdor y de canales, y al despertarnos algún vecino también adolescente y melenudo nos pasaba un cigarro de hash y una sonrisa: nos sentíamos solidarios, radicales y fuertes, nos sentíamos capaces de crear un mundo hermoso y diferente. Y las fiestas, aquellos encuentros quinceañeros, yo bailaba mis primeros bailes abrazada a muchachos a los que no recuerdo, en el tocadiscos giraban dulces baladas de los Byrds, de los Moody Blues, de Leonard Cohen, yo notaba la tibieza del aniñado cuerpo masculino y me estremecía de gozo y pesadumbre sintiéndome en el umbral de una vida portentosa. Recordé el ruido del silencio de los montes, y a mi padre contando legendarias memorias de juventud en Navidades (mis labios sabiendo a polvorón y guinda), y aquella tarde de perfecta serenidad que pasé en brazos de Hipólito tras hacer el amor por primera vez, llovía y escuchábamos el ruido del agua desde el plácido cobijo de mi cama. Recordé el sabor de los helados de fresa y el ruido del crujido del barquillo; y el susto de mi boca ante el primer beso que me dieron, y aquel maravilloso juego de magia que me regalaron siendo chica, y el zambullirse en agua fría y azulada en pleno agosto, y las noches calinas y sin brisa que parecen colgar de las luciérnagas. Recordaba y revivía todo esto escuchando a Schubert y me embargó una melancolía de tan feliz tristeza, un desgarrarme de hermosura tan intenso, que lloré de calma y de prodigio y comprendí que sí, que todo había merecido la pena de vivirse y de morirse. Creo que si en ese momento, justo entonces, me hubiera llegado el fin, hubiera podido aceptar la muerte mansamente.

Pero hoy no. Necesito tiempo, algo de tiempo aún, un plazo. Una semana tan siquiera de vida y facultades, aunque sólo sea una semana: siete días más serían un horizonte interminable. Tengo tantas cosas por hacer, tanto que pensar y que escribir, tanto que reflexionar y descubrir aún. Escribe, Lucía, termina tus memorias. Aunque me siento confusa, me encuentro tan cansada esta tarde, esta tarde de domingo, 16 de diciembre del año 2010, esta fría tarde de domingo pascual. Sigue lloviendo y el viento silba en la ventana. Miguel debe estar a punto de llegar, he de decidir mi traje, mis adornos, esta noche ha de ser mi noche, mi gran triunfo. Esta noche será el comienzo de todo, se lo diré a Miguel al regresar, vivamos juntos, mi bien, querido mío, y abrazaré su cuerpo enjuto y consumido. Soy joven, soy hermosa, soy dueña de mí misma y mi destino. Y, sin embargo, qué agotada me siento, qué extraña fatiga me detiene. Sé que llegará un momento en que mi vida se acabe, en que cada día, cada hora que robe de la muerte se convertirá en un tiempo infinito, interminable. Pero ahora aún soy joven, tengo el mundo entero por delante. Lucía, pobre Lucía, nunca te ha querido nadie como tú quieres que te quieran. Ricardo está tardando mucho y la espera empieza a sofocarme, el aire está tan denso que me abruma y siento cómo se condensa en mis párpados el sopor. Este sol estival me ciega, noto mi piel tirante, seca y ardorosa, mi piel de pan caliente, las olas me salpican y el aire tiene un delicioso olor a sal marina y yodo. He de darme prisa, he de seguir escribiendo porque siento que el tiempo se me acaba, Miguel llegará antes de que haya terminado de arreglarme. Hemos quedado demasiado pronto porque luego le espera su mujer en el cine, y yo quiero estar infinitamente bella para combatirla, para resultarle más atractiva que su esposa. Me peino, me visto, me maquillo con esmero. De niña me pinté los labios con el carmín de mi madre y me los lavé luego con jabón, restriega, restriega que aún se nota la mancha color sangre, los labios escuecen y se inflaman. Me parece que se escucha el ascensor, sí, está subiendo el ascensor, se detiene, oigo como sus puertas se abren y se cierran, es Ricardo, Ricardo que viene ya a buscarme, he de darme prisa o no llegaremos al estreno. Pero no estoy aún del todo preparada, he de terminar de escribir mis memorias, he de vestir aún mi mejor traje, pintarme las mejillas, ennegrecer mis ojos, la mancha de carmín sigue inflamando mis labios sin quitarse. Oigo la llave, Ricardo abre la puerta y me llama. Estoy tan cansada que el rotulador se cae de entre mis dedos, será mejor que deje para mañana mi trabajo. Ahora recibiré a Ricardo y le diré que hagamos el amor antes de irnos, que me deje buscar una vez más las pelusas de su ombligo. Pero tarda en venir, le escucho trajinar allá a lo lejos, oigo su pesada respiración de asmático, sus pasos cojos mordidos de reúma en el pasillo. No sé qué le entretiene, tarda tanto y todo está tan solo que voy a llamarle, le gritaré que venga. Ven aquí, le diré, ven aquí, mi amigo, amado mío, apresúrate porque este atardecer empieza a darme miedo.

Debate Literatura

Títulos publicados

1. *Crónica del desamor,* Rosa Montero (13.ª edición).
2. *Querella de Brest,* Jean Genet (4.ª edición).
3. *Demasiado para Gálvez: el caso Serfico,* Jorge Martínez Reverte (2.ª edición).
4. *Kábila,* Fernando González.
5. *Milagro de la rosa,* Jean Genet.
6. *La función delta,* Rosa Montero (7.ª edición).
7. *Danza de sátiros,* Aldous Huxley.
8. *El jardín de las naciones,* Ramón Ayerra.
9. *Miguel Street,* V. S. Naipaul.
10. *El juego de la muerte,* Jennifer Johnston.
11. *La recompensa polaca,* Julián Ibáñez.
12. *Santa María de las flores,* Jean Genet (2.ª edición).
13. *Debbie, vete a casa,* Alan Paton.
14. *La segunda oportunidad,* Alan Sillitoe.
15. *Libro de trances: una novela de narraciones mágicas,* Güneli Gün.
16. *Los capitanes y los reyes,* Jennifer Johnston.
17. *El falaropo,* Alan Paton.
18. *Toda la casa era una ventana,* Emma Cohen.
19. *El árbol de Navidad,* Jennifer Johnston.
20. *Vida y familia de Lucas Nofuentes,* Mauro Zorrilla.
21. *Casa habitada por murciélagos,* Ignacio Fontes (Premio Sésamo, 1983).
22. *Calor y polvo,* Ruth Prawer Jhabvala.
23. *¿Cuánto falta para Babilonia?,* Jennifer Johnston.
24. *Una rosa silvestre,* Iris Murdoch.
25. *La lucha inútil,* Ramón Ayerra.
26. Trilogía Malaya. *La hora de la cerveza,* Anthony Burgess (2.ª edición).
27. Trilogía Malaya. *El infiltrado,* Anthony Burgess.
28. Trilogía Malaya. *Camas orientales,* Anthony Burgess.
29. *Moira,* Julien Green.
30. *Las llaves del infierno,* Carlos Rojas.
31. *El hidroavión perdido,* Alan Sillitoe.
32. *El viaje a ninguna parte,* Fernando Fernán-Gómez.